뱀파이어
생존 투쟁기

뱀파이어 생존 투쟁기 7

토돌 판타지 장편 소설

초판 1쇄 찍은 날 § 2004년 5월 27일
초판 1쇄 펴낸 날 § 2004년 6월 7일

지은이 § 토돌
펴낸이 § 서경석

편집장 § 문혜영
편집책임 § 유경화
편집 § 신혜미
마케팅 § 정필 · 강양원 · 이선구 · 김규진 · 홍현경

펴낸곳 § 도서출판 청어람
등록번호 § 제1081-1-89호
등록일자 § 1999. 5. 31
어람번호 § 제1-0499호

주소 § 경기도 부천시 원미구 심곡1동 350-1 남성B/D 3F (우) 420-011
전화 § 032-656-4452 팩스 § 032-656-4453
http://www.chungeoram.com
E-mail § eoram99@chollian.net

ⓒ 토돌, 2003

값 8,000원

ISBN 89-5831-128-2 04810
ISBN 89-5505-896-9 (SET)

토돌 판타지 장편소설

뱀파이어 생존 투쟁기

7

완결
대변동

도서출판

청어람

목 차

 대변동

● Chapter 41

마물들의 음모

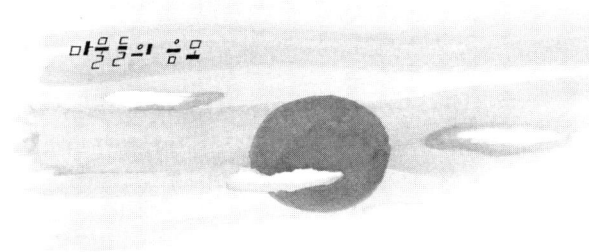

이틀 뒤 다시 벌어진 대회의는 성전에 대한 찬반 양측의 세력 분포를 극명하게 드러내었다. 기존의 찬성자들은 물론이고, 눈치를 보던 세력들까지 이틀 사이에 대세를 읽고 몰려들었다.

이미 사전에 핵심 세력 간의 합의는 끝나 있던 회의였기에 진행은 일사천리였다. 기본 합의 사항이 끝나고 실무자들 간의 세부 사항 협의만 남겨두고서 추기경은 모두의 앞에 나서 연설하며 교황청의 위세를 한껏 올렸다. 그의 연설은 그대로 생중계를 통해 전 세계로 방영되었다.

[전 세계 형제자매 여러분. 이제 우리는 역사의 대전환점을 앞에 두고 있습니다. 이것은 지금까지 있었던 어떤 전쟁보다도 큰 전쟁일 것입니다. 또한 인류가 어리석은 내분을 그만두고 거대한 위협에 맞서

하나로 뭉쳐 행하는 지금껏 볼 수 없었던 정의로운 전쟁이 될 것입니다.]

　다른 대표적인 세력을 지닌 단체의 수장들이 제각기 뒤이어질 연설문을 다시 점검하는 가운데 세상의 귀는 한곳에 쏠렸다.

　[이 전쟁은 작은 이익을 놓고 다투는 전쟁이 아닙니다. 자존심, 체면 같은 것을 놓고 벌이는 전쟁도 아닙니다. 우리의 미래를 놓고 벌이는 전쟁, 우리의 후손이 살아갈 세계가 어떤 곳이 될 것인가를 놓고 벌이는 전쟁이 될 것입니다. 이 전쟁에서 우리가 패배한다면 지구 어디에도 더 이상 인간의 영역은 남지 않을 것입니다. 바다는 머맨들이 들끓을 것이고, 평원에는 수인들이 날뛸 것입니다. 숲과 산은 용과 요수들이 차지할 것이며 도시와 마을조차 안전하지 않아서 밤어 되면 나타날 뱀파이어를 두려워하며 살아야 할 것입니다. 그리고 그 모든 마물의 정점에 선 존재인 저 마왕들의 기분이 어떻게 바뀔지 눈치보며 하루하루 목숨만을 연명해 가는 노예의 삶만이 기다리고 있을 것입니다.]

　추기경은 이미 각 신문과 방송에서 충분히 경고한 사태를 다시 한 번 언급했다. 적당한 두려움은 용기의 원천이 되어주는 법이다.

　[여러분, 우린 기필코 이겨야 합니다. 그래서 다시 한 번 지구의 주인으로서 당당하게 땅을 거닐고, 바다를 다니고, 하늘을 오가며 평화와 번영을 추구할 수 있는 권리를 획득해야 합니다. 그리고 그 세계에서 우리의 후손들이 비로소 어둠 속에 숨어 있는 자들의 위협에서 벗어나 안온한 삶을 꾸릴 수 있도록 해주어야 합니다. 그것이 오늘날 이 위난의 시기를 살아가는 모든 인류의 공통된 책임입니다.]

　[인간을 위한, 인간에 의한, 인간의 세계. 이 세계는 꿈이 아닙니다. 바로 우리 모두의 힘을 합쳐 이루어 나갈 수 있는 세계입니다. 적은 강

대하여 이 싸움에서 많은 희생이 따를 것입니다. 그러나 노예로서라도 살기 위해 도망치시겠습니까? 주인의 기분이 잠깐 변할 때 비굴하게 구걸한 삶조차 끝날 것입니다. 설령 오늘 이 싸움에서 제 말을 듣고 계신 당신께서 쓰러지게 될지라도 그 희생을 바탕으로 당신의 소중한 이들은 자유를, 존엄을, 번영을 얻게 될 것입니다. 이미 많은 교황청 소속의 엑소시스트들이 이 싸움에 목숨을 잃었습니다. 하지만 마지막 한 명이 쓰러지는 순간까지 저희는 싸울 것입니다. 그리고 저희와 뜻을 같이 하는 많은 분들이 함께 있는 한 인류는 이길 것이라는 걸 저는 확신합니다. 우리 모두 함께 마왕과 그 휘하의 마물들을 무찌르고 새로운 시대를 열어갑시다.]

차례대로 거대 단체의 대표와 각국의 정상들이 연설을 하는 사이, 이 '성전'에 불참하기로 한 곳들도 나름대로 내분을 겪고 있었다. 소림 또한 예외는 아니어서 이제라도 뜻을 함께하자는 의견을 자현 대사가 개진하고 있었다.

"방장, 이미 대세는 기울었소. 그걸 모르시겠소? 이미 사실상 전 무림이 이 싸움에 참가하기로 결의하였소. 여기서 소림만 빠진다면 천하가 소림을 손가락질할 것이오. 한 번 거두어진 존경이란 돌아오기 힘든 법이오. 지금이라도 늦지 않았으니 천하 만민이 바라는 바에 따릅시다."

소림의 힘은 그 자체로 지닌 무력에도 있긴 하지만 그 소림의 이름이 미치는 영향력에도 있다. 지배하지는 못하되, 지도하기는 하는 무림의 태산북두. 그것이 지금껏 소림을 구파에서도 으뜸에 놓았던 힘이 아니었던가. 그러나 그렇기 때문에 천하의 흐름이 결정되면 소림은 그 앞에 설지언정 그 흐름을 뒤엎을 수는 없다. 자현 대사는 그걸 지적하는 것이었다.

"그렇다 하여도 불가하오. 이건 죄없는 생명에 대한 학살극, 그 이상도 이하도 아니니 불살계에 정면으로 위배되는 일일 따름이오."

"방장! 소림이 이대로 쇠락하여 망하여도 좋단 말이오? 청성까지 돌아섰단 말입니다. 퀸과의 싸움에서 힘 한 번 못 써보고 죽은 장문인과 동도들의 복수를 하겠다고 기존의 입장을 바꾸었고, 다른 많은 문파도 비슷한 상황이오."

자현 대사가 갑갑하다는 듯 소리를 높였다. 그러나 자혜 대사는 단호했다.

"그 복수를 하려면 죽은 퀸을 찾아가서 할 일이오. 그게 왜 늑대인간들의 죄란 말이오. 이번 전쟁에 참가는 절대 불가하오. 이미 방장으로서 말하였소."

"방장! 소림을 이대로 문 닫게 할 셈이오? 독선적으로 결정할 일이 아니오. 다른 장로들의 의견도 들어보시오."

그 말에 자혜 대사가 다른 장로들을 돌아보았다. 자인 대사가 불호를 외며 말했다.

"방장, 학살극이라 할 일이 아닌 듯하오. 전 무림이 그렇게 결정한 데는 그만한 이유가 있음이 아니겠소. 퀸의 힘은 정말 막강하였소. 비숍도 그에 못지않으리라 생각하오. 그리고 낭인의 무리가 얌전히 있었다 하나 그것이 기회를 노림이지 어디 본성이 마냥 선량해서겠소. 지금 싹을 꺾어놓지 않으면 상처를 회복한 비숍이 봉인에서 풀려나 기력을 되찾은 자들과 힘을 합쳐 천하를 도탄에 빠뜨릴 큰 원흉이 되리라는 게 내 생각이오."

"나 또한 그와 생각이 같소. 뿐만 아니라 이미 온 무림이 힘을 합치기로 한 일이오. 그렇기에 소림이 빠진다 하여 달라질 것은 없음이고, 단지 소림만 그로써 영도자의 지위를 잃고 쇠락하게 될 것이오. 생각을 다시 해주시오, 방장."

"불살계를 말하는 방장의 마음을 어찌 모르겠소. 하나 대승이란 무엇이오. 모두를 태워가는 큰 수레요. 우리만 깨끗하자고 어찌 천하중생을 도탄에 빠뜨린단 말이오. 이는 하나를 죽여 열을 구하고자 함이니, 추기경이 불문의 사람이 아니라 하나 그의 지혜는 허투루 여길 것이 아닌 듯하외다."

장로들이 앞을 다투어 말했다. 방장의 지위가 총책임자라고 하나 다른 이의 의견을 무시하고 전횡해도 되는 자리는 아니었다. 그래도 자혜 대사가 고개를 끄덕이지 않고 묵묵히 듣고만 있자, 다른 이까지 나서 거들었다.

"방장, 천하가 그렇다고 하는 것을 우리만 아니다고 하는 것도 오만이오. 그만 마음을 돌려주시오. 비숍을 막지 못하면 정말로 지구가 멸망힐 것이오. 이미 퀸과의 싸움에서 그걸 확실히 느꼈소이다. 그들은 정말로 신적 존재요. 어디 그뿐이오. 애초에 봉인하지 못한 마신과 천마대제, 사일마황을 제외한 나머지 칠절이 전부 환생의 흐름으로 들어갔소. 바로 우리 소림의 힘으로 제거했던 자들이 아니오. 이제 와 싸우지 못하겠다 함도 우스운 일이오."

거기까지 말을 하고 장로들은 모두 단체로 자혜 대사를 쳐다보았다. 어찌할 것이냐고 물어오는 그 눈빛에 자혜 대사가 자리에서 일어섰다. 그리고는 뒤로 돌아 한 걸음 두 걸음 나아갔다. 그리고는 뒤에 놓인 단에 있는 녹옥불장을 집어 들었다.

소림 방장임을 나타내는 신물. 물론 그게 무슨 무상의 권위를 지닌 건 아니었다. 어디까지나 대표자의 표식을 나타내는 것뿐이니, 그것 하나만 있으면 전 소림인의 생사를 좌지우지한다는 건 이야기 좋아하는 사람들이 꾸민 것뿐, 대통령이 임명장 없다고 대통령 자리에서 쫓겨나는 게 아닌 것과 마찬가지였다. 그렇다 해도 역시 녹옥불장을 들고 있는 방장이 좀 더 권위있게 보이는 것도 사실이었지만……

"방장?"

돌아본 자혜 대사가 그대로 녹옥불장으로 땅을 쾅 쳤다. 그답지 않은 격한 행동에 주위 장로들의 눈이 커졌다.

"불가하오! 소림사가 불법을 닦기 위해 모인 수도처인지, 아니면 속세에 힘을 행사하기 위해 뭉친 무력 단체인지도 모르는 것이오! 이 한 몸 바쳐 천하중생을 구한다는 말을 하면서 어찌 소림의 쇠락이 두렵니, 천하의 대세가 정해졌니 같은 말을 하는 것이오. 천하가 어지러워 갈 길을 잃으면 청정한 말과 행동으로 이끌어줄 일이지, 그에 영합해서 무엇을 한단 말이오. 불가하오."

"방장!"

"똑똑히 들으시오. 내 대에 소림이 망하는 일은 있을 수 있어도, 소림이 불법에 엇나간 일을 하는 일은 있을 수 없을 것이오. 그런 일을 할 바에는 차라리 숭산을 비워주고 천하에 흩어질 일이오. 그리하여 올바른 불법을 보존하면 후대에 어지러움에서 벗어나 길을 찾고자 하는 이에게 표지라도 될 것인즉 그것이 불제자의 도리요. 승복하지 못하겠다면 장로 회의라도 열어 나를 물러나게 하시오. 그러나 그전에는 단 한 명도 살계를 풀 생각을 하지 마시오. 방장의 명이오. 아시겠소?"

녹옥불장을 든 자혜 대사의 시선이 전 장로와 마주쳤다. 무공을 논한다면, 설령 일 대 일은 아니라 해도 이 대 일이라면 여기 누구 하나 자혜 대사를 이기지 못할 자 없었다. 하지만, 누구 하나 그 시선을 쉽게 마주치지 못했다. 무승이라 해도 승려다. 또한 소림사가 무공으로 이름이 드높긴 하나 절이다.

"명을 받듭니다."

뭇 승려들은 끝내 고개를 숙였다. 그들 모두가 방장의 결정에 진심으로 승복한 것은 아니었으나, 지금 자혜 대사의 말은 거부할 수 없는 무게가 있었다. 자혜 대사는 한숨 쉬었다. 이것이 그가 할 수 있는 마지막 양심이었다. 그러나 그런다고 죽은 마물들이 살아나겠는가.

'극락왕생을 비는 것 말고 달리 할 게 없구나. 참으로 불법을 헛닦았도다, 헛닦았어.'

소림과 같은 결정을 한 단체가 몇은 더 있었다. 중국 내를 보면 소림, 무당, 아미, 공동이 반전파의 길을 택했고, 중국을 제외한 아시아 일대에서는 밀종을 중심으로 한 불가 계통이 전쟁에 반대표를 던졌다. 속세에서도 일부 진보 단체들을 바탕으로 반전 운동이 진행되었다. '전 인류'의 뜻이 하나로 모인 것은 아니었다. 하지만……

짝짝짝.

주위의 박수 속에 러시아, 중국, 미국, 인도, 일본, 영국, 프랑스, 독일 등 세계를 움직이는 강대국의 외교 책임자들이 공동 성명을 발표했다.

"이에 우리는 이번 사태에 있어 범세계적인 협력이 필요하다는 퇴마사들의 요청을 십분 존중하여 대요마 상호 안전 보장 협약에 따른 다국적군 창설이 필요하다는 데 의견을 합치한 바……"

펑. 펑.

몰려든 기자들은 연신 플래시를 터뜨리며 사진을 찍고 결과를 송보했다.

[바티칸 회담 타결. 이에 따라 연합군 창설은 한층 탄력을 얻을 것으로……]

기자들이 어느 것을 1면에 올려야 할지 모르겠다고 비명을 지를 만큼 인류 공동의 적에 맞서 행해진 단결의 소식이 사방으로 쏟아졌다.

[UN 안보리. 만장일치로 결의안 채택.]

[UN. 164개국이 참가한 가운데 역시 만장일치로 요마들에 대한 비난 성명과 다국적군 창설 지지 결의안 통과.]

[NATO. 대요마전 관련 추가 예산 집행 합의.]

하루에도 몇 개씩 쏟아지는 특종들에 스포츠 신문들조차 연예계와 스포츠계의 기사들은 2면으로 밀어놓고 1면에는 그에 관한 기사를 특필했다.

인류가 마침내 결단 내린 '대성전'에 대한 소식은 세계의 다른 면에 사는 존재들에게도 빠르게 퍼져 나갔다. 거대한 학살극의 예감에 그들은 숨죽이며 사태를 주시했다.

깊은 동굴 속. 모여 앉은 늙은 늑대인간들이 답답하게 서로를 쳐다보았다.

"어찌하면 좋겠소?"

"……."

누구 하나가 힘겹게 얘기를 꺼냈지만 대답은 돌아오지 않았다.

"인간 쪽에 탄원은 해보았소?"

"해보았소. 하지만……."

거기까지만 말하고 무디브는 침통한 표정으로 고개를 숙였다. 그러나 생략된 내용이 무엇인지 모를 자는 아무도 없었다.

"헛허. 헛허."

한 명이 어이가 없다는 듯 헛웃음만 지었다.

"참으로 이럴 수는 없소, 이럴 수는. 우리가 뭘 했다고."

"그렇게 말해 봐야 무슨 소용이겠소. 우리가 뭘 할 거라는 것까지 확신하는 자들에게."

무디브가 통한에 차 말했다.

"빌어보았소, 어떤 조건이라도 수용하겠으니 우리는 이번 일에서 제외해 달라고. 그랬더니 순순히 항복한다면 고통없이 죽여는 주겠다더군."

"그렇게요. 자신들 스스로 몇 번이고 남을 속인 자들이니, 어찌 우리를 믿을 수 있겠소."

"과거에 우리 종족이 얽힌 모든 유혈 충돌을, 그나마도 원인 제공이 그들 쪽에 있는 경우가 태반이건만, 우리 종족 전체의 흉포성을 증거하는 자료로 삼더구려. 분명 없었던 일은 아니나 그에 해당하는 자가 대체 우리 중 몇이나 있었소? 그렇게 치면 인간은 예전에 멸망했어야 되겠구려. 그들 중에 살육자가 몇이었는데."

아주 잠깐 회의에 활기가 돌았다. 하지만 그건 희망에 찬 활기가 아니었다. 절망의 늪 구덩이에서 '인간'이란 공통의 악에 대해 돌아가며 비난하는 데서 얻어지는 짧은 위안일 뿐이었다. 그러나 그건 아무런 희망을 약속하지 못했고, 동굴은 다시 조용해졌다.

장로 하나가 한숨을 내쉬며 현실적 대책으로 돌아갔다.

"후우. 그렇게 그들을 비난한들 무슨 소용이겠소. 당장은 살아남는 방안을 찾는 게 더 급한 상황인데. 아이들도 전부 불안해하고 있소. 이대로 가면 공황 속에 자멸할 지경이니, 힘든 상황인 건 아나 대안이 없겠소?"

"대안이라… 그간 내내 생각해 본 것이 있소."

무디브가 그렇게 말하자 모두의 눈에 잠깐 희망이 생겨났다. 물론 그들도 지금 상황에서 '기적 같은 묘수'는 절대 없을 거라는 걸 알고 있었다. 그래도 혹시나 자신들이 모르는 무언가를 무디브는 생각해 내지 않았을까 하는 기대를 그들은 일순 품었다.

"세상에 흩어져 인간 사이에 숨어듭시다. 저들이 모질게 추적할지라도 그게 영원히 지속되지는 않을 터, 그런 사이에 비숍과 인간 간의 싸움이 어떤 식으로든 결론이 나지 않겠소. 비숍이 이긴다면 인간이 걱정하는 대로 정말로 우리에게도 좋은 날이 올지도 모르고, 그 반대의 경우 비숍을 물리친 인간들이 여유를 되찾으면 우리에게 다시 온정을 베풀지 않겠소."

"그 말씀은 여기를 버리잔 말이오?"

"방법이 없소. 이곳의 결계와 지리의 이점을 활용하면 조금 오래 버틸 수 있을지는 모르오. 그러나 저 압도적인 인간들 앞에서 결사 항전해 보아야 결국 전원 옥쇄밖에 안 되리라. 도망칩시다. 흩어지고 또 흩어져 인간 사이에 숨어서 언젠가 다시 올 날을 기다립시다."

묘안이 있을 리 없다는 것은 알고 있었으나 너무나 서글픈 무디브의 대책에 다른 장로가 반대했다.

"하지만 이곳은 이제 우리들의 마지막 고향이오. 여길 버리고 어떻게 산단 말이오? 뿔뿔이 흩어지면 바닷물 속에 설탕이 녹아 단맛 하나

없이 사라지듯 우리들도 사라지게 될 거요. 뿌리없는 식물이 어찌 제대로 자라겠소. 게다가 아이들은 인간 세상의 험난함에 대해 제대로 알지 못하오. 사방에서 눈에 불을 켜고 우리들을 사냥하려고 들면 대체 몇이나 살아남을지 생각해 보았소?"

"참담할 것이라는 건 아오. 하지만 다른 방안이 없소."

"다르게 협상을 해보면 어떻소? 목적이 비샵과의 일전에 앞서 그의 동조 세력들을 정리하는 데 있다면, 우리 정도는 제외해 줄 수 없겠냐고 사정해 보면 어떻소? 그걸로도 부족하다면 실제 전력의 상당수를 차지하는 우리 늙은이들의 목을 내놓는 대가로 아이들의 생존을 구걸해 본다면?"

무디브가 고개를 저었다.

"왜 안 해봤겠소. 그나마 두 번째 제안을 거짓으로 받아들이지 않은 게 나름대로 '정파'를 자처하는 이들이기에 그랬을 거요."

그 말에 일함이 믿을 수 없다는 듯 흥분해 말했다.

"그럴 수가! 우리가 극렬하게 저항한다면 그들도 상당수의 피해를 각오해야 할 텐데, 우릴 죽여 얻는 이득이 뭐가 있다고 그렇게까지 한단 말이오. 애초에 볼모지에 광맥 하나 없는 곳으로 골라잡은 터전이 아니오. 혹시나 하는 충돌을 우려해 고르고 골라 쓸모없는 땅으로 골라잡았잖소. 있는 거라곤 기껏해야 고대로부터 우리가 보존하고 길러온 이 산의 영기뿐인데 왜 군이… 설마?"

무디브에게인지 혹은 듣지 않을 인간에게인지 흥분해서 말하던 일함이 순간 굳었다. 한탄하던 와중에 인간이 욕심 낼 수 있는 것이 무엇인지 깨달았기 때문이다.

"그대로요. 현대에 들어와 특수 능력에 대한 일반의 관심은 커졌는데, 여기는 오랜 세월 선조가 묻히고 우리가 자연에 제 올리며, 가꾸고 하여 아주 탐난 곳으로 바뀌었으니 탐이 날 수밖에. 그리고 이제 인류의 결정을 되돌리는 건 어떤 외교로도 불가능할 거요. 명분과 실리와 자신들의 안전에 대한 공포가 얽혀서 내린 결정이니 말이오."

"……."

자기 자신까지 포함한 일족 전체에 내리는 사형 선고를 내뱉고서 무디브는 다시 한 번 한숨 쉬었다. 그 절망적 결론을 이제야 진실로 인정하지 않을 수 없음을 알게 된 장로들의 어깨가 축 늘어졌다. 혹시나 하는 작은 희망이 완전히 꺼졌다. 그럼에도 누구 하나 무디브가 처음 내놓은 대안을 하자는 말 또한 쉽게 꺼내지 못했다. 길은 완전히 막혔고, 미적거리는 만큼 날이 더 저물 뿐이었지만, 그 대안이란 것도 너무나 험로였다.

멸망과 몰락 사이의 선택. 설령 좋은 날이 다시 온다고 해도 몇이나 살아남아 그날을 맞이할까. 이미 줄 대로 줄어버린 그들이 지금 숫자만 회복하는 데도 얼마가 걸릴까? 아니, 회복 가능하기나 할까? 그 모든 의문이 결정을 힘겹게 했다.

"결단을 내립시다. 포위망이 완성되기 전에 빨리 도망칠수록 좀 더 많이 살아남을 희망을 가질 수 있을 것인즉, 괴로워도 결단을 내릴 때요."

"정녕 어쩔 수 없단 말이오?"

"……."

"하아, 그렇구려. 정녕 어쩔 수 없는 거구려. 핫하, 그렇구려. 그럼 나도 그대의 말에 찬성하겠소."

장로들 사이에 돌아가면서 힘겨운 찬성의 말이 내뱉어지자 무디브가 다시 허리를 꼿꼿이 폈다. 결론을 내린 이상 절망은 아무런 도움이 되지 못했다. 이제 필요한 건 아무리 작은 희망이라도 붙잡고 실현해 낼 용기와 행동력이었다.

"우리가 이러고 있으면 아이들은 어이하겠소. 힘을 냅시다. 그래도 살아만 남는다면 희망은 있지 않겠소. 게다가 다행인 건, 차기 족장의 무공 재능이 역대 최고라고 해도 좋을 정도라는 거요."

그 말에 아주 짧은 미소가 그들 사이에 스쳐 지나갔다. 물론 키튼의 성격이 지닌 단점도 그들은 알고 있었다. 그 때문에 다른 족장 후보를 세우자는 의견도 있었다. 그리고 비샵을 찾아간 후 소식이 없어서 어쩌면 죽었을지 모른다는 것도 알았다. 하지만 지금 그걸 뭐 하러 떠올리겠는가.

"그렇지요. 핫하. 인간들이 뇌정검황이라 부르며 경외하던 그분의 환생이 아닌가 하는 생각도 했다오."

"세월과 시련이 그 아이에게 침착함과 노련함까지 더해주겠지요. 미래에 희망을 걸어봅시다. 우리야 그 와중에 죽더라도 후손만 이어진다면 멸속은 아닌 법이니 방안을 연구해 봅시다."

고개를 끄덕이며 장로들은 기운을 조금이나마 되찾아 주변 지도와 세계 지도를 펼치며 어떻게 흩어져 어떻게 숨어 살지를 논했다.

"그래서 네베르, 그대는 일단을 이끌고 이쪽으로……."

한참 논의가 가열되어 무디브가 말 하나를 지도상에 놓을 때 다른 손이 끼어들어 그 말을 슬쩍 옆으로 밀었다.

"거기로 가는 건 별로 안 좋은 듯한데요."

"그러면 어느 쪽이 좋다고……."

반사적으로 대답하려던 무디브는 그 다른 손이 자신들의 손과 다르다는 걸 깨달았다. 털이 덮히고 발톱이 솟아난 늑대인간의 손 사이에 유난히 눈에 띄는 '평이한 인간'의 하얀 손. 그리고 그 손의 주인은 구면의 존재였다.

"그대는!"

놀란 무디브가 소리치고 다른 장로들도 전부 불청객의 존재를 눈치 채고 시선이 모였다. 일족의 생존을 걸고 벌어지는 비밀 회의에 언제 부턴지도 모르게 끼어 있는 낯선 존재를 상대로 대다수 늑대인간들이 폭발하는 듯한 살기를 쏘아 보냈다. 그나마 행동에 옮기지 않은 것도 그들의 나이 탓이었건만, 상대는 못 느끼는 건지 무시하는 건지 빙긋 웃기만 했다.

놀람을 접고서 무디브가 힘없이 다른 장로들에게 손짓했다.

"그만들 두시오. 그가 바로 비숍, 드뤼셀이오."

그 한마디에 늑대인간들의 살기는 순식간에 사라졌다.

"아앗, 그렇게 겁먹으시면 무안합니다. 제가 무슨 악덕 사채업자라도 되는 것 같지 않습니까?"

그 너스레에도 다른 장로들이 굳어 있는 사이 무디브가 그나마 힘을 내 물었다.

"대체 무슨 용건으로 이곳에 온 것이오, 비숍이여?"

"아, 일단은 몇 가지를 알려 드리려고 말이지요. 흩어지는 계획은 좋은데 이미 얼마의 인간이 몰려들어 이 일대에 감시망을 펼치고 있는지에 대한 사전 정보 입수가 약간 부족해서 고려가 덜되어 있는 듯하서서 말입니다."

웃는 얼굴로 부드럽게 하는 말이 검강보다도 날카로웠다.

"지금처럼 하셨다가는 얼마 못 가 다 전멸하실 겁니다. 그래서 탈출용 신제품을 고안해 왔습니다만."

탈칵.

방금 전까지 빈손이었던 드뤼셀의 손에 어느덧 가방이 들려서는 소리 내며 열렸다. 능숙한 세일즈맨의 자세로 드뤼셀은 안에서 서류를 꺼냈다.

"자, 어떻습니까? 이곳에 뭉쳐진 영기를 이용한 집단 전송 의식입니다. 진과 의식 양쪽 모두를 결합해서 만들어낸 최신형이죠. 거기다가 지형 적응을 감안해서 이곳에 최대한 적합하게, 아니, 뭐 사실대로 말하면 여기서만 가능하지만, 여하튼 100% 고객 만족을 목표로 만들어진 제품입니다."

드뤼셀이 열변을 토하며 서류를 흔들었다. 늑대인간들은 홀린 듯 그 광경을 쳐다보았다.

"어찌시겠습니까?"

"악마는 언제나 거절할 수 없는 순간에 파멸로 이끌 유혹을 한다더니, 꼭 그대 같구려. 어찌하면 좋겠소?"

누디브가 한숨을 쉬며 다른 장로들을 돌아보았다.

"나, 나는 반대요! 저자를 어찌 믿는단 말이오. 무슨 속셈을 지니고 접근해 온지도 모르는 자를 뭘로 믿는단 말이오. 따지고 보면 우리가 이렇게 된 것도 다 저자 때문이 아니오."

"그 말대로요. 애초에 저자만 아니었다면 우리가 이 위기에 몰릴 일도 없었을 텐데 이번 일의 원흉에게 도움을 받다니, 말도 안 되오. 거기다가 키튼도 저자를 쫓아간 후 사라져서 아직 소식이 없지 않소."

막 두 명의 반대가 쏟아지고 그게 대세가 되려는 순간 드뤼셀이 끼어들었다.

"너무하십니다. 여러분을 죽이려고 하는 것은 인간들인데 왜 거기에는 아무 말 못하면서 만만해 보이는 저한테 화풀이이십니까? 정말 만만한지 확인해 보시겠습니까?"

싱긋 웃는 드뤼셀의 안경테가 살짝 빛나자 늑대인간들은 순식간에 조용해졌다.

"뭐, 제가 촉매 역할을 했습니다만, 반응을 일으킬 물질들은 이미 예전에 갖추어져 있었습니다. 당장 이번 일이 아니더라도 서서히 조여오는 인간의 손길이 언제까지 여기를 놔두었을 것 같습니까? 전부터 인간이 눈독들이던 곳인데. 아, 그리고 키튼 군이라면 무사합니다. 조금 더 기다려 보시지요."

장로 몇몇이 아픈 곳을 찔린 표정을 지으며 드뤼셀을 마주 보지 못하고 고개를 돌렸다. 무디브가 한탄했다.

"키튼을 그토록 나무랐으나, 단지 우리가 나약했던 것인가. 그래도 후일을 기약하는 길밖에 없었다고 생각하나, 지금 논할 것은 아니겠지. 비샵이여, 지금 그 말 우리가 그대에게 일족의 운명을 걸어봐도 좋다는 제안으로 들어도 좋소?"

"무디브, 그 말은!"

"인간이 우리에게 씌운 혐의가 바로 이것이었지요. 우습게도 그 혐의를 사실로 인정하는 꼴이 되어버렸으나, 다른 방안이 있소?"

"……."

한참 침묵하던 장로들이 하나둘씩 고개를 끄덕였다. 동의를 받은 무디브가 다시 드뤼셀을 돌아보았다.

"많은 것을 바라진 않소. 우리가 그대의 명을 받들면 그대는 우리 일족의 생존을 책임져 주겠소? 장로인 우리들 정도는 버림 패로 써도 좋소. 하지만 아이들에 대해서는 믿어도 되겠소?"

"그렇게 말하시면 제가 여러분을 수하에 넣고 부려먹는 것처럼 들리지 않습니까. 전 상인이지 제왕이 아니랍니다. 굳이 따지자면 대등한 동맹 관계로써 상호 공생하는 협조 체제 구축이겠지요. 저는 어디까지나 약간 도와드릴 뿐, 여러분의 싸움은 여러분이 하셔야 할 겁니다."

무디브가 뚫어져라 드뤼셀을 바라보았다. 하지만 안경 너머 드뤼셀의 눈빛은 마냥 부드럽기만 했다. 그는 결국 더 이상 탐색하는 걸 포기했다.

"말해 보시오. 우리가 뭘 하면 되겠소?"

"저와 그들의 싸움이 끝날 때까지 도망쳐서 전력을 보존하십시오. 어찌 되었거나 제가 벌린 일, 제가 기본 수습은 끝내야겠죠. 그 다음 싸움은 여러분 스스로를 위한 싸움일 테니 스스로 판단하십시오."

어떻게 들으면 무책임하고, 어떻게 들으면 자신들을 최대한 존중해 주는 듯한 비샵의 말에 늑대인간들은 판단이 헷갈렸다. 하지만 자기 알 바는 아니라는 듯 드뤼셀은 서류를 스윽 밀어 넣고 자리에서 일어섰다.

"의식은 일주일이 걸릴 텐데, 원체 교통이 발달한 지금 인간 연합군은 내일 일차대가 쳐들어올 겁니다."

"내일… 말이오? 벌써?"

"인간이 발달시킨 통신과 교통의 힘을 얕보시면 곤란하지요. 그래도 다행인 건 군대는 외교 마찰로 비화 소지가 있어서 일단은 무림인 위주로만 부대가 편성되었다는 겁니다. 잘 안 되면 군대도 동원되겠지만, 아직은 아니지요. 또한 다행인 건 대외 체면과 주권 국가 자존심 등의 이유로 타국인의 협조를 거부했다는 겁니다. 마법사와 사제들까지 왔다면 훨씬 힘겨운 싸움이 되었겠지요. 그래서 일단 온 자들에 대해서만 살펴보면……."

자신들은 어두운 인간의 정세를 훨씬 세밀히 알려주는 비샵을 보며 늑대인간들은 의미있는 눈빛을 교환했다.

'이제 싫어도 저 비샵을 믿을 수밖에 없겠구나. 우리끼리만 대응책을 세웠다면 정말로 전멸했을 것이 아닌가.'

"그래서 결론은 일주일의 의식이 완성되려면 육 일은 견뎌서야 한다는 겁니다."

"그대가 도와주지는 못한다는 거겠구려. 후우, 하기야 그 정도는 우리 몫이겠지."

"뭐, 직접적인 도움은 못 드립니다만 아이디어 정도는 있습니다. 일단 '정파'가 주요 핵심인만큼 장로 분들이 나서서 일 대 일 비무 신청을 하십시오. 죽더라도 마지막은 무인으로서 원없게 해달라고 하면, 체면과 홍보 효과 때문에 거절하지는 않을 겁니다. 거기다가 서로 자기들 피해는 적게 보려고 할 테니, 무리하게 결계를 부수고 들어오는 것도 잘 안 될 테고. 그럼 진의 입구를 좁게 열어 거기서 차례로 돌아가며 나서서 시간을 끄십시오."

"그 길밖에 없겠구려. 좋은 제안 감사하오."

대답하면서도 장로들의 어투가 다시 어두워졌다. 내로라하는 인간 고수들을 상대로 일주일이나 버틸 수 있을 것인가? 아무리 한 명이 죽으면 다시 한 명이 나서는 싸움을 한다고 해도 말이다. 그러나 말 그대로 그 정도는 그들의 몫이었다.

'어떻게든 해낼 수밖에. 이 정도로 비샵이 길을 일러줬는데도 얼마 가지 못해 일족이 멸문해서야 장로라는 직위가 부끄럽지 않겠는가.'

결심을 다지는 그들에게 드뤼셀은 작별 인사했다.

"그럼 전 이만 가보겠습니다."

"잠깐, 하나 묻고 싶은 것이 있소. 우리와 비슷한 이 제안, 다른 종족들도 받은 것 맞소?"

"눈치 채셨군요. 요즘 한참 세계화를 영업 기본 이념으로 삼고 있습니다. 그럼 정말로 안녕히 계시길."

그 말을 끝으로 드뤼셀은 흔적도 없이 사라졌다. 실로 놀라운 능력에 늑대인간들은 다시 희망이 솟는 것을 느꼈다.

'인간이 두려워하는 만큼 비샵이 정말로 강대하다면 원해서든 떠밀려서든 정말로 기회가 올지도 모르겠군. 솔직하게 말하라면 비샵과 인간의 싸움에서 중립을 지키면서 생존이나 보장받는 게 가장 원하는 바지만, 인간이 그걸 불허하는 이상 이왕 건 승부 이겨야 하지 않겠는가.'

"의식을 살펴보고 빨리 준비합시다. 난 진을 변화시킬 테니 일함 그대가 의식을 준비해 주시고, 네베르 그대가 아이들을 모아놓고 우리의 설성을 알려주시오. 서두릅시다. 일 분을 당길수록 일 분은 덜 버텨도 될 테니."

자리를 털고 일어난 장로들은 빠르게 움직이기 시작했다. 궁지에 몰린 쥐는 고양이도 무는 법이다. 그리고 그들은 쥐가 아니었다.

● Chapter 42
쉬기충천 마인 몰살

키튼은 눈을 떴다. 지금까지 있던 곳은 넓은 설원이 아닌, 작은 가게 방이었다. 잠시 여기는 어디야라고 궁금해하던 그는 곧 여기야말로 그가 그 빙원에 떨어지기 전에 있던 곳이라는 걸 깨닫고 몸에 묻은 먼지를 털며 자리에서 일어났다. 그제야 저쪽 탁자에 앉아서 신문을 펼치고 있던 드뤼셀이 그를 돌아보았다.

"깨셨습니까?"

십 년 만에 보는 드뤼셀의 낯짝에 키튼은 얼굴을 찌푸리며 툴툴거렸다.

"쳇, 멋대로 나를 그런 데로 보내다니라고 하면서 한 방 먹이고 싶지만 그건 못하겠군. 필요없다고 해놓고 냉큼 삼켜 버렸으니까. 그나저나 너랑 내 스승은 대체 무슨 관계인 거지?"

그 말에 드뤼셀이 약간 짓궂은 느낌으로 웃었다.

"뭐, 둘도 없는 친구입니다만, 그런데 스승입니까?"

놀란다는 걸 숨기지 않는 눈빛이었다. 기세 등등할 때는 언제고 이제 와서 그렇게 꼬리를 마냐는 말이 행간에 숨어 있음을 읽지 못할 키튼은 아니었다. 그래서 그는 바락 소리쳤다.

"놀리지 마! 쳇. 뭐, 나도 그렇게 낯짝 두꺼운 건 아니라고. 기껏 몇 번 두들겨 패고, 한 번 보여주고 몇 마디 일러주고 가버렸으니 교수법이 엄청 불친절하긴 했지만 배운 건 배운 거니까. 근데 어디 간 거야?"

"음, 그곳을 지칭하는 말은 늑대인간도 인간도 제대로 만든 게 없으니 그냥 죽었다라고 하면 이해하시겠군요."

그 말에 키튼의 입이 쩍 벌어졌다.

"죽어? 누가? 무슨 재주로? 자살이라도 했어?"

"뭐… 비슷하긴 하지만 타살이군요. 대충 교황청의 절반을 털어먹고 죽었다고 생각하십시오. 그나저나 언제까지 저랑 얘기하고 계실 겁니까? 슬슬 밖에 나가보지 않으면 늦으실지도 모르겠는데요."

드뤼셀이 그 부분을 정확히 말하지는 않을 거라는 걸 직감한 키튼은 자신의 검을 챙겼다.

"기막히네. 빚도 갚기 전에 덜렁 떠나다니. 뭐, 유훈 같은 건 없어? 유품이면 더 좋고."

그 말에 드뤼셀은 꾸밈없이 하하 웃었다. 확실히 유훈보다야 유품이 좋았다. 전자야 짐이지만 후자는 자산이니까. 그는 보던 신문을 확 집어 던지고는 맨 얼굴을 키튼에게 보았다.

"미안합니다만 유훈은 없군요. 그리고 그 친구가 할 말이래 봐야 하나뿐일 겁니다. '알을 부탁한다' 그 정도겠죠. 그리고 유품 비슷한 건 나중에 드리죠. 아직 미완성이라서 말입니다."

"알? 그 어리버리해서 귀여운 녀석 말야? 후, 역시 그냥 좋은 친구로 남을 수 있는 평범한 뱀파이어는 아니라는 건가. 하지만 뭐, 상관없겠지. 알겠어, 기억해 두지. 이제 그만 돌아가 봐야겠어. 그런데 마지막 친절인 셈치고 지난 십 년간 세계에 무슨 일이 있었는지나 알려주겠어? 너무 오래 수련에만 매달린 거 같군."

그 말에 드뤼셀은 싱긋 웃으면서 물 잔에 물을 부었다. 말하기 앞서 목이라도 축이려나보고 생각한 키튼에게 그 물을 좍 끼얹으며 드뤼셀은 말했다.

"시간이란 상대적인 겁니다. 그리고 친절을 베풀고 싶지만 이제 절대적인 시간이 얼마 없군요. 그만 깨어나시지요. 괜히 나중에 애꿎은 저를 탓하지 마시고요. 미리 알려 드리지만 저도 가급적 맞춰 드리려고 최선을 다한 겁니다. 압축의 단위까지 미세 조정하는 건 지금의 저로서는 쉽지 않다고요. 그러니 삼 일의 오차는 용서하시길."

그 고생하면서 익혔던 신법은 어디로 도망갔는지, 피했건만 물은 그대로 키튼의 얼굴에 와 부딪쳤다. 이 물의 정체는 뭐냐라고 외치고 싶게 보통 이상으로 드는 차가운 느낌에 키튼은 눈을 떴다.

주위에 펼쳐진 익숙한 산맥 풍경에 키튼은 머리를 마구 흔들었다. 그에 따라 그의 털에 묻어 있던 눈들이 사방으로 흩날렸다.

"여긴… 내 고향이잖아!"

눈을 떠보니 가게 안이었고 다시 눈을 떠보니 고향이다. 완전 여우에게 홀리기라도 한 기분에 키튼은 어깨를 으쓱했다. '그 뱀파이어'를 상대로 합리와 상식을 따져 봐야 자기만 바보 된다는 걸 익히 깨달은 것이다.

"에라. 알게 뭐야. 돌아왔으니 인사나 하고 그동안의 성과나 자랑해야지."

십 년의 수련에서 비록 그만의 길을 발견하지는 못했다 하나 성과는 결코 작지 않았다. 그가 얻은 바를 다른 늑대인간들에게 전수해 준다면 일족 전체에도 상당한 도움이 될 것이라는 생각에 키튼은 들떠 발걸음을 옮겼다. 하지만 채 몇 걸음도 옮기지 않아서 그는 이상하다는 걸 깨달았다.

'다들 어디 간 거야? 지금쯤이면 여기저기 흩어져서… 잠깐 이건?'

대기 중에 미미하게 섞여 들리는 검이 부딪치는 소리. 그거라면야 늑대인간 간의 대련일 수도 있는 일이었지만 살기가 섞여 있었다. 무언가 문제가 생겼음을 직감한 그는 살기의 근원으로 바로 몸을 날렸다.

그의 시야에 모여 있는 늑대인간들이 들어왔다. 그중에 시체가 열구가 넘게 섞여 있음을 확인한 키튼의 눈에 불길이 일었다.

'어떤 놈이 감히!'

에세란은 비통함을 느낄 여유조차 가지지 못한 채 안절부절못했다.

'무디브 장로님도 한계가 보이는데 일함 장로님까지 나선다 해도 남은 시간을 버틸 수 있을까? 버티지 못한다면 저자들은 정말로 우리를 다 죽일 셈인가.'

이미 싸늘하게 식어 있는 먼저 간 장로들의 시체가 그에게 헛된 꿈을 버리라고 말하고 있었지만, 에세란은 아직도 완전히 믿을 수 없었다. 인간들도 상식이란 게 없진 않을진대 어떻게 한 일족의 씨를 말리겠다는 결정을 할 수 있단 말인가? 그들 나름대로 세운 이유와 논리가 있겠지만, 그렇다고 그런 학살극을 행동으로 옮기는 게 가능하단 말인가?

'어쩌지? 어쩌지?'

고민에 빠진 그는 바로 옆에 누가 다가오는 것도 미처 느끼지 못했다.

"이게 어떻게 된 겁니까? 누가 이분들을 죽인 거죠?"

못 들은 지 한 달이 넘었지만 결코 잊을 수 없는 목소리에 에세란은 놀라 돌아보았다.

"키, 키튼?"

몰락한 일족에 어울리지 않게 뛰어난 재능을 타고나 기대와 우려를 동시에 자아냈던 어린 늑대가 돌아와 있었다.

"너, 정말 키튼이냐? 대체 한 달도 넘는 시간 동안 어딜 갔다 온 거냐!"

'한… 달?'

십 년이 넘는 시간이었다. 그게 한 달이라니? 하지만 키튼은 거기에 대한 의문은 접었다. 그 '비샵'의 가게에서 벌어진 일 중에 상식을 따라가는 일이 몇이나 있겠냐고 생각하곤 바로 설명을 포기했다. 그보다 지금은 다른 문제가 급했다.

"진짜 키튼 맞아요. 늦게 돌아온 건 죄송하지만, 그간 있었던 일은 나중에 설명드릴게요. 그보다 지금 이거 어떻게 된 거죠?"

"인간들이 쳐들어왔다. 그러니까……."

"내가 말하마."

에세란의 설명을 일함이 끊고 들어왔다. 장로인 일함이 나서자 에세란은 공손히 뒤로 물러섰다.

"집단으로 이곳에서 먼 곳으로 이동하는 의식이 진행 중이다. 그러나 앞으로 삼 일은 더 걸리는데, 그사이에 입구가 무너지면 몰려든 인간에게 일족이 몰살당할 상황이다. 그래도 다행히 적의 수뇌부가 명문 정파라 상대의 자존심과 기존의 전통을 들먹여서 진의 입구에서 일 대 일로 결투하는 식으로 진행하는 데는 성공했다. 그러나 이미 나와 무디브를 제외한 전 장로가 저들과의 싸움에서 목숨을 잃었구나."

"왜 우릴 죽이려고 몰려든 겁니까?"

"우리의 잠재력이 두려운 동시에 우리가 사는 이 땅의 영기가 탐난 것이겠지. 우리를 몰살시킬 명분으로 뱀파이어 로드인 비샵과 손잡고 인간 멸망을 계획하고 있다는 누명이 씌워졌고 말이다. 누명이야 결과적으로 진실이 되어버렸지만, 어쨌든 삼 일을 더 버텨야 한다. 지금 무디브가 버티고 있으니 그가 쓰러지면 다음은 내가 나서야겠지. 그 다음은……."

그 다음으로 나설 만한 급의 고수가 이제 바닥이었기에 일함은 한숨을 내쉬었다. 아직 덜 익은 젊은 애들을 내보내 보아야 몇 분 벌지도 못할 테고 그쯤되면 인간들도 더 기다려 주지 않을 터였다. 그러나 무디브도 이제 거의 한계였고, 그도 삼 일은 도저히 버틸 자신이 없었다.

"다 필요없습니다! 대충 알았으니 제가 나서죠. 저쪽이죠? 진의 입구가?"

"키튼, 넌 끼어들지 마라! 이 싸움은 우리들의 몫. 너는 우리의 미래다!"

"그 미래를 지키려고 제가 나선 겁니다. 그럼."

키튼이 튀쳐나갔다. 일함은 그걸 잡으려 했으나 키튼이 부드럽게 흘려 버렸다. 명백히 섬전행과는 다른 신법이었다.

'이것은?'

당혹감과 기대감을 동시에 느끼며 일함은 키튼을 쳐다보았다.

"하아. 하아."

내력을 이용하는 자가 숨결까지 거칠어진다는 것은 바닥이 보인다는 의미였다. 이번에 나선 저 무디브라는 늑대인간은 오래 버텼군이라며 관람인들이 총평을 하는 가운데 화산의 장문인은 마무리를 짓기 위해 검을 찔러 넣었다. 만인이 보는 앞에서 제법 괜찮은 상대를 꺾고 매화이십사검의 우수함을 증명했으니 대만족이었다.

'한계인가.'

무디브의 몸 곳곳에 매화 모양의 검상이 나 있었다.

'그러나 여기서 내가 쓰러지면 우리의 미래는.'

"허엇?"

쓰러질 듯 쓰러질 듯 늑대인간이 악착같이 버티자 화산 장문인은 약간 짜증이 났다. 이겨도 너무 오래 끌면 세인의 평이 깎일 것 아닌가.

'결단을 내야겠군.'

웬만하면 쓰지 않으려고 아껴두었던 최후의 절초를 장문인은 꺼내 들었다. 사방에서 피어나는 매화 송이가 무디브의 사방을 압박해 갔다. 허상이 아니라 하나하나가 검기가 맺혀 만들어진 치명적인 공격이었고, 무디브의 둔탁해진 검은 그걸 다 막아내지 못했다. 그 결과 완전히 허점이 노출된 무디브의 급소를 검이 매섭게 찔러갔다. 도저히 막을 방안이 안 보이는 일격을 무디브는 두 눈을 부릅뜬 채 바라보았다.

'아아, 하늘이여.'

그때 갑자기 안쪽에서 튀어나온 인영이 그들 사이에 끼어들었다.

'헛?'

새로이 나타난 늑대인간은 한 손으로 무디브를 잡아 뒤로 날리면서 다른 손에 든 검을 부드럽게 돌려서는 사방에 피어난 매화를 단번에 걷어내었다. 그리고는 무디브를 날린 손으로 다시 일장을 날렸다. 치명적이라고는 할 수 없어도 만만찮은 장력에 화산 장문인은 일단 뒤로 몸을 뺐다.

"여기까지. 무디브 장로는 패했으니 이후는 족장인 내가 상대한다."

"키튼! 대체 언제 돌아온 거냐?"

"방금 돌아왔습니다. 지금까지 잘 버티셨습니다. 이제는 제가 전부 상대할 테니 안에 들어가 상처나 치료하십시오."

"안 된다. 저들은 인간들 중에서도 고수 중의 고수들. 아직 어린 네가 상대하기에는……."

"족장이 일족의 위기에 나서지 않으면 무슨 족장입니까. 이후는 제게 맡기십시오. 그동안의 수련 성과를 보여줄 테니."

"네가 무슨 족장이라는 거냐. 넌 아직 장로 회의 승인도 받지 못했고, 동족의 추대도 거치지 않았고, 계승 의식도 치르기 전인데."

그러자 키튼이 확하고 무디브를 돌아보았다. 적에게 등을 보이는 위험천만한 행동에 무디브는 순간 놀랐으나, 그런 키튼에게 단 하나의 허점도 보이지 않아 다시 놀랐다.

"에잇. 시끄럽습니다. 그런 거 다 필요없이 제가 족장하기로 했으니 오늘부터 족장입니다. 일족의 안전, 이제 제가 책임질 테니 장로회는 물러나 장기나 두십시오."

그러면서 키튼은 인간들을 향해 외쳤다.

"내가 늑대인간족의 족장 키튼이다! 내가 마지막이니 우리 일족을 건드리고 싶은 자 나를 넘어보아라!"

자신의 앞에 등을 보이고 선 키튼을 무디브는 다시금 쳐다보았다.

'어느새 저렇게 자랐던가.'

자신이 늙었음을 실감하게 만드는 넓은 어깨, 큰 키, 당당하게 두 발을 딛고 서 있는 모습. 그리고 단단히 여물었음이 느껴지는 기도.

사실대로 말하자면 사라지기 얼마 전이나, 지금이나 겉모습은 별 차이가 없었고 신체적으로는 아직 더 자란 키튼이었지만, 무디브의 눈에는 그렇게 보였다. 무엇보다 '정신'이 성장해 있었다.

"헛허허, 참으로 기강도 규율도 없는 무리구나. 젊은 아이가 멋대로 나서서 족장을 자처해도 말 못하는 장로라니."

"그 입 닥쳐라. 너냐? 다른 장로 분들을 죽이고 무디브님을 상처 입힌 게?"

그렇게 말하는 키튼에게서 쏟아져 오는 어마어마한 살기에 화산 장문인은 일순 움찔했다. 방금 전에 나눈 일합의 교환도 그렇고 만만한 상대가 아니었다. 더군다나 저 늙은 늑대를 상대하느라고 공력을 꽤나 소진한 지금으로서는 상대하고 싶지 않을 정도였다.

"아쉽게도 앞선 마두를 처단한 건 내가 아니라 다른 명숙들이시지. 그 무디브라는 자는 내가 처치하려 하였으나 자네가 끼어들어 일을 망쳤군."

"마두? 누구 마음대로 마두라는 거냐. 그분들이 어떤 분인지 너희들이 아느냐? 갓 태어난 내게 이름을 지어주시고, 걸음마 떼놓을 때부터 신법을 가르쳐 주셨던 분이다. 내가 잘못되지나 않을까 늘 염려하며, 늑대인간들 걱정에 머리가 다 새신 분이다. 전사의 자존심 같은 거 다 버리시고, 너희들이 기침 소리만 내도 꼬리 흔들며 벌벌 기면서 우리 목숨이라도 이어보고자 했던 분이란 말이다!"

키튼의 외침이 온 산맥에 메아리쳤다. 그 소리가 참으로 크게 들린 것은 어쩌면 꼭 거기 실린 웅혼한 공력 때문만이 아니었다.

"늙고, 잔소리 많고, 생각은 고리타분하고, 하는 행동은 비굴하기 짝이 없는 주제에, 무공은 못하면서 만만한 나만 계급장으로 찍어 누르던 분이지만, 너희들 따위가 쓰러뜨려도 될 분이 아니란 말이다!"

뒤로 물러서서 급히 응급 치료를 받던 무디브가 그 말에 억지로 자리에서 일어났다. 기침을 쿨럭거리며 그는 키튼에게 말했다.

"키튼아, 나 아직 안 죽었다."

그 말에 키튼은 윽 하며 돌아보았다.

"핫하. 몸도 안 좋으시면서 뭘 그런 걸 다 챙겨들으십니까."

돌아본 키튼은 눈빛은 분노로 타오르고, 그 가슴은 애도의 슬픔으로 찢어지면서도 입은 안심하라고 웃고 있었다. 어떻게 보면 참으로 기묘하기 짝이 없는 표정. 하지만 그 모습에 웃은 늑대인간은 아무도 없었다. 키튼이 다시 돌아서며 검을 높이 들었다.

"덤벼라! 인간 자식들아. 너희들 따위에게 내 동족의 목숨을 내주려고 검을 배우지 않았다."

무디브가 다시 피를 토하며 뒤로 넘어갔다. 황급히 부축하는 다른 늑대인간의 품에 안겨 진 안쪽으로 들어서며 그는 작게 중얼거렸다.

"하아, 키튼이 조금은 냉정을 되찾았구나. 이제 사라진 그 시간 동안 큰 성취가 있었기를 바랄 수밖에 없는가. 모두 의식이 진행되는 곳으로 철수한다. 일함, 물러납시다."

"무디브 장로, 지금 그게 무슨 말인지 아시오?"

"믿어봅시다. 이제 우리에게 남은 것도 더 없지 않습니까. 저 아이를 믿지 않고서는 아무것도 할 수 없음이니. 아니, 이제 새 족장이지.

족장의 뜻입니다. 본디 가벼움 속에 굳셈이 있던 아이이고, 지금 그게 실로 여물었으니 하늘이 무심치 않다면 그 아이를 우리에게 내려준 뜻이 있겠지요."

그 말을 하고 무디브는 의식을 잃었다. 일함은 무디브를 보고, 앞에 선 키튼을 보고, 다시 배석한 다른 늑대인간들을 보았다.

"물러난다."

"장로님, 키튼 다음을 위한 예비 병력이라도 몇 명은 남겨두시는 것이 좋지 않겠습니까?"

일함이 단호하게 일어섰다.

"물러난다. 모두 물러가 힘을 합쳐 한시라도 빨리 의식을 완성한다. 족장의 뜻에 따라 장로인 내가 내리는 명을 거역할 것이냐?"

둘러싸고 있던 늑대인간 전사들이 고개 숙였다.

"알겠습니다."

그렇게 소리치며 진의 입구에 버티고 선 키튼에게 무림인들의 시선이 가 꽂혔다. 그 수많은 시선에도 조금도 기죽지 않으며 뽑아 든 키튼의 검이 미미하게 떨렸다. 그리고 그 떨림을 따라 용의 울음소리 같은 검명이 퍼졌다.

"용명검음! 저것은 여의제룡검의 기수식이 아닌가! 저 늑대인간이 먼 곳에 가 배우다 온 것처럼 말하더니 설마, 여의제룡검을 배워왔다는 건가."

알아본 누군가의 말이 순식간에 퍼졌다.

'그렇군! 아까 그 일장도 제룡천장(帝龍天掌)이었군.'

그 말에 상대 수법이 뭔지 깨달은 화산 장문인은 미련없이 뒤로 물러섰다. 지금 상태에서 싸우다간 저 살기 넘치는 늑대인간에게 무슨 일을 당할지 몰랐다. 체면 차릴 수 있을 때 차리고 발 빼는 게 묘수였다.

"환우칠검의 하나라니, 아쉽군. 내가 손수 꺾고 싶으나 다른 분들께도 기회를 드려야 할 터, 방금 장로 하나를 잡은 것으로 만족해야겠지. 이 몸은 이번 적을 양보하겠소이다. 누가 받으시겠습니까?"

그 말에 즉석에서 만들어진 귀빈석에 앉아 있던 이 중 하나가 일어섰다.

"허허. 그토록 웅혼한 용명검음이라니, 호승심이 이는구려. 키튼이라고 하였나? 나는 곤륜의 장문인 운학 도장이라 하네."

"관심없다. 네가 여길 돌파하겠다는 건가? 그것만 말해라."

"후, 비록 마도의 마물이라 하나 자네 또한 훌륭한 무사인 것은 사실이요, 우리는 정파의 인물이니 어찌 공명정대함을 보이지 않으랴. 동도 여러분, 괜찮다면 이번 차순은 제가 맡아도 좋겠습니까?"

"헛허. 도장께서 맡으시겠다면야."

모인 자리의 수뇌부라고 할 수 있는 몇몇 사이에서 동의가 나오자 곤륜 장문인은 천천히 키튼을 향해 걸어갔다. 그 모습에 몇몇이 의미 있는 눈길을 던졌다. 다른 이를 제쳐 두고 곤륜 장문인이 나선 이유를 그들은 짐작했던 것이다.

천하는 넓었다. 중국인들이 중국과 그 주위의 나라에 대해서나 알고 멀리 유럽이나 아메리카에 대해서는 제대로 모르던 시절에도 그랬으니, 오늘날에는 더 말할 것도 없었다. 당연히 신법의 종류도 셀 수 없이 많았다. 하지만 허공답보의 경지를 펼치지 않고도 한 모금 진기만으로 허공에서 자유로이 몸을 놀릴 수 있는 신법은 거의 없었다.

구파일방 중에서도 그 분야에 관한 한 가장 독보적인 연구 성과를 자랑하는 곳이 곤륜이었다. 운룡대구식(雲龍大九式). 그것이야말로 곤륜을 대표하는 성명절기가 아니었던가. 그러나 그와 쌍벽을 이루는 게 하나 더 있었다. 일세를 풍미했던 신룡대협 위제윤의 독문신법이었던 유운신룡보(游雲神龍步). 사람들은 구대극품공의 하나로 꼽히는 청룡무상진기를 바탕으로 펼쳐지는 유운신룡보와 운룡대구식을 놓고 입방아를 찧곤 했었다. 곤륜 장문인이 나선 것이 그것과 무관하지 않으리라고 그들은 생각했다.

'늑대인간들의 본래 절기인 뇌정신공 대신에 청룡무상진기를 익힌 것인가. 과연 그렇게 온순한 척하면서도 비밀 병기를 키우고 있었군.'

둘의 검이 섞이기 시작했다.

챙. 챙.

몇 차례 검격이 오가며 키튼은 열심히 상대에 '맞추었다'. 큰소리친 마음 같아서는 일격에 상대를 쪼개 버리고 싶었지만, 지금 그에게 중요한 건 개인적 원한 갚음이 아닌 일족의 생존이었다.

'최대한 시간을 끈다. 몇천 초라도 비슷하게 맞추어야 해.'

벽력섬이라면 힘들겠지만, 여의제룡검이라면 가능했다. 키튼은 이 순간 정말로 세리우스에게 감사했다.

운룡대구식을 누구보다도 열심히 익혔을 곤륜의 장문인을 상대로 키튼은 뻔뻔스러울 정도로 똑같이 공중을 노닐며 한 치의 양보도 없이 검을 주고받았다. 운룡대구식과 미묘하게 다르면서도 닮은 그것을 보며 곤륜 장문인의 입에서 감탄이 터져 나왔다.

"참으로 훌륭한 유운신룡보로다."

일세단악(一世斷岳)으로 발 밑을 쪼개오는 곤륜 장문인의 검을 천룡제사(天龍制邪)로 맞받아치면서 키튼도 지지 않고 대꾸했다.

"흥. 그렇게 칭찬해 봤자 양보할 생각 없다."

말을 주고받으면서도 양쪽의 검은 조금도 흐트러짐을 보이지 않았다. 검은 웅후하고 장대한 기세를 실어 태산이 거동하는 듯하고 몸은 구름 위를 노니는 한 마리 용처럼 부드럽게 움직이는 곤륜 장문인의 무공도 대단했지만, 그에 맞선 늑대인간의 무위 또한 조금도 아래가 아니었다.

"적이지만 참으로 아까운 무위군요. 젊은 나이에 검이 저토록 뛰어나니 더 시간이 흐르면 가히 천하제일도 논할 만하겠건만."

선음문주의 말에 청성 장문인이 코웃음 쳤다.

"그러면 무엇 하겠습니까. 똑같은 물도 소가 마시면 우유가 되고 뱀이 마시면 독이 되는 법. 정사대전에서 그 영명을 떨쳤던 신룡대협의 절기가 오늘은 저 마두의 손에 떨어져 정연맹의 앞길을 막는 데 쓰이고 있으니, 신룡대협이 이 사실을 안다면 지하에서 통곡할 것이오."

그 말에 선음문주가 쓸쓸한 웃음을 지으며 둘의 승부를 다시 바라보았다.

'나 또한 이곳에 온 처지에 무슨 말을 하겠느냐마는 과연 신룡대협이 이 광경을 보면 무슨 생각을 할 것인가. 청룡무상진기가 구대극품공의 하나로 꼽히게 된 것이 전하의 전투에서인데.'

마교의 음모에 당해 중독된 채 포위된 정파의 수뇌부들이 독을 몰아내는 동안, 위제윤은 전하의 입구에서 몰려드는 마교의 정예들을 상대로 삼 일 밤낮을 단신으로 막아내는 신위를 보였었다. 그사이 기운을 회복한 수뇌부들이 포위망을 뚫고 탈출하는 데 성공했고, 그때부터 정사대전의 승부 방향이 바뀌기 시작했던 것이다.

'정사가 바뀌었긴 하나 지금 저 모습이 그때와 얼마나 다른지 나는 자신하지 못하겠구나. 어이하랴. 우리에게는 소림만한 힘은 없음이니. 그 소림조차도 역풍을 맞고 있는 상황에서.'

그러는 사이 키튼과 곤륜 장문인의 승부는 점점 더 가열되고 있었다. 정종현문의 두 절기가 어울린 광경은 살기 넘치는 전투라기보다 마치 한 판의 춤사위처럼 아름다웠다.

내공의 심후함과 초식의 정묘함을 가지고 다투는 승부. 서로 상대의 파탄을 끌어내려고 최선을 다하나, 그조차 서로의 공부가 비슷해 쉽게 결말이 예측되지 않았다. 승부가 난다면 어느 한쪽의 내력이 다할 때이겠으나, 그게 언제란 말인가.

시간은 계속해서 흘렀건만 주고받는 검은 어느 쪽도 흐트러짐을 보이지 않았다. 마침내 해가 지고 달이 떠올랐다. 하지만 상황에 맞춰 계속 변용되는 초식은 다함이 없었고, 정심한 내력은 끊어짐이 없었다.

무림인들 모르게 그 광경을 지켜보는 두 쌍의 눈이 있었다. 멀리 떨어진 산에 숨어 있는 추기경과 그 수행 사제가 그 눈의 주인들이었다.

"저렇게 시간을 끌어도 되는 임무가 아닌데, 체면인지 뭔지 때문에 허송세월하는군요."

"하지만 그 덕분에 '비숍'의 꼬리를 잡을 수 있다면 저들도 훌륭히 제 몫을 해준 게 되겠지. 그게 아니라면 그냥 저 늑대인간들만 다 죽여도 시간이 좀 걸릴지언정 제 몫을 못했다고 할 수는 없지 않겠는가."

"그런데 늑대인간들이 위기에 처하면 정말로 비숍이 개입할까요?"

"두고 볼 일이지. 그때 이후로 모든 것이 흐릿하니, 하지만 죽기 전에 마지막으로 비숍의 근거지만은 내가 찾아낼 것이야. 여기서 못 찾는다면 다시 다른 곳에서 단서를 구하면 될 일. 일단은 지켜보세."

"대단하군요, 12시간은 지났는데도 팽팽한 승부라니. 곤륜이야 원래 명문정파로서 그 내공이 정심하여 끊임이 없다지만, 저 늑대인간도 익힌 게 마공은 아닌가 보죠."

"마공?"

철없는 딸아이의 질문에 남궁세가주는 헛웃음만 지었다. 여의제룡검을 못 알아보는 것도 무리는 아니겠지만, 청룡무상진기에 마공이라니. 그 때문에 끝내 뜻을 이루지 못했던 천마대제가 들었으면 기막혀 쓰러졌으리라.

'이 승부 며칠을 끌지 모르겠구나.'

지켜보는 중인의 머리 속으로 똑같은 생각이 스쳐 지나갔다. 하지만 그에 대한 대처 방안은 똑같지 않았다. 당문의 가주 당위평은 옆에 서 있던 신검문주에게 전음을 날렸다.

"비무라면 모르겠으나, 안에서 무슨 일이 벌어질지 모르는데 이대로 끌 수는 없지 않겠소?"

"하나, 요청도 안 했는데 지금 협공하면 곤륜 장문인의 체면을 손상 입히는 격이 되오."

"그야 협공하면 그렇겠지만, 다른 방안도 있지요."

"다른 방안이라 하면?"

"어차피 진의 핵심만 파괴해 버리면 되는 승부 아니오. 내가 이대로 달려가서 저 진의 요체를 부숴 버리겠으니, 문주께서 내 뒤를 엄호해 주시오."

"으음……."

신검문주는 잠시 고민했다. 싸움도 싸움이었지만 그 와중에 신검문의 위세를 드높이는 일도 중요했다. 지금 상황에서 당가의 가주와 손잡고 갑자기 끼어드는 게 남의 눈에 어찌 보일지가 문제였다. 지금껏 늑대인간의 요청대로 일 대 일 비무를 지속해 왔는데 이제 와서 바꾼다?

"조금만 더 지켜봅시다."

"알겠소이다. 저러다 승부가 날지도 모르니."

하지만 승부는 달이 다시 서편으로 기울 때까지 나지 않았다. 당연했다.

'좋았어. 이대로 이틀만 더 가자.'

키튼은 속으로 쾌재를 불렀다. 여의제룡검은 견고한 방어 속에 반격을 구하는 검법. 상대보다 강한 그가 작정하고 여의제룡검을 펼치는데 승부가 끝날 리 없었다.

"이제 그만 결단을 내리지요. 하루라니. 진 안쪽을 전혀 느낄 수 없는 게 수상쩍소이다. 지금 와서 무슨 수가 있겠냐마는 만에 하나라는 게 있으니."

"으음."

'그래, 어차피 승자에게는 관대한 법. 나와 그에 의해 진이 파괴되어 승리를 일궈낸다면 소소한 이야기야 묻힐 것 아닌가.'

"좋소이다."

0.000초.

신검문주의 승낙을 받은 당가의 가주가 진기를 돋우고 몸을 날릴 준비를 했다.

0.053초.

설화만산의 수법으로 연이어 찔러 들어오는 곤륜 장문인을 상대하던 키튼의 눈에 당가 장문인의 수상한 움직임이 잡혔다.

0.152초.

앞으로 튀어나와 달려나가는 당가 가주의 의도를 확인한 키튼의 눈에서 불길이 일었다. 그의 전 동족의 목숨이 걸린 바위였다. 그걸 건드리려는 자가 있었다. 더 이상 생각하지 않고 그는 몸을 날렸다.

0.153초.

갑작스런 뇌성과 함께 키튼이 몸을 돌려 허점을 보이자 곤륜 장문인은 그대로 검을 찔러 넣었다.

0.159초.

달려나가면서도 키튼이 자신을 막아설 가능성을 염두에 두었던 당위평은 키튼이 자신 쪽으로 움직이려는 것을 확인하고 그대로 준비해 두었던 암기들을 날렸다. 신검문주 또한 그런 당위평을 보조하기 위해 그의 검을 날렸다.

0.160초.

곤륜 장문인의 검이 키튼의 몸을 꿰뚫었다. 아니, 꿰뚫는 것처럼 보였다. 하지만 키튼은 이미 그 자리에 없었다. 있는 것은 순간적인 눈의 착시로 남겨진 잔영뿐이었다. 장문인은 그대로 몸을 틀어 키튼의 뒤를 쫓았다.

0.162초.

마악 암기가 당위평의 손을 떠나려는 순간 그의 안막에 갑자기 나타난 키튼의 모습이 잡혔다. 동시에 화끈한 느낌이 그의 온몸을 관통했다.

0.182초.

수많은 암기들이 키튼의 몸을 꿰뚫고 지나갔다. 그게 이미 자신을 베고 지나간 키튼의 잔영의 불과하다는 걸 깨달으며 당위평은 바닥으로 두 조각 나 서서히 쓰러졌다.

0.190초.

당위평을 베어 넘어뜨린 키튼이 그대로 몸을 돌려 자신에게 날아드는 곤륜 장문인과 신검문주의 검을 노려보았다.

0.492초.

쨍쨍. 타탕.

신검문주와 곤륜 장문인의 협공이나 다름없는 공격을 상대로 키튼이 검막을 만들어냈다. 검과 검이 부딪치며 불꽃이 튀기 시작했다.

0.512초.

더 이상 뭘 숨길 것도 없다고 판단한 키튼이 막 곤륜 장문인의 검을 걷어내면서 그대로 발길질을 했다. 이미 검에 전 공력을 실어 부딪치는 상황이라면 상대에게 결코 타격을 줄 수 있을 리 없는 발길질이었다. 하지만 곤륜 장문인은 직감적으로 몸을 뒤로 뺐고, 그게 그의 목숨을 구했다. 물러남으로 인해 다소 위력이 반감된 키튼의 발이 그의 가슴을 걷어찼다.

"커헉."

갈비뼈 몇 개가 그대로 부서졌다. 피를 한 움큼 토하며 곤륜 장문인은 저 멀리 날아갔다. 뒤이어 키튼의 검에 다시 한 번 뇌정지기가 맺혔다. 번개의 검은 그대로 신검문주의 검을 쪼개 버렸다. 심령이 연결되어 있던 검이 부서지자 신검문주도 내상을 입고 비틀거렸다.

투두둑.

뒤늦게 멀리 허공으로 날아가 버린 암기와 부서진 검 조각이 바닥으로 떨어졌다.

콰르르릉.

뇌성 소리가 그 뒤를 따라 퍼졌다.

짧다면 짧고 길다면 긴 시간. 대다수는 대체 무슨 일이 일어났는지 제대로 알지도 못해 멍해 있었다. 몇몇 안력이 뛰어난 이들은 놀라 그 광경을 쳐다보았다. 그중 누구 한 명의 입에서 한 이름이 튀어나왔다.

"벽… 벽력단혼(霹靂斷魂)."

일세를 풍미한 그 이름이 좌중에 퍼져 나가고 한순간 고요가 맴돌았다.

"장문인, 괜찮으시오?"

곤륜의 장로 하나가 다급히 다가가 점혈을 하고 내상에 쓰는 약을 꺼냈다. 다시 피를 한 움큼 토하며 장문인은 고개를 끄덕였다.

"죽을 정도는 아니오. 그보다……."

자신을 날려 버린 늑대인간을 쳐다보며 곤륜 장문인은 물었다.

"본신 공력을 숨기고 있었군. 방금 당가 가주를 베어버릴 때 보여준 그것은 벽력섬과 섬전행이 맞나?"

키튼은 고개를 끄덕였다. 이 마당에 뭘 부인하겠는가.

"그것도 모르고 광대춤을 춘 꼴이군. 쿨럭. 하지만 벽력단혼의 경지에 이른 벽력섬이라면 일세를 풍미했던 뇌정검황의 절학. 패배가 부끄러울 상대는 아니군. 쿨럭. 쿨럭. 뇌정검황과 신룡대협의 진전을 한 몸에 이었으니 추기경의 말이 맞았군. 늑대인간들이 괴물을 키웠어, 괴물을."

"말을 아끼시오, 장문인. 바로 운기행공을 하시오. 내상이 가볍지 않소이다."

곤륜 장문인은 고개를 끄덕이고 운기행공을 시작했다. 키튼이 그 모습을 보며 으르렁거렸다.

"누가 또 이 길을 지나겠는가? 누구든 죽이겠다. 죽고 싶은 자 나서라."

광오한 말. 하지만 그 말에 이어진 으르렁거림에 몇몇 약한 자들이 자신도 모르게 뒷걸음질쳤다. 그 모습에 눈살을 찌푸리며 청성의 장문인이 앞으로 나섰다.

"교활한 데다가 광오하기까지 하구나. 환우칠검 중 둘을 얻더니 천하가 작아 보이느냐."

"교활? 하! 일 대 일로 겨루겠다고 해놓고 기습적으로 끼어든 게 누군데? 광오? 니들 멋대로 세운 기준으로 일족의 씨를 말리겠다고 나선 자들에게서 광오란 말을 듣다니, 정말 영광이군."

청성의 장문인이 더욱 얼굴을 찌푸렸다.

"참으로 강호의 기본 도의도 모르는 자로다. 늑대인간이 만들어낸 대마두가 오죽하겠느냐마는."

그 고고한 모습에 키튼이 역겨워 외쳤다.

"잡소리 집어치우고 덤벼! 다음은 너냐? 이젠 더 이상 내가 적당히 어울려 줄 거란 기대는 하지 마. 이미 죽은 내 일족의 피가 저기에 내를 이뤄 흐른다. 너희의 피를 보는 걸 내가 주저할 거 같나!"

그건 상대에게 하는 선포 이전에 스스로에게 하는 맹세였다. 키튼의 검이 그의 마음에 호응하듯 부르르 떨며 검음을 울렸다. 노룡이 울부짖는 듯한 그 소리에 내력이 약한 자들의 안색이 흔들렸다.

그 모습에 청성의 장문인도 속으로 침을 꿀꺽 삼켰다. 청성의 위세를 드높일 기회, 그리고 전 장문인의 죽음으로 새로이 장문인이 된 그의 입지도 다질 기회이기도 했지만 잘못하다가는 곤륜 장문인과 똑같은 꼴이 되지 말란 법이 없었다. 이겨야 기회지, 지면 목숨도 위태로운 것이다. 그리고 솔직히 말해서 이길 수 있냐고 한다면, 아니었다.

청성이 자랑하는 폭우검에 일가를 이룬 그이긴 했지만, 방금 키튼이 보여준 무위는 거기에 비견될 바가 아니었다. 세인들이 입이 가벼워 환우칠검만을 떠드나, 고인이 함부로 속세에 나가지 않아서일 뿐 청성의 무공은 구대극품공의 아래가 아니다라고 평소 자부심을 가지고 산 그였고, 그 말이 사실일지도 몰랐지만 적어도 지금 이 순간 그의 무공이 키튼보다 한 수 이상 아래인 건 인정해야 했다.

여의제룡검과 벽력섬을 한 몸에 지니고 있다는 것도 무서웠지만, 그게 일순간에 전환 가능하다는 건 더욱 컸다. 각각만 해도 지금의 폭우검으로 맞설 자신이 없는 것이었는데, 뇌정검황과 신룡대협의 절학이 동시에 오간다면 그건 그가 상대할 경지가 아니었다.

하나 싸움이 꼭 일 대 일로 무공을 겨뤄 높은 자가 이기는 것이었던가? 곤륜 장문인의 뒤를 이어 앞으로 나설 때 이미 계산이 서 있는 그였다.

"너 같은 대마두를 멸함에 있어 강호도의를 논할 필요는 없겠지. 고래로 마인을 상대함에 있어 협공을 흠잡지 않는 것이 강호의 법도. 화산과 종남, 해남의 장문인께서는 어찌 생각하십니까? 저들의 요청을 들어 일 대 일로 겨루었으나, 이미 시간이 많이 지난 터, 정파의 도의는 충분히 보였으니 저 마두는 힘을 합쳐 처리함이 어떨는지요."

여기에 온 구대문파 중 다섯 문파의 장문인들 간의 실력 차라고 해봐야 종이 한 장 차이였다. 붙어보지 않으면 모른다가 정확했다. 자신에게 힘든 상대에게 다른 문파라고 해도 마찬가지일 테니 협공밖에 길이 없었다. 단지 누가 그걸 처음 꺼내냐의 문제일 뿐, 울고 싶은데 뺨

때려주었으니 바로 호응이 있을 거라고 청성의 장문인은 자신했다.

"자운의 말이 옳소이다. 저 마두의 무공이 실로 패악하니 우리의 명예에 금이 가더라도 함께 협공하지 않을 수 없겠소이다."

"그렇소이다. 힘을 합칩시다."

앞서거니 뒷서거니 하며 자신에게 합류하는 세 장문인을 보고 자운도장은 미소 지으며 고개 숙였다.

"일신의 명예를 돌보지 않고 대의를 생각하니 참으로 세 분의 도량이 크십니다. 마두야, 네가 감히 우리 넷의 합공을 받아낼 수 있겠느냐?"

이제 승산이 충분해지자 의기양양해진 청성 장문인의 말에 키튼은 그대로 웃었다.

"푸하하하하하!"

청룡무상진기를 실은 웃음이 그대로 사방으로 퍼져 나가며 온 산을 울렸다.

"참 자기들끼리 잘도 노는군. 넷이든 뭐든 덤빌 테면 덤벼라. 난 이 길을 비켜줄 수 없으니 죽어도 좋다면 뚫고 지나가 봐라."

"참으로 광오하구나. 더 볼 것 없소이다. 협공합시다."

그 말을 신호로 네 장문인들이 조심스럽게 키튼을 향해 다가갔다. 진로가 좁아서 협공을 펼치기 좋은 지형은 아니었다. 하지만 사 대 일이라면 그 정도 불리함을 감수하더라도 승산이 충분하다 청성 장문인은 자신했다.

'여의제룡검이 최고의 수검이요, 청룡무상진기가 면면부단하기로는 소림, 무당의 내공심법에 못지않다 하나 우리 넷을 상대로 무한히 버티지는 못할 터. 조심할 것은 일순간 터져 나올지 모르는 벽력섬뿐

이렷다.'

다섯 자루 검이 허공에 얽혀들기 시작했다.

펑. 펑펑.

청성의 검이 끝없이 검격을 쏟아내었다. 검격이란 본래 일격에 힘을 다하여 그대로 강맹히 찌르는 수법이었다. 당연히 한 번 찌른 후 다음이 늦을 수밖에 없는 것인데, 그걸 뛰어넘어 폭우처럼 검격을 쏟아내는 게 폭우검이었다. 그에 호응하며 화산의 검이 허공에 꽃을 피워 올렸다. 환검의 극의로 불리며 환우팔검이라 칭해야 할지도 모른다며 세가에 칭송받는 게 매화이십사검이 아니었던가. 사방에 피어나는 검화는 그 자체로 죽음의 꽃이었다.

점창의 분광검도 그에 격이 떨어지지 않았다. 빠르기만이라면 벽력섬에 뒤지지 않을 거라는 그 명성 그대로 엄청나게 빠른 속도로 사방을 베어 들어갔다. 그 셋에다가 해남의 대해파랑검까지 가세하자 공간이 좁다는 약점 따위는 이미 아무래도 상관없을 합격이 되었다.

상대가 펼친 것이 여의제룡검만 아니었다면 말이다.

꾸벅. 꾸벅.

정작 지켜보는 이들 가운데에서도 지쳐서 잠깐 조는 자가 나왔건만, 내력과 초식을 겨루는 다섯은 멈추지 않았다. 적의 역습을 대비해 교대로 휴식을 취하고 돌아온 선음문주에게 지켜보고 있던 금룡방 방주가 말했다.

"네 장문인의 합격도 무시무시하지만, 저 늑대인간은 더 대단하군요. 곤륜 장문인과의 싸움은 힘을 숨긴 채 했다고 하더라도, 벌써 하루 반이 아닙니까. 달이 다시 떠오르는 지금까지도 버티다니, 정말 엄청납니다."

"그때도 그랬다지요."

"네?"

"천마대제 앞에 전 무림이 흔들리던 그때 말입니다. 비록 신룡대협이 삼 일 밤낮을 싸운 끝에 마지막에 달려온 천마대제와 쌍존의 협공에 칠백여 초 만에 목숨을 잃었지만, 그게 정사대전 자체에는 승부의 전환점이었지 않습니까?"

뭔가 껄끄러운 기분이 들었는지 금룡방주는 말을 돌렸다.

"허허, 이거야 원. 저렇게 치열한데 이제 더 끼어들 공간도 없고. 이곳에 온 지 벌써 오 일째인데 너무 끄는 거 아닌지 모르겠습니다. 끄응. 그렇다고 무리해서 저 진을 파훼하기도 그렇고, 군부대를 동원해서 안을 폭격해 버리면 간단할 텐데."

"저들을 죽이는 것만이 목표라면 그렇겠지요."

무공은 어떨지 몰라도 머리는 잘 안 돌아간다는 금룡방주의 평이 사실임을 확인한 선음문주는 적당히 대답했다. 군대 난입에 따른 외교적 문제는 거의 해결되었을 게 틀림없었다. 그럼에도 안 하는 것은 '전리품'의 문제일 게 뻔했다.

'조금만 기다리면 주요 저항 세력을 분쇄하고 깔끔하게 접수할 수 있는 저 영산을 군부대 폭격으로 날려 먹고 싶을 리가 없겠지. 후훗. 순수하게 인간을 위협하는 무리를 멸하자는 마음으로 온 자들도 없지 않으나, 이 싸움 결코 깨끗하지만은 않은 것을 모르겠지. 하아, 소림이 부럽고 무당이 부럽구나.'

그러나 어쩔 것인가. 일부 내키지 않아 하는 제자들을 독려하며 우리가 살길은 이것밖에 없다고 데려온 것이 바로 자신 아니었던가.

'그래. 어차피 이리된 것, 이제 와서 뭘 망설일까. 저들의 운명은 바

뛸 것이 없으니, 내 문파나 살릴 일이지.'

선음문주는 사부에게 물려받은 옥소를 꺼냈다. 그래도 차마 부끄러워 몇 번이나 옥소를 만지작거리기만 하다가 끝내 그녀는 공력을 돋우었다.

"전투가 엄밀하여 더 끼어들 여지도 적지만, 시간도 아쉬우니 저도 한 수 거들어야겠군요."

"오! 가능하시겠소?"

금룡방주가 놀랍다는 듯 말했다. 지금 저쪽은 안 끼어든다기보다 '못' 끼어드는 상황이었다. 좁은 진 사이의 길에서 벌어지는 오 인의 싸움은 누가 어설프게 돕겠다고 끼어들다가는 방해만 될 판이었다.

음공이라고 해서 상황이 다른 건 아니었다. 오 인의 내력은 제각각. 하지만 늑대인간 쪽도 박대정심한 정종의 무공이고 보면, 결국 흐름을 끊고 들어가야 하는데 결과적으로 늑대인간에게 방해되기보다 네 장문인의 내력만 흩어뜨릴 가능성이 훨씬 컸다. 그걸 피할 만큼 흐름의 부딪침을 완벽하게 파악하고 예측하며 또한 그에 맞춰 음공을 행할 자신이 있어야만 가능한 추가 합격이었다.

작게 말했지만 선음문주의 말을 다 들었는지 주위 명숙들의 시선이 모였다. 역시 선음문이라는 가벼운 찬탄이 섞여 있었다. 한마디 겸양으로 포장한 자랑을 늘어놓아도 좋을 상황이었다. 하지만 선음문주는 차마 그렇게까지는 할 수 없어 그냥 옥소를 불기 시작했다. 무림 삼대 음공의 하나이자, 그것만으로 선음문을 구파에는 못 들어도 전통을 지닌 건실한 중견문파로 인정받게 해준 천상팔선음이 펼쳐졌다.

'뭐야, 저 여자!'

모여든 인간 중에 안 미운 자도 없었지만, 특히 더 미운 상대로 등장한 여인을 키튼은 노려보았다.

'망할, 이대로는 더 못 버텨.'

잘난 척하고 싶었지만, 상대 인간들도 강했다. 일 대 일로는 어쩔지 몰라도 솔직히 말해서 사 대 일은 극성의 여의제룡검으로도 아슬아슬하게 유지해 왔는데, 부드럽게 울리는 퉁소 소리가 보이지 않는 공격이 되어 오 대 일이 되자 확실하게 밀렸다.

'오늘 밑천 다 꺼내놓는군. 쳇, 장로들 말도 맞긴 맞아. 인간의 저력은 정말 엄청나니 수에서 밀리는 우리가 죽어지내는 수밖에 없다고 한 게.'

더 이상 반격하지 않고 수비만 하다가는 자기가 먼저 쓰러질 거라는 걸 키튼은 인정했다. 하지만 기죽은 건 아니었다. 요는 반격하면 되는 문제였다. 아직 그에게는 하나가 더 있지 않은가.

합격의 사이에 있는 아주 작은 틈새. 아니, 보통의 경우 틈새라고 해주지 않는 실낱같은 미세한 허점을 파고 키튼의 검이 실로 예리하고 날카롭게 움직였다.

"헛!"

지금까지의 여의제룡검과는 다른 반격. 하지만 만에 하나를 염두에 두며 조심하고 있던 반격은 무지막지한 벽력섬이 아니었다. 종잇장을 면 방향으로 수십 번 썰어낼 것 같은 예리한 반격이었다. 그 예상외 사태에 공격자들은 일순 당황했다.

그 반격이 입힌 건 작은 부상에 불과했다. 그리고 그로써 생겨난 재공격의 기회는 당황한 와중에서도 흐트러지지 않는 합격이 잡고 들어갔지만, 어느새 변환된 키튼의 검은 여의제룡검이 얼마나 철벽인지만 입증했다.

그리고 다시 여의제룡검에 공격이 막히면서 작은 틈이 생기면 파고 들어 오는 예리한 공격에 몇 군데 자상을 입고서 네 장문인들은 당황해 물러섰다. 그 물러섬의 순간 키튼의 검에 맺힌 기운이 다시 바뀌었다. 그게 뭔지 깨달은 장문인들은 속으로 비명을 지르며 후퇴했다. 누구 하나라도 죽을 각오로 앞을 막아섰다면 나머지 셋은 무사히 도망칠 수 있었다. 하지만 넷 다 그러지 않고 자신들이 물러서는 길을 택했다.

콰앙!

현천구검이 흐뜨려 놓은 방어를 벽력섬이 깨고 들어갔다. 물러나던 화산파 장문인이 그대로 두 쪽이 났다. 그 기세 그대로 다시 밀고 들어오는 키튼을 해남파 장문인은 혼신의 힘을 다해 막았다.

쩌엉.

막은 검은 그대로 박살났고, 뒤이어진 키튼의 발길질에 가슴 뼈가 부러져 그는 곤륜 장문인과 똑같은 신세가 되어 저 멀리 날아갔다.

"물러서라!"

장문인들의 위기에 물러나 있던 장로들이 다급히 장을 출수했다. 쏟아지는 장력에 키튼은 더 욕심 내지 않고 다시 후퇴했다. 자칫 잘못 말려들어 진을 돌파당하는 건 절대 사양이었다. 그 틈에 청성과 점창의 장문인은 무사히 자기 진영으로 돌아왔다.

사대 문파의 장문인이 협공하고 선음문주까지 가세하고도 오히려 패퇴한 상황에 다들 경악했다.

그리고 그 대표로 청성 장문인이 손가락을 부들부들 떨며 키튼을 가리키며 물었다.

"네… 네놈! 어찌 제마천섬(制魔天閃)을 사용하느냐? 해동검선(海東劍仙)의 절학인 현천구검(玄天九劍)을 네놈이 어떻게!"

"늑대인간은 제마천섬 구사하면 안 된다는 법이라도 있냐?"

당당하게 소리치면서도 키튼의 내심은 복잡했다.

'벌써 밑천을 다 드러냈으니 하루를 더 버틸 수 있을까. 저 녀석들이 포기하고 그냥 희생을 각오한 채 진을 다 때려 부수려고 들면 골 아픈데.'

마음먹으면 저 중 상당수를 길동무로 데려갈 수도 있겠지만, 그건 키튼이 원하는 바가 전혀 아니었다. 지금 중요한 건 저들을 죽이는 게 아니라 그의 동족을 살리는 것이었다.

벽력섬, 여의제룡검, 그리고 현천구검까지. 환우칠검 중 셋이 한 몸에서, 그것도 완성된 경지로 뻗어 나오는 걸 본 주위는 일순 조용해졌다. 유리빙천공이야 애초에 인간의 것이 아니라 쳐도, 저건 하나하나가 인간이 꿈꿔보는 극이 아니었던가.

"네놈, 세리우스와는 무슨 관계냐! 그게 아니고서는 도저히 한 몸에 그 세 가지를 다 담을 리 없다."

청성 장문인의 추궁에 키튼은 바로 대답했다.

"내 스승이다. 됐냐?"

쿵.

지금껏 키튼이 한 말 중에서 가장 공력을 싣지 않고 조용히 말한 대답이었지만 가장 크게 인간들 머리 속에 울렸다. 그 옛날의 세류연도, 얼마 전의 세리우스도 악몽의 끝이 아니었다. 저렇게 새로운 악몽으로 부활해 있었다. 실제로 세리우스에 비하기에는 키튼은 아직 약하다는 건 상관없었다. 그 그림자가 겹쳐 보이는 것만으로도 그건 두려운 이름이었다.

"그 마두가 그냥 죽을 리 없다고 생각했지만, 너 같은 후환을 남겼을 줄이야."

"웃기지 말고 들어. 내가 너희한테 복수하러 찾아간다면 그건 내 일족의 목숨 값이지, 자기 일을 하다가 죽은 내 스승에 대해서는 아니다. 오늘 이 자리를 지나가려는 자 그 후환을 각오해라."

"크윽. 네놈이."

결코 좋지 않은 모습으로 물러서 자존심이 상처 입은 청성파 장문인은 그러나 쉽게 나서지도 못했다. 지금 나서봐야 아까와 똑같은 상황이 반복될 뿐이었다.

팽팽한 대치. 만인의 앞에서도 키튼은 한 치도 주눅 들지 않고 오연히 서 있었고 그 키튼을 넘어서겠다고 나서는 자가 아무도 없었다.

"저 오만한 자를 무찌를 자가 이리도 없단 말입니까. 이래서야 중국에 사람만 많았지 인재가 없다고 타국이 얼마나 비웃을지."

금룡방주가 선음문주 옆에서 한탄했다.

"목숨을 버릴 각오로 덤비면 모를까, 하긴 그렇다 해도 여의제룡검이고 보면 어지간한 자가 덤벼서는 시간만 들 테고 쉽지 않군요."

선음문주는 얼렁뚱땅 대답했다. 그걸 찬동으로 착각한 금룡방주가 열심히 말했다.

"참으로 소림과 무당이 원망스럽소이다. 그들까지 왔다면 저 오만한 마두를 징치할 수 있었을 텐데, 평소에는 무림의 수장 노릇 하다가 이런 일에 쏙 빠지다니 너무하기 그지없습니다. 그런 자들을 평소에 존경해 왔다고 생각하니 참으로 어이없어서."

"참가하지 않은 문파도 나름대로 그들의 신념이 있겠지요."

"아니, 무슨 신념이 있어도 그렇지, 천하가 그렇게 말하는데 자기들만 반대로 말하다니 그거야말로 독선이고, 오만이고, 고집 아닙니까. 그들은 중국이 아니라 별나라에 산답니까? 설령 생각이 좀 다르다 해도 절대다수가 한 가지를 결의하면 무림의 수장으로서 솔선수범해야 할 것 아닙니까. 자기들은 뭐 잘났다고 쏙 빠져서 지금 저 늑대인간 하나 때문에 온 무림이 망신당하게 한답니까. 참으로 독선과 독단과 아집과 오만으로 똘똘 뭉친 그자들 때문에 우리가 이 무슨 고생인지."

그래서 금룡방이 지금 무슨 피해를 입었냐고 선음문주는 되물으려다가 참았다. 같은 처지에 누가 누굴 비난해 봐야 누워 침 뱉기였다. 그래서 그녀는 그냥 화제를 돌렸다.

"그보다 이제부터가 문제군요. 저대로 서로 기 싸움만 한 채 대치하고 있을 수도 없고, 뭔가 변화가 일어날 터인데."

"으음……."

키튼의 노려보는 시선을 받으며 명문의 수장들이 논의했다.

"어쩌면 좋겠소이까?"

"결사대를 만들어 밀어붙일 수도 있지만, 으음 그렇게까지 자파의 희생을 무릅쓰고 하고 싶어하는 파도 없는 듯하니 곤란하군요."

"하아, 이럴 때 세리우스와 싸우다 돌아가신 공문사성 중 한 분만 살아 계셨어도 좋았으려만."

"있어도 저 마두의 상대는 아니 되시지 않을까요."

눈치없이 말한 자는 바로 집중된 시선에 입을 다물어야 했다.

"흠흠. 그분들이라 해도 혼자서야 안 되겠지만, 계셨으면 우리들의 보조 아래 능히 제압할 수 있었을 거요."

"그렇지요. 하하."

그렇게 서로 위로해 봐도 죽은 사람이 살아 돌아오진 않았다.

"비록 장문인들께서 패퇴하셨어도 여러 장로 분께서 돌아가면서 차륜전을 벌이면……."

"누가 먼저 시작한단 말이오?"

그 말에 그 얘기도 쏙 들어갔다. 못 이기기야 하겠냐마는 그전에 몇 명이 죽어야 할지도 모르는 데다가 그 몇 명이 되고 싶어하는 자가 아무도 없었다.

"세상을 구하기 위한 일 아니오. 후우. 하지만 희생이 따르는 것도 안 좋은 일이고."

한목숨 바치겠다고 타오르는 자가 없는 것은 아니되 같이 죽자고 들어도 여의제룡검은 쉬운 상대가 아니었다. 장로급은 나서야 할 텐데, 그건 지금 어느 문파의 수장도 감수하고 싶은 바가 아니었다.

우물쭈물. 이도저도 못하며 흘러가는 상황을 답답히 여겼는지 다소 상세를 회복한 곤륜 장문인이 입을 열었다.

"지원을 요청합시다."

"허어? 겨우 저 마두 하나를 못 없애서 지원 요청이라니 너무 체면 상하는 일 아니오?"

"달리 수가 없지 않습니까. 희생을 각오하면서까지 밀어붙이기는 서로 싫은 상황이고, 그렇다고 피해없이 힘으로 제압하는 건 불가능하지 않습니까?"

"불가능할 거까지야… 크흐흠."

불편한 심정을 감추지 않는 상대 때문에 곤륜 장문인은 헛웃음만 흘렸다. 추기경의 명분에 동조해 싸움에 나서긴 했으되, 차라리 적이지만 늑대인간 쪽이 더 정파에 가깝다는 푸념이 나올 정도였다.

'하지만 우리도 양보할 수 있는 싸움은 아니지.'

일족의 운명을 걸고 나온 싸움이긴 이쪽이나 저쪽이나 마찬가지였고, 명문정파답게 일 대 일로 차례대로 물리치겠다는 결의는 이미 예전에 무너졌다. 그러니 승리만은 거머쥐어야 했다.

"인정합시다. 하나만 해도 천하제일을 논한다고 인정했기에 환우칠 검이요, 구대극품공이 아니었습니까. 그중 셋입니다. 무신의 화신이라고 할 세리우스를 제외하면 고금제일도 될지 모를 경지입니다. 넓은 곳에서 포위해도 몇이 죽어야 할지 모르는데, 저 좁은 관문을 뚫고 지나갈 대상이 아닙니다."

"크흐흐흠, 하면 누구의 지원을 요청한단 말이오?"

"아무리 그래도 중국 내의 일. 다른 나라 단체의 힘을 빌리는 건 중원의 자존심 문제겠지요. 군부의 지원을 부탁합시다. 고공에서 폭격하면 진도 오래 버티지 못할 것입니다. 그 다음에야 우리가 들이치면 간단히 끝날 일 아닙니까. 저 낭인의 두목이야 각파 장로 분들께서 협공해서 같이 치면 어떻게든 이길 수야 있겠지요."

결국 다른 현실적 대안이 없었던 탓에 곤륜 장문인의 의견이 통과되었다. 군대와 연락한다고 부산스러운 틈을 타 곤륜 장문인은 키튼을 공략할 방안을 고민했다.

'쉽지 않구나.'

섬전행의 소유주다. 사즉생의 각오로 명문정파의 장로들이 협공하지 않는다면 어디로 빠져나갈지 몰랐다. 한 번 놓치면 다시 잡을 길이 까마득했다.

'그때는 정말로 지금 빠져 있는 문파도 다 나서든지, 아니면 굴욕스럽지만 다른 나라 문파의 도움을 받아야겠지. 후우. 범천항마신공을 대성했다는 소림 자현 대사만 있어도 일이 한결 쉬우려만.'

웅성거리는 인간들을 키튼은 노려보며 진로 위에 서 있었다. 경계는 늦추지 않았지만, 싸움을 하지 않아도 되는 탓에 내력이 빠르게 회복되고 있었다.

'좋은 일이긴 한데, 저놈들이 저대로 있지만은 않을 거 같은데.'

그때 키튼의 귓가로 일함의 전음이 날아들어 왔다.

"이제 삼십여 분만 더 버티면 된다. 전송이 시작되기 직전에 다시 연락줄 테니 그때 달려와 합류하거라."

'얏호!'

키튼은 환호성이 터져 나오려는 걸 참았다. 아직 성공은 아니었고, 그 시간을 못 버텨서 문제가 생긴다면 그야말로 천추의 한이 될 일이었다. 그는 더욱 경계를 늦추지 않고 인간 쪽을 노려보았다.

그 시간. 중화 인민 공화국 국방부 장관과 무림의 명숙들은 통화로 대화를 주고받고 있었다.

"어쩔 수가 없소이다. 군대를 동원해서 처리해야겠어요."

"허어. 어떻게 안 되겠습니까?"

"무리입니다. 결계를 파괴하지 않고서는 도저히 들어갈 수가 없어요. 그게 아니라면 마도사들이나 교황청 같은 곳에 손 벌려야 하는데, 그건 더 수치스럽지 않겠습니까."

"끄응. 차라리 그 편이…….'

"거기다가 그들도 다른 싸움에 바빠서 당장 지원올 형편이 아니라잖습니까. 아까부터 진이 서서히 변화하는 것 같다고 남궁가주가 그러는 것이 늑대인간들이 무언가 꾸미고 있는 듯해요. 시간 끌다가 무슨 사고라도 터진다면 누구 책임이 되겠습니까."

은근한 협박. 국방부 장관은 어쩌나 하며 최종 결정권자인 주석을 바라보았다. 주석은 잠시 고민했다. 확실히 사고라도 생긴다면 그의 지도력이 의심받아 권좌가 위험할지 몰랐다. 고민하는 그를 다시 무림인들이 재촉했다.

"지금이라도 늦기 전에 군대를 투입해야 하오. 일반 육군은 이미 제 시간에 맞출 수 없을 터, 공군을 투입해서 폭격에 들어가야 하오."

"으음……."

"서두르시오. 늦어서 저들이 꾸미는 무언가가 성공하기라도 한다면 중국 전체가 걷잡을 수 없는 혼란에 빠질지 모르오. 모여 있으니 처리하기 쉽지 각지로 흩어져서 중요 시설에 테러라도 해보시오. 그걸 어찌 다 막으실 것이오?"

"알겠소이다."

중국 주석은 결국 결단을 내렸다. 나라의 앞날을 위해 저 영산을 통째 접수할 수 있다면 좋은 일이었다. 하지만 그러다가 실패해서 그가 권좌에서 물러나게 된다면 그것이야말로 나라의 손실이었다.

'산 하나 차지하겠다고 나같이 훌륭한 지도자를 국가가 잃어버리는 모험을 무릅쓴다는 건 안 될 일이지.'

끝없는 우국 충정에서 나온 결론을 가지고 중국 주석은 국방부 장관에게 물었다.

"가까운 곳에 공군이 얼마나 있지?"

"가장 가까운 곳에 대기하고 있는 병력이라면, J−18 20대와 J−19 12대가 일단 투입 가능합니다. 거리와 발주까지 시간이 있어서 대략 20분이 소모될 것으로 예상됩니다. 조금 더 시간을 주신다면 추가 투입가능한 양이……."

"되었네. 그냥 거기까지만 투입하도록. J−18 20대에 호위 J−19 12대면 충분하겠지. 상대는 같은 공군이 아니고 그냥 지상을 다니는 땅개들 아닌가. 대공포 하나 없을 텐데 뭘 온통 출격하나. 출격 비용도 보통 비싼 게 아니니 32대로 끝내지."

"알겠습니다."

그 시간 드뤼셀은 따뜻하게 끓인 차를 그의 왕에게 대접하고 있었다. 자기 찻잔에 상쾌한 향을 내는 물이 쪼르르 소리를 내며 떨어졌다.

"돌아오셨습니까? 슬슬 돌아오실 때가 되긴 하셨지만 예상보다는 약간 빠르시군요."

"도저히 더 있을 수 없었어. 가슴이 너무 아파. 죽어가는 그들의 소리가 끝없이 울리던걸."

알은 차를 마시지는 않고 그냥 온기를 느끼려는 듯 손으로 잔을 감싸 쥐었다.

'따뜻하구나.'

세상도 이러면 좋을 텐데라고 알은 낮게 중얼거렸다. 하지만 실제의 세상은 한쪽은 너무나 뜨겁고 그 반대쪽은 너무나 차가웠다.

"분명히 왕께서 모든 일에 책임지실 필요는 없습니다. 아니, 지금도 무엇 하나 책임지셔야 할 이유는 없지요. 왕께서 그들에게 빚진 것은 없으시니까요. 그렇지만 외면하실 겁니까?"

"그렇지만 바꾼 다음이 지금보다 좋을까? 그리고 그 와중에 희생되는 자들은 누가 책임지지?"

그래서 잠들어 있어야 했다. 어차피 그가 할 수 있는 건 하나의 커다란 틀을 제공하는 것뿐이니까. 그조차도 균형 위에 서 있어야 하기에 개개에 대한 문제의 해결책은 제시하지 못했다. 가능한 것은 총체적인 리셋뿐이기에 어떻게 할 수도 없는 문제에 대해 각자의 손에 맡긴 채 그냥 조용히 살았다. 그런데 왜 인간은 자신을 깨워내고 다시금 선택을 강요하는가. 이미 신을 택한 그들의 소리는 자신에게 들리지 않아도 짐작으로써 그들의 사정을 생각하며 인내하고 인내하였는데, 왜 지금에 와서 이렇게까지 요구하는가. 알은 정말로 묻고 싶었다.

"그들은 모든 것이 자기들의 통제 하에만 있기를 바라는 걸까?"

"나쁜 습성은 아닙니다. 진취적이라고 해줄 수도 있죠. 그걸 폭력으로 강제하려고 들지만 않으면 말입니다. 뭐, 어찌겠습니까. 신들 중에도 그런 존재가 많은데, 그들이 후원하는 인간이 좀 닮은들 숙명이겠지요."

그 말을 하는 드뤼셸은 그냥 부드럽게만 웃고 있어서 비꼬는 것인지, 진담인지 구분이 가지 않았다. 그렇거나 말거나 알은 이어지는 의문을 늘어놓았다.

"그때 인간을 살려준 게 저들을 죽이는 게 되어야만 하는 걸까? 이대로는 인간 이외의 종족은 누구 하나 이 지구에서 생존조차 허락받지 못하는 걸까?"

팔자 좋게 사는 어린 뱀파이어 하나쯤, 용납해 주어도 좋았을 텐데. 꼬리 말고 있는 늑대인간들 봐주어도 좋았을 텐데. 바다 깊숙한 곳에서 숨만 이어가는 인어들 이해해 줄 수도 있었을 텐데. 얼마 남지 않은 자연 속에 숨어 있는 요정들 내버려 두어도 나쁜 것 없었을 텐데. 무리한 기대였을까? 알의 마음속 의문을 읽기라도 한 듯 드뤼셸이 대답했다.

"늑대를 풀어주고 양들이 무사하길 바라신 게 무리입니다."

"인간은 늑대가 아니잖아. 그리고 저게 먹기 위해 죽인 거란 거야?"

알의 반문에 드뤼셸은 '인간의 입장'에서 설명해 주었다. 아주 냉혹하게.

"생존을 위해 필요한 양은 존재들마다 다른 법이죠. 인간은 많이 필요합니다. 혹은 많이 원하든지. 어느 쪽이든 그들의 행동은 결정났습니다. 이제 왕께서 결정하시지요."

"나는……."

알의 말문이 거기서 막혔다.

"아직 어려우신 거군요. 그렇다면 어떻습니까. 마지막으로 저와 내기하지 않겠습니까, 왕이시여?"

"어떤 내기?"

드뤼셀은 미소 지으며 그의 마지막 판매 상품이 될 것의 내용을 설명했다. 다 듣고 난 알은 고개를 힘없이 끄덕였다.

"그렇게 하자."

"감사합니다."

왕의 허락을 받은 드뤼셀은 마침내 일을 시작했다.

'저것들이 부산스럽게 진형을 다시 짜는 게 뭔가 하려나 본데, 뭐지?'

그렇다고 해도 돌격 진형이라기보다는 마치 그가 갑자기 뛰쳐나가기라도 하는 걸 대비하는 쪽이어서 키튼의 신경이 곤두섰다. 이해할 수 없는 진형이라는 건 좋지 않았다. 그때 키튼의 눈에 멀리 하늘을 날아오는 작은 물체가 잡혔다.

'뭐야, 저건? 비행기?'

들은 적이 있고, 그림으로나마 본 적이 있었다. 인간들이 만들어낸 강력한 기계. 하늘을 날아서 물건과 사람을 실어 나르기도 하지만, 무기로도 쓰이는 주의해야 할 대상이었다. 키튼은 머리 속을 뒤져 장로가 해준 이야기들을 최대한 떠올렸다.

'폭탄을 지니고 다니면서 떨어뜨리거나 조준해서 쏘는데, 그 위력이 실로 엄청나서……'

"제기라알!"

생각하는 사이에도 다가온 비행기의 목적이 무엇인지 키튼은 깨달았다. 인간들이 기다린 게 바로 저것이었다. 키튼은 바로 동굴 안에 전음을 보냈다.

"일함 장로님! 잠시만 여기를 맡아주십시오! 부탁합니다."

장로가 달려올 때까지 시간을 벌어야 한다고 느낀 키튼은 심호흡을 하고 검을 손에서 놓았다. 그러자 검이 땅속으로 파고들어 갔다. 또한 하늘로 솟아올랐다. 그러고도 여전히 검은 키튼의 손에 남아 있었다. 현천구검 제팔식을 응용해서 펼쳐 놓고 키튼은 그대로 허공으로 솟아올랐다.

콰앙.

다가온 J-19와 J-18이 만들어내는 충격음 사이에 섬전행이 만들어낸 소리가 섞였다.

"저 늑대인간이 눈치 채고 전투기를 잡으러 올라갔군요."

"흐음, 설마 단신으로 저 많은 전투기를 다 상대하진 못할 테지요?"

"장담할 수 없다고 보오. 어쨌든 시간이 걸릴 게 확실한 터, 이 틈에 이 진을 우리가 부숴 버리는 게 어떻겠소이까?"

그 편이 조금이라도 더 체면을 살릴 수 있겠다는 생각에 중인들은 바로 찬성했다. 그때 곤륜 장문인이 나서 막았다.

"저도 그 생각에는 찬성입니다만, 조금 기다려야 할 것 같군요."

"어째서 말이오?"

곤륜 장문인은 지풍을 진을 향해 쏘아 보내는 것으로 대답을 대신했다. 그 순간 키튼이 남겨놓은 기의 그물과 지풍이 얽히고 설치되어 있던 함정이 폭발했다.

콰콰콰쾅.

땅이 갈라지면서 검들이 솟아올랐다. 동시에 하늘에서도 검의 비가 쏟아져 진의 입구를 봉쇄했다.

검의 형상을 하고 있지만, 사실은 뭉쳐져 유형화되어 보이는 검기의 집합체들. 하나하나라면 못 막을 것도 없지만, 감히 뛰어들어 갈 엄두가 안 나는 검기의 폭풍을 알아본 중인들의 안색이 싹 바뀌었다.

"뭘 그리 놀라십니까. 제마천섬이 나왔는데 천지교연(天地撟然)이라고 나오지 못하겠습니까?

"그러나 저 낭인은 이미 저기에 없지 않소."

"기를 완전히 자신의 뜻에 맞춰 조종하지 못한다면 환우칠검 중 셋을 연환해 펼친다는 게 가능했겠습니까."

"……."

"곧 줄어들 테니 그때 호신강기를 돋우고 바로 들이치지요. 그나저나 오늘 반드시 저 낭인을 제거해야 합니다. 오늘 죽이지 못하면 저자를 다시 잡기 위해서 또 얼마의 인간이 죽어야 할지 모릅니다."

중인들은 무겁게 고개를 끄덕였다.

'섬전행보다도 더 쾌속하게 움직이고, 거기에 공격력도 막강하다. 이게 인간의 최고수들인가? 직선적으로만 움직이면 당한다.'

레이더에 잡힌 키튼을 확인한 비행기들이 방향을 전환하면서 키튼을 노렸다.

"날쌘 괴물이군."

"속도는 조금 떨어져도 기동성이 예술인데. 90도 회전 기동쯤은 가볍게 하는군."

그렇다 해도 다 대 일의 전투에서 피하기만 하는 건 한계가 있다. 레이더상에서 키튼이 같은 고도에 잡히자마자 그대로 미사일이 발사되었다.

'걸렸나?'

엄청나게 빠르게 쫓아오는 미사일. 하지만 키튼은 살짝 궤도를 튼 후 오히려 느리게 움직였다.

"엇, 뭐야? 저 녀석 어디 간 거야? 이봐, 첸. 어떻게 된 거지?"

갑자기 사라진 늑대인간 때문에 조종사는 당황했다. 그리고 미사일 또한 목표가 사라지자 정상적인 동작을 멈췄다. 그나마 위성 유도 방식이었기에 아군기를 엉뚱한 목표로 삼지 않은 것은 다행이었지만, 그냥 허공에서 애매하게 터져 버리고 말았다.

방어와 탐지의 임무를 겸하기 위해 뒷자석에 타고 있는 술사인 첸도 당황했다.

"잡히지 않아. 허공 속에서 증발해 버린 건가? 은신계 주술인 거 같은데, 제길 나보다 더 상급이야. 이 속도로 움직이는 데다가 거리까지 있으면 도저히 못 찾아."

"그런가?"

'후우. 성공이다.'

주위와 완벽하게 동화되어, 상대에게서 모습을 감춰 버리는 현천구검의 짝을 이루는 신법인 천비지둔(天秘地遁). 그 덕에 일시적인 위기에서는 벗어난 키튼은 조심스럽게 한 J-19가 다가오는 궤도로 나아갔다. 빠른 신법은 못 되었지만 상대가 알아서 다가와 주고 있으니 상관없었다. 그리고 사정권에 들어오는 순간 그의 검이 기를 뿜었다.

"커헉."

갑자기 레이더망에 다시 나타난 늑대인간의 위치가 자기 비행기 조금 위쪽이었다는 걸 미처 깨닫기도 전에 조종사 머리에 구멍이 났다. 연이어 꽂힌 십여 개의 검기가 J-19에 그대로 구멍을 내었다. 조종사 뒤에 타고 있던 주술사 첸은 간신히 배에 구멍 뚫리는 것으로 끝났다. 하지만 행운을 기뻐할 틈도 없이 강기가 비행기를 가로로 두 쪽 낼 때 그의 허리까지 끊어버렸다. 그리고 주인을 잃고 제어 장치가 파손된 채 기체까지 두 동강 난 J-19는 그대로 추락을 시작했다.

'에, 가벼운 견제였는데 터졌어? 설마 저 녀석들 방어력은 형편없는 건가? 그리고 보니 신법도 단순해. 그렇다면 이 싸움… 이길 수 있어.'

노룡강우(怒龍降雨)와 의기참마(義氣斬魔)를 연이어 쓰긴 했지만 그걸로 상대가 끝날 거라고는 생각 못했던 키튼이 오히려 당황했다. 장로에게 듣기로 저런 전투용 비행기에는 조종사 한 명과 술사 한 명이 타서 술사 쪽이 각종 술법적 공격에 대한 방어를 담당한다고 했었다.

'타고 있는 술사들의 방어막이 그렇게 대단한 게 못 된다는 거겠지? 좋아. 시간도 없으니 승부다.'

일일이 한 대씩 상대하다가는 아래쪽이 어떻게 될지 몰랐다. 키튼은 눈을 감았다. 그리고 기의 변동에 정신을 집중했다. 빠르고 위험한 31개의 움직임이 느껴졌다. 섬전행보다도 더 빠르게 움직이지만, 그 움직임 자체는 복잡한 신법이 아닌 단순한 움직임이었다. 그 궤도를 읽어낼 수 있었다. 그리고 그걸 키튼은 베었다. 그의 마음이 또한 의지가 움직이자, 무형의 기가 사방으로 일어섰다.

현천구검의 마지막 구식 현묘지도(玄妙之道). 따로 검식이 있는 검이 아니었다. 마음으로 기를 움직이니 자유로이 일어난 기가 나아가 적을 이미 베어버리는 것을 일컫는 말이었다.

'잡았다.'

몸은 저 비행기들의 움직임을 완전히 따라잡기 힘들다 해도 무형의 기라면 가능했다. 키튼의 뜻을 따라 일어난 검기가 31개의 목표를 동시에 베고 지나갔다.

11대의 J−19와 20대의 J−18이 동시에 두 조각 나더니 맴돌이치며 그 조각들이 땅으로 떨어져 내렸다.

상황실에서 전투를 지켜보던 국방부 장관은 얼어붙었다. 아무리 중국 군대가 막강하다지만 최신형 전투기가 수천 대씩 있는 건 아니었다. 다른 관료와 주석이 지켜보는 앞에서 32대에 달하는 J−19와 J−18이 단번에 사라졌다는 건 앞날이 위험했다.

"어떻게 된 거요?"

"그, 그게 상황 파악 중입니다."

주술에 의한 기기 조작과 상대의 은신 등에 대비하기 위해 타고 있는 술사들은 방어의 임무도 겸비했다. 그리고 전투기는 기본 가격이 엄청난 만큼 군대 내에서 가장 고위 술법병들을 붙여주고 가격 대 성능비가 극히 안 좋다는 대마법용 방어 결구까지 부품으로 들어가 있는 군사 유닛이었다. 그렇지만 아쉽게도 상대가 나빴다.

그러나 상황실에서는 그 사실까지는 알 길 없는 국방장관은 단번에 백억 위안화가 넘는 돈과 도합 64명의 정예 파일럿과 술법사들의 사망 사태에 대해 자기 책임을 모면할 말을 찾기 바빴다.

그사이 키튼은 슬슬 내력의 부족함을 느꼈다. 32기를 한꺼번에 상대한 것은 확실히 좀 무리가 있긴 있었다. 그렇지만 그걸 생각하고 있을 틈이 없었다. 그는 바로 지상을 내려다보았다. 그리고 그의 눈에 막 진의 핵심부를 파괴하려고 드는 무림인들이 잡혔다. 그의 뒤를 받치려고 뛰어나왔을 일함 장로가 나름대로 분투하고 있었으나 두 명의 협공조차 감당하지 못하고 있었고, 그사이 나머지가 그대로 이리저리 조작하며 진을 해제하고 있었다.

"안 돼!"

자신이 외친 소리를 뒤로 흘리며 키튼은 지상으로 추락하는 속도보다 빠르게 내리꽂혔다. 하지만 섬전행은 빠른 신법이었으나 무한한 속도의 신법이 아니었고, 또 단숨에 지상에 도달하기에는 그는 이미 너무 올라와 있었다. 그가 다시 지상을 향해 뛰어가는 도중, 진이 깨어졌다. 마침내 늑대인간들의 성지는 그 수호벽을 잃고 실체를 드러내었다.

"와아! 진이 사라졌다. 모두 달려들어 가 늑대인간의 무리들을 무찌르자!"

누구의 외침이었을까. 그 감격의 순간에 흥분한 자가 너무 많았기에 정확히 알 수는 없었다. 하지만 키튼이라는 일대 마인 때문에 탕마멸사를 이루려던 고귀한 뜻을 펼치지 못하여 울분이 쌓여 있던 무림인은 너나할 것 없이 달려들었다. 마침내 그동안 갈고닦은 그들의 무공으로 저 사이한 괴물들을 물리쳐 중원을 나아가 인류를 지킬 때가 온 것이었다.

나이트니 퀸이니 하는 대마왕 앞에서 얼마나 무력했던가. 하지만 그들의 힘 혼자서는 약할지 몰라도 뭉쳐져서는 실로 강했으니 이제 성난

파도가 되어 부정한 무리를 쓸어낼 차례였다.

'하필 지금! 막 전송이 시작된 상황인데!'

한 명, 두 명 공간을 넘어 사라지는 동족들을 보며 이제 마지막으로 키튼까지 돌아오면 모든 게 성공이라고 좋아하던 늑대인간들은 사색이 되었다. 의식에 힘을 쏟아 붓는다고 모두 탈진한 상황이라 제대로 된 방어 태세도 갖출 수 없었다.

"어엇? 저것들이 사라진다?"

"일 대 일 승부를 하자며 시간을 끌더니 이제 보니 이런 모략을 꾸미고 있었구나! 이 비겁한 무리들 같으니!"

벽운검파의 원로 지제현은 기세 좋게 호통 쳤다.

"우리도 갑시다!"

막 뛰쳐나가려던 금룡방주에게 선음문주가 하늘을 바라보며 엉뚱한 대답을 했다.

"전투기가……."

"……?"

뭔 소리인지 몰라 금룡방주도 덩달아 하늘을 쳐다보았다. 그리고 쏟아지는 전투기의 잔해를 확인할 수 있었다. 그리고 그보다 더 빨리 유성처럼 내려꽂히는 하나의 인영도.

공을 뺏길까 두려워 서둘러 달려나가던 벽운검파 문도들의 머리 위로 강기가 쏟아졌다.

"허억?"

그걸 느끼고 몸을 날려 피하려 했으나 때는 늦어 문도들 십여 명이 그대로 참살당했다. 그리고 쾅 하는 소리와 함께 키튼이 착륙했다. 땅에 구덩이가 파이면서 돌멩이와 흙먼지가 날리고 충격파가 사방으로 퍼져 나갔다.

"못 간다고 했다!"

온 산을 울리는 포효 같은 그 외침에 상당수 무림인들은 자신들도 모르게 움찔하며 한 걸음 물러섰다. 거기에 더 공포를 자극하는 소리가 섞였다.

"우와앗! 전투기가 추락한다! 피해라!"

콰아앙.

키튼에 뒤이어 추락한 전투기의 조각들이 사방에 내리꽂히며 폭발을 일으켰다. 싣고 있던 폭탄들까지 같이 터지면서 산맥 곳곳에 불길이 치솟았다. 대부분이 사방에 흩어져 떨어지고 실제로 무림인 사이에 떨어진 건 두 조각뿐이었지만, 그 위세에 사람들은 겁을 먹고 주춤주춤 물러섰다.

그사이 늑대인간들은 하나둘씩 사라졌다.

'이대로는 안 된다.'

"모두 겁먹을 것 없소! 상대는 하나뿐이오. 무엇 때문에 여기에 왔소! 죽음을 두려워하지 않는 마인을 멸하는 정파의 기개를 보여줍시다! 곤륜오로, 앞으로 나서시오."

곤륜 장문인의 외침에 비로소 무림인들은 정신을 차렸다. 그랬다, 두려울 게 없었다. 저 늑대인간이 강하긴 하나 단신이 아닌가. 퀸이나 나이트처럼 한계를 뛰어넘는 힘을 지닌 것도 아닌데, 이 숫자로 두려울 게 없었다.

"돌아가신 장문인의 원수를 갚자!"

곤륜오로에 매화사검까지 합세하고 뒤이어 앞을 다투어 명문정파의 원로들이 키튼에게 달려들었다. 그리고 나머지들은 점점 더 빠르게 사라지고 있는 늑대인간들을 처단했다.

'제길! 제길! 제길!'

키튼은 강했다. 그 많은 자들의 합격을 받고서도 쓰러지지 않고 버텼으니까. 대해가 되어 몰려드는 무림인 앞에서 한 마리 화룡처럼 날뛰는 그 무위는 실로 세리우스의 제자란 이름이 부끄럽지 않았다. 하지만 그런 그도 다른 무림인들과 늑대인간의 싸움에까지 끼어들진 못했다. 무림인에게 죽기 전에 사라진 늑대인간 한 명마다 키튼에게 희망을 주었지만, 그러지 못하고 쓰러진 늑대인간 한 명마다 키튼의 가슴에 분노와 좌절감을 심었다.

"키튼아!"

인간 고수 사이에 포위되어 자신 쪽에 합류하지 못한 키튼을 무디브가 애타게 불렀다.

"제 걱정은 말고 떠나십시오! 살아남은 자들을 부탁합니다."

그 말을 끝으로 마지막 늑대인간까지 사라지거나 죽었다. 이제 남은 것은 키튼 하나뿐이었다. 곤륜 장문인이 검에 묻은 피를 털어내며 그의 싸움을 시켜보았다.

"대해에 맞서는 한 마리 화룡 같군."

한번에 공격하는 자야 십여 명이었으되, 앞쪽이 빠지면 바로 뒤에 있던 자들이 공격하면서 그 전환이 바로바로 잘 이뤄지고 있었으니 사실상 수십여 명의 공격을 받는 것과 거의 다름없었다. 그 와중에도 늑대인간은 멀쩡한데 협공하는 장로들 중에서는 사상자가 나왔으니 정말 끔찍할 정도로 대단하긴 대단한 무위였다.

"늑대인간을 잡은 자보다 놓친 자가 더 많으니 이번 작전은 실패인가."

옆에 와 아쉬워하는 점창 장문인에게 곤륜 장문인은 고개를 저었다.

"저자 하나만 잡는다면 충분히 대승이라고 봅니다."

"하긴……"

두 장문인은 잠시 말을 멈추고 그 전투를 바라보았다. 세리우스의 기록이 너무 터무니없이 높은 차원에 있어서 아무 도움이 안 되었다면, 키튼의 경우 실로 두고두고 연구할 만한 모범을 보여주고 있었다. 적으로서 무찌르는 거야 무찌르는 거고, 솔직히 말해서 단 한 장면을 놓치는 것도 통한이 될 만큼 키튼이 펼치는 무공은 정종절학의 진수를 여실히 보여주고 있었다.

오른손에 든 검에서는 정검멸사(正劍滅邪), 유룡승천(孺龍昇天), 천망무결(天網無缺), 쌍룡희주(雙龍嬉珠) 등이 연이어지며 쏟아지고 반대쪽 왼손에서는 섬전인에 제룡천장과 대연금지(大然錦指)가 쏟아졌다. 그 와중에 펼치는 신법은 섬전행과 유운신룡보, 천비은둔이 완벽하게 오가며 그 좁은 틈에서조차 간격을 자아냈고, 간간이 나오는 발길질이나 어깨 박치기조차 하나의 절기로 따로 분류해야 할 것이었으니, 다 보기 전에 죽이지 말자라는 말을 하고 싶을 정도였다.

'양강의 기운이 뻗쳐 나가면서 무형무음의 음유한 검기가 숨어 함께 갔으니 저게 쌍룡희주로군. 본문의 무공으로는 저와 같은 응용을 할 수 없나?

그런 생각을 한 건 두 장문인만이 아니었다. 싸움에서 한결 벗어난 자들은 하나같이 저기서 오가는 수법 중 참고하거나 뭐하면 그대로 훔쳐 베껴서 자신의 무공을 강화하는 데 쓸 게 없는가 하고 눈을 부릅뜨고 보고 있었다.

"하아. 하아."

하지만 그 멋진 싸움에도 아쉽게 끝이 다가왔다. 계속되는 합공 속에서 키튼의 내력이 서서히 떨어져 갔다. 구대극품공, 그중 적어도 그가 익힌 세 가지는 어느 것의 끝을 가도 천인합일이라고 흔히 부르는 경지에 도달했다. 대자연에서 기를 자유로이 끌어 쓰기에 무한의 공력이라고 하는 경지였지만, 엄밀히 말해서 '절대적'인 무한이 아닌 '상대적'인 무한이었다. 통상의 무인들처럼 굳이 운기조식하지 않아도 매우 빠른 속도로 대자연의 기를 끌어와 내력을 바로 회복하는 건 사실이었지만, 그 속도조차 넘어설 정도로 내력을 마구 소모할 경우가 문제였다.

'제길. 어떻게든 틈을 만들어야 하는데.'

조금만 틈이 보이면 바로 벽력섬으로 어디 한 군데 뚫고 나가서 섬전행으로 도망치겠건만, 포위망이 너무 촘촘했다. 그를 둘러싼 늙은이들도 놀고 먹으며 나이 먹은 자들이 아니었다. 막 자신에게 달려들던 자를 발로 차버리면서 키튼은 이를 악물었다.

'여기서 죽을 수는 없어. 내게는 책임이 있단 말이다.'

죽은 사의 목숨 값을 받아내야 하고, 산 자들을 이끌어야 했다. 그의 불쌍한 동족은 오늘 충분한 비극을 맛봤다. 새로운 족장이란 희망까지 꺼뜨릴 수 없었다.

'되든 안 되든 뚫고 나가본다.'

더 이상 있다가는 아무것도 못해보고 죽을 판임을 느낀 키튼은 성패는 하늘에 맡기고 내공을 뇌정신공으로 전환할 준비를 했다. 뇌정멸로 몸을 지킨 채 벽력섬으로 한곳을 뚫고 그대로 섬전행으로 달려나간다. 그 와중에 적의 합공을 많이 받을 테고 그 몸으로 과연 추격을 뿌리칠 만한 섬전행이 가능할지는 자신할 수 없었지만, 요행을 바랄 뿐이었다.

콰앙.

충격파와 함께 키튼은 포위망의 한곳으로 몸을 날렸다. 막 일각이 무너지려고 하는 순간 밖에서 지켜보던 자들이 키튼을 향해 장력을 날렸다.

"감히 어딜 가느냐!"

퍼펑.

그와 함께 키튼의 앞길을 대기하고 있던 자들이 달려들어 막았다. 결국 키튼은 얼마 가지도 못한 채 새로운 포위망에 갇혔다.

'제길, 여기서 저놈들 몇 명 더 길동무하는 걸로 만족해야 한다는 건가?'

이미 그의 몸에도 잔 부상이 꽤나 누적되어 있었다. 그 피로가 한꺼번에 몰려오는 것을 키튼은 느꼈다.

"이대로만 갑시다. 저 마인이 아무리 강하다 해도 뭉친 정파의 저력에는 한계를 드러내는군요. 핫하."

그 호기로운 외침이 끝날 무렵 갑자기 검은 불길이 키튼의 주위로 일어났다.

"헛?"

그리고 그 불길은 쏟아지던 공격을 모조리 튕겨냈다.

"감히! 누가 그 따위 잡술을 펼치느냐!"

외친 자가 대답을 기대했을지는 의문이었지만, 범인은 담백하게 정체를 털어놓았다. 불길 속에서 친절한 어조로 설명하는 남자의 목소리가 울렸다.

"마지막 남은 로드, 비숍 드뤼셀이라고 합니다. 이 친구가 여기서 죽는 건 곤란한지라 데려가겠습니다."

자신을 감싼 힘의 정체를 안 키튼은 허탈한지 기쁜지 알 수 없어 고개를 저었다. 그러나 확실한 건 이걸 거부할 수 없다는 것이었다.

"뜻하지 않은, 아니, 예고된 탈출구인가."

작게 중얼거린 키튼이 불길 속으로 사라지면서 외쳤다.

"두고 봐라! 인간 자식들아! 지금은 내가 피눈물 흘리며 도망가지만, 언제까지나 니들만이 좋은 날일 줄 아느냐아! 뿌린 대로 거두게 해주마!"

두고 보자는 자치고 무서운 자 없다는 말이 있었다. 보통 힘이 안 되는 자들이 내뱉는 한마디에 불과한 경우가 많으니 틀린 말도 아니었다. 하지만 키튼의 한 맺힌 외침에 모두들 안색이 변했다. 누구랄 것도 없이 다급한 외침이 터졌다.

"막… 막아야 하오!"

하지만 그 하오가 끝나기도 전에 불길은 탁 하고 닫히며 사라졌고, 그 자리에 키튼은 없었다. 무림인들은 어안이 벙벙해 빈자리를 쳐다보았다. 닭 쫓던 개가 지붕 쳐다볼 때 심정도 이토록 허탈하진 않았을 것이다. 그런 그들에게 비숍이 남긴 메시지만 울려 퍼졌다.

"일개 무사로 끝났을지도 모를 친구를 제왕으로 길러내신 인류의 역량에 경의를 표하지요. 그럼 안녕히들 계시길."

무림 명숙들의 얼굴이 딱딱하게 굳었다.

'닭이라면… 열 번을 놓친들 무슨 상관이겠으나, 맹룡을 하늘로 놓아보내 버렸으니 앞일이 걱정이구나.'

"이건… 좋지 못하구나."

죽어가는 키튼에게 동정적이었던 선음문주도 안색이 어두웠다. 상대가 불쌍한 것과는 별개로 여기서 죽어야만 했다.

'이번 전쟁은 상처뿐인 승리에 가까우니 앞날이 걱정이로다.'

그러나 그 순간 추기경은 회심의 미소를 지었다.

"거기였더냐."

"찾으셨습니까?"

보좌관의 말에 추기경은 크게 고개를 끄덕였다.

"마침내 꼬리를 드러내었군. 중국인들이 일을 잘해주었어. 후후. 저 늑대인간도 골 아프긴 하나, 비샵에 비하면 아무것도 아니지. 목적 달성이군."

"그러면 이제 바로 전 세계에 연락하여 비샵을 치실 것입니까?"

추기경이 그 말에 으음 하면서 턱을 쓸어내렸다.

"그게 어렵군. 현재 각지에서 행해지는 성전이 좀 더 성과를 올려서 확실하게 마물들의 씨를 말린 다음에 비샵을 제거하는 편이 가장 이상적인데 말이야, 하지만 그렇게 하려고 했다가는 그사이에 비샵이 무슨 일을 꾸밀지 모르고."

"비샵을 제거한 후 성전을 계속하면 되지 않겠습니까?"

"그러면 얼마나 좋겠나. 그러나 비샵이 사라진 상태에서 흩어진 마물들이 곳곳에서 테러를 일으키면 그 피해에 대한 두려움이 마음 약한 자들로 하여금 반전파에 다시 동조하게 만들 거고, 그러면 후환을 남겨둔 상태에서 성전이 어설프게 끝날 가능성이 크네. 그러니 고민인 것이지. 그래도 지금껏 제거한 자만해도 상당히 많고 아쉽다고 미루기에 비샵은 너무나 위험하니, 자네 말대로 해야겠군. 돌아가세."

콰앙.

잠수함에서 발사된 어뢰가 타깃을 끝까지 추격하여 맞추었다. '적'은 물을 움직이고 환영을 만들어 아군을 교란한 후 도주하려 하였지만 잠수함에 타고 있는 지혜로운 마법사들이 그걸 막았다.

"브라보! 또 명중. 이로써 킬마크 하나 더 추가."

병사가 환호하는 사이 더 깊은 심해 속 시체조차 제대로 남기지 못하고 흩어진 자신의 부모를 보며 눈물 흘리는 자들이 있었다.

'엄마… 아빠…….'

소리 내어 울면 그게 상대에게 포착될까 봐 어린 인어는 숨죽여 울었다. 그는 거대한 괴물 같은 인간이 만들어낸 철로 된 물고기를 노려보며 맹세했다.

'내가 자라면 꼭 복수해 줄게. 우리가 당한 그대로 갚아줄게. 다시는 저것들이 바다에 들어오지도 못하게 할 거야.'

어린 인어 한 마리의 맹세야 어찌 되었든 민-관 합동 작전의 결정체라 할 'Clean Sea' 작전은 성공리에 지속되었다. 나토 회원국들이 내놓은 군대와 마도사 협회의 뭉쳐진 힘은 막강했다.

● Chapter 43
비숍의 반격

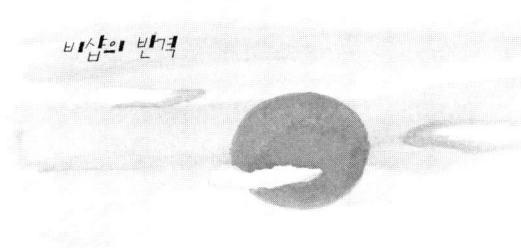

[워울프들. 1/3정도는 제거하였으나 나머지 대탈주. 정부는 비상 계 엄령을 선포하고⋯⋯.]

[인어들. 상낭수 자쥐를 감주고 심해 속으로 흩어져. 계속되는 합동 수색 중 특수 능력에 의한 반격으로 다소의 피해는 있으나 다수 해역 을 청정 수역화하는 데 성공해⋯⋯.]

[뱀파이어에 대한 본격적인 수색과 제거 돌입. 원체 기존부터 고도 로 은신한 존재들이라 발견 어려운 가운데에서도 상당한 성과. 수상한 존재 있으면 즉시 신고해야⋯⋯.]

[오늘의 영웅들. 브랜턴 부대 인터뷰⋯⋯.]

"무엇 하나 바꿀 수 없는 건가."

쏟아지는 뉴스 속보 속에서 태인은 허탈하게 앉아 있었다. 반전의 목소리는 지금도 끝난 것은 아니었다. 하지만 그 목소리들이 뭐라고 외쳐도 이미 알이 걱정하던 이종족들의 목숨은 하나둘씩 사그라지고 있었다. 그들 중 몇이나 정말로 인류를 위협하는 무리였을까.

"아무리 인간을 위해서라지만 이건 아닌데."

그리 말해 보아도 무력하기만 했다. 사방에서 죽어가는 생명이 넘쳐 나는데, 뭐 하나 어쩔 수 있는 게 없었다. 지닌 바 힘이 강력하면 무엇을 한단 말인가. 그 힘으로 할 수 있는 게 없는데. 인간에 의한 이종족 학살을 막겠다고 이종족의 편에 서서 인간을 때려잡을 수도 없는 일이었다.

그 때문에 반전파의 주축을 이루는 세력들도 성명을 발표하고 일반 인에게 호소하여 여론을 돌리려는 노력 이상은 하지 못했다. 하지만 그런 걸로 언제 이 파국을 멈춘단 말인가! 내일이라도 알이 자신에게 나타나 이제 인류는 내 적이야라고 말해도 대답할 말이 없을 것 같아 태인은 괴로웠다.

TV에서 각종 속보가 쏟아지는 가운데 삼삼오오 지나가던 자들이 무심히 내뱉는 한마디들이 태인의 귓가로 들려왔다.

"저 새끼들은 또 반전이래? 하여간 못 말리는 놈들이라니까."

"외계에서 온 무리인가 보지 뭐. 온 세상 사람이 위기에 맞서 떨쳐 일어나는 데 딴지나 걸고 말이야. 하여간 쓰레기 같은 놈들 많아요. 마물도 마물이지만 우선 저런 새끼들부터 없애야 한다니까."

그렇게 말하며 가던 학생 둘은 갑자기 느껴지는 서늘한 느낌에 입을 다물었다. 태인은 쓴웃음을 지으며 일어난 살기를 거뒀다. 철모르는 소년 둘 입 다물게 하기로 바뀔 일이 아니었다. 막고자 하는 이들이 없는 싸움은 아니었으되 그들의 소리는 작은 정도가 아니라 비난의 대상이었다.

'그렇겠지. 반전을 인정해 버리면 자신들이 나쁜 자가 되어버리니 인정할 수 없겠지.'

한 번 예 또는 아니오라고 대답해 버리면 자기 자신의 선택이 틀리지 않았음을 입증하는 쪽으로 인간은 나가려고 한다. 어지간해서는 그게 바뀌지 않는다는 걸 태인은 잘 알았기에 더욱 절망했다. '나쁜 무리'인 반전파가 뭐라고 호소하든, 어떤 증거를 들이대든 그건 이미 '반전파'가 하는 말이었고 그 말은 무조건 틀린 말이라고 치부해 버리는 게 세상 대세임을 여실히 느끼고 있었다.

"알, 너도 지금 이 광경을 보고 있냐? 보면서 무슨 생각 하고 있냐?"

잠시 느꼈던 서늘한 기운이 사라지자 다시 떠들어대기 시작하는 두 소년을 보고 태인은 한숨만 내쉬었다. 그때 갑자기 소년들이 걸어가던 옆 건물이 흔들렸다.

"우와앗!"

비명 소리와 함께 소년들이 도망치자 건물 한쪽 벽이 부서지며 그 안에서 불길로 된 맹견이 나타났다.

'구해야 하나?'

당연히 구해야 할 텐데도 의욕이 일지 않았다. 화견이란 게 일반인에게야 위협적인 존재이지만 지금 그에게는 부적 몇 장이면 처리할 수 있는 적인데도 그랬다.

"크르릉. 혼자 죽진 않겠다. 크엉!"

화견의 입에서 도망치는 소년들을 향해 불길이 쏟아졌다. 순간 탕하는 소리가 울리고 허공에 얼음이 생겨나더니 불길과 쌍 소멸했다.

"능력을 가진 인간인가. 너도 날 죽이러 온 건가."

"아니, 내 쪽은 그냥 지나가다가 우연히 눈에 뜨인 것뿐이야."

화견에게 총을 겨눈 채 상대는 싱그러운 목소리로 대답했다.

'…혜련?'

"웃기지 마라. 조용히 지냈건만 죽이겠다고 너희들이 몰려오지 않았던가. 혼자 죽지 않는다!"

화견이 그대로 뛰어올라 혜련을 덮쳤다.

"곤란한데."

탕탕.

총알이 다시 연이어 쏟아졌다.

퍽. 퍽.

화견의 몸에 얼음덩어리가 일순간 생겨났다가 사라졌다.

"안… 안 먹혀?"

상대가 표준적인 화견이 아니란 걸 깨달은 혜련의 안색이 창백해졌다. 다시 세 번째와 네 번째 총알을 쏘며 뒤로 물러났으나 상대는 그대로 간격을 좁혀 그녀를 덮쳤다.

"꺄악!"

비명을 지르는 혜련을 보며 태인은 마침내 부적을 꺼내 들었다.

"멸사제천광."

파앙.

그렇게 절실한 마음 없이 반습관적으로 써버린 주술이지만 압도적인 힘의 차이로 날뛰던 화견을 한 방에 날려 버렸다.

코너에 몰렸던 혜련은 겨우 정신을 차리고 주술이 날아온 쪽을 바라보았다. 그녀가 고전하던, 아니, 죽임당할 뻔했던 상대를 가볍게 제압하다니 대단한 능력자였다. 바로 알아볼 수 있었다.

"태인?"

설마 이런 식으로 또 만날 줄 몰랐던 혜련은 멈칫했다. 하지만 여기서 모른 척하고 멀어지기도 뭐해서 그녀는 태인에게 다가갔다.

"오랜만이네."

"그래. 잘 지냈어?"

예의상 대답하는 기미가 역력한 태인의 말에 혜련은 그가 많이 지쳐 있음을 눈치 챘다. 그래서 그녀도 예의만 차리고 물러나기로 했다.

"구해줘서 고마워. 참, 우연이란……. 바쁘면 난 이만 가볼게."

그런데 뜻밖에도 태인이 그녀를 불러 세웠다.

"잠시만, 뭐 하나만 물어도 될까?"

"물어봐."

분명 예전보다 더한 허무주의에 빠져 있는 얼굴을 하고 있으면서 뭘 묻다니, 좀 놀라운 일이라고 생각하며 혜련은 대답했다.

"방금 너도 임무 맡아 온 게 아니라 지나가다 휘말린 거 맞지? 어째서 끼어든 거야? 네 일 아니면 다른 일에 관심 안 뒀잖아."

뭔가 내난한 실문이 나올까 해서 잠깐 긴장했던 혜련은 맥이 탁 빠졌다.

"난 또 뭐라고, 나도 명색이 퇴마사잖아. 아무리 이익없는 일에 끼어들지 말자라는 게 내 평소 생활 지침이라 해도 어떻게 눈앞에서 손 내밀면 구할 수 있는 생명을 죽어가게 놔두겠어? 반사적으로 손이 나간 거지 뭐."

멋쩍은지 변명하던 혜련은 태인의 표정이 이상하게 일그러지자 다급히 한마디 덧붙였다.

"아니, 물론 저렇게 강한 놈인 줄 알았다면 안 끼어들고 도망쳤겠지만 말이야."

그래도 태인의 표정이 풀리지 않자 뭐라고 더 말해야 하나라고 고민하던 혜련은 문득 그럴 필요가 없다는 걸 깨달았다.

'잠깐. 내가 그걸 가지고 변명할 필요가 없잖아?

"그런가. 핫하, 아하하하."

태인이 미친 듯이 마구 웃었다. 그 웃음이 통쾌하다기보다 마치 자학하는 걸로 보여서 혜련은 당황했다. 어떻게 하필 여기에 있던 건지는 모르겠지만, 난동을 부리던 괴물로부터 사람들을 구했으면 뿌듯해할 일이지 왜 저런단 말인가.

'태인이 최근에 반전파 쪽에서 중요 인물로 활약한다는 얘기를 들었는데, 그 때문인가? 반전파로서 강경파와 똑같이 괴물을 죽여 버렸다는 생각을 하는 건가?

"저기, 태인."

"왜?"

대답하는 태인의 눈이 울고 있어서 혜련은 위로의 말을 꺼냈다. 포기했다라고 스스로에게 말했지만, 역시 지금도 자신이 그에게 가지고 있는 감정은 호감이라는 걸 그녀는 다시 확인했다.

"넌 어디까지나 저 사람들을 구한 것뿐이잖아. 위험하게 될 가능성이 있다는 이유로 다 때려잡자는 자들하고는 분명히 차이점이 있다고 봐. 그러니까 괴로워하지 마. 누가 뭐래도 넌 저 사람들을 구한 것뿐이잖아? 봐, 나만 해도 네가 구해준 데 대해서 감사하고 있는걸."

"……."

태인은 이마를 짚었다. 그녀의 말이 옳았다. 만약에 저 사람들을 죽게 내버려 두었다면 훨씬 더 괴로울 것이었다. 하지만 정말로 그걸로 충분한가?

"네가 볼 때… 이 전쟁 어때? 내 입장 생각하지 말고 솔직하게 말해 줘."

힘겹게 물어오는 태인이 안쓰럽다고 혜련은 생각했다.

'후우. 그래 확실히 그는 설령 애인이 못 된다 해도 좋은 친구지.'

그래서 그녀는 진실을 말해 주기로 했다. 그토록 구해주고 싶었지만, 끝내 구해주지 못한 채 저 알렉시안이라는 거대한 소용돌이에 그가 휘말려 들도록 하고 말았던 데에 대한 작은 보상이었다.

"조금 오버라고 생각해. 하지만 그쪽 입장도 터무니없다고 말할 수는 없잖아? 그 강대한 비숍의 힘과 일반 몬스터들의 힘이 합쳐지면 인류 정복도 꿈 같은 소리가 아닌걸. 팔은 안으로 굽는다고, 설령 몬스터들이 지금 당장은 그럴 생각이 없다 해도 비숍이 들고일어나면 나중에라도 그 편에 다 들러붙지 않겠어? 그건 한두 존재의 성격 문제가 아니라 거대한 집단의 흐름 문제이니까 말야."

"역시 그런가?"

"솔직히 말해서 나도 알이 미워서 너와 그 녀석을 떨어뜨려 놓으려고 한 건 아냐. 뭐, 인간으로 취급 안 한 건 사실이지만."

"그럼… 너도 전쟁 찬성파인 건가?"

"아니, 그것도 아니고. 그냥 뭐라고 해야 하나. 반대도 아니고, 찬성도 아니라고 해야 하나? 반대하자니 앞날이 걱정되는 게 사실이고 찬성하자니 조금 찜찜한 데가 있는 전쟁인 것도 사실이고. 후우. 뭐, 가장 좋은 건 그냥 비숍과 킹만 없어지면 모든 게 끝날 텐데. 어머, 미안해. 알은 그러니까……."

뭐라고 변명해야 할지 몰라 그녀답지 않게 말을 더듬는 혜련을 보고 태인은 손을 저었다. 그녀가 변명할 일이 아니었다.

"말해 줘서 고마워. 이제 그만 헤어지자. 오랜만에 만나서 반가웠다."

"…그래."

멀어져 가는 태인의 축 늘어진 어깨를 보며 그녀는 고개를 저었다.

'미련은 버리기로 했잖아. 지금 와서 뭘 어쩐다고.'

그러던 그녀는 문득 다른 데 의문이 들어 고개를 갸웃거렸다.

'그런데 내가 이쪽으로 왜 왔지? 덕분에 우연찮게 태인을 만나긴 했지만 이쪽에 올 계획이 없지 않았나?'

태인은 힘없이 걸어갔다. 손 내밀면 구해질 목숨이라고? 그래, 그에겐 힘이 있었다. 그러나 이 비극을 멈춰 세우려면 어디로 손 내밀어야 하는가?

대답을 구하지 못한 채 나가는 그를 원거리에서 투시하던 추기경은 미소 지었다. 이리저리 흔들리는 룩이 최종적으로 어디에 설 것인가를 알기 위해 던져 본 시험구는 정확히 먹혔다.

"고맙군. '룩' 군. 자네의 고뇌를 이해하네. 이제 그걸 덜어주도록 하지. 자네의 그 귀여운 뱀파이어는 몰라도 나머지 생명에 대한 책임감은 이제 덜 수 있을 거야. 그 아가씨의 말대로 나도 이제 비숍과 킹만을 마지막 타깃으로 정했으니 말일세."

그는 '룩'을 만나기 위해 자리에서 일어섰다. 예언이 아니더라도 이 싸움에서 그가 차지할 비중은 계산만으로도 충분히 컸다.

"이종족 제거가 불완전한 채 마무리되는 것이 우리로서 못내 아쉬운 것은 사실이나, 어쩌겠나. 비숍과의 싸움이 훨씬 중차대한 차에 자네와 불문이 그 정도로 고집을 피우면 우리도 이쯤에서 타협해야겠지.

그들의 완전 박멸은 다음 세대에 다시 기회가 있겠지.”

기회는 많았다. 이번에 당한 자들이 복수를 하겠다고 설치다가 새로운 빌미를 제공한다든지 등의 기회들이 말이다. 그러니 지금은 타협해줄 차례였다.

'배신한 자가 마지막 희망을 끝낸다고 했나? 그 예언 빗나가게 해주지. 자네를 제거하지 않아도 되어서 실로 다행이네. 태인 군.’

“다시 뵙게 되어 반갑습니다.”

생긋 웃으며 자신에게 인사하는 드뤼셀을 노려보던 키튼은 갑자기 검을 들어 그의 목을 겨눴다. 검강이 맺힌 그의 검이 드뤼셀의 목 옆에서 떨렸다. 통상의 경우라면 명백한 위협의 표시였다.

“어라, 이건 새로운 인사법입니까?”

하지만 드뤼셀은 그냥 의아하다는 듯 물었고 키튼은 이를 갈며 외쳤다. 이게 협박이 못 되는 상대라는 건 잘 알고 있었지만 이렇게라도 안할 수 없었다.

“날 여기로 공간 이동시킨 게 너지?”

“그렇습니다만.”

“그럼 어째서 나의 동족들은 죽게 내버려 둔 거지? 왜 그들도 이동시켜 주지 않은 거지?”

분노한 목소리로 따지는 키튼을 보며 드뤼셀은 가볍게 한숨 쉬었다. 그리고는 손가락으로 검을 집어 살짝 밀어내면서 웃는 얼굴로, 하지만 차가운 목소리로 대답했다.

“그럴 형편도 못 되었거니와 그게 아니더라도 인간을 놔두고 제가 당신의 비난을 받을 이유는 없지 않습니까? 아니면 자신이 다 하지 못한 책무에 대한 자책감을 저한테 떠넘기고 싶으신 겁니까?"

검을 잡은 키튼의 손이 부르르 떨렸다. 당장이라도 그대로 휘둘러 상대의 목을 베어버릴 것 같은 살기가 그의 몸에서 뿜어져 나왔다. 키튼의 노려보는 시선과 드뤼셀의 미소가 팽팽하게 부딪쳤다.

"……."

먼저 시선을 돌려 버린 건 키튼이었다. 그는 심호흡을 하고는 검을 집어넣었다. 살기가 거짓말같이 사라졌다.

"무례를 범했군. 사과한다. 족장으로서 날 구해준 호의에 감사한다."

꾸벅.

고개까지 숙여 보이는 어린 늑대인간을 보며 드뤼셀은 안경을 살짝 올려 썼다.

"별말씀을. 이쪽도 바라는 게 있어서 구해 드린 거니까 부담감 느낄 필요는 없습니다."

"쳇, 공짜는 없다 이거군. 좋아, 말해. 빚진 게 한두 개는 아니니까."

키튼은 완전히 평상시로 돌아가 툴툴대었다.

"핫하. 지금 당장은 말구요. 청구서는 적당한 때에 보내 드릴 테니, 좀 쉬십시오. 먼저 와 계신 당신의 종족들부터 추스르셔야 하지 않겠습니까."

"여기 와 있어?"

"네. 저 문을 열고 들어가시면 됩니다."

드뤼셀이 가게 안쪽 문을 가리키자 키튼은 주저없이 달려갔다.

탁.

문이 열렸다 닫히고 키튼이 사라지자 드뤼셀은 쾌활하게 반대쪽을 돌아보며 물었다.

"야아~ 세리우스가 부러운걸요. 이 참에 저도 제자 하나 키우면 어떻겠습니까?"

구석 '안 보이는 곳'에 앉아 있던 알이 그건 아냐라는 걸 온몸으로 표현했다.

"콩 심어 콩 난 게 부럽다 해도 팥 심어서는 콩 안 날 거 같은데."

"어라. 그거 가능합니다. 유전 마학을 너무 얕보시는군요. 소나무에 소 열리게도 할 수 있는데 그 정도가 안 될 리가."

"……."

'이 안에서 상식대로 되는 일은 단 하나도 없는 거란 말인가.'

알은 자신의 신세를 한탄하며 자리에서 일어섰다. 이미 주사위는 던져졌고 드뤼셀이 하는 걸 지켜보느니 차라리 도망쳐 온 다른 종족들이나 찾아가 보는 게 좋겠다는 생각이었다. 늑대인간까지 합류하면서 여기는 지금 말 그대로 종족 전시장이 되어 있었으니까.

'키튼도 와 있고, 변해 버렸지만 철민이도 와 있겠지? 그 용가리 아저씨도 있을 테고. 에휴.'

"난 저 안에 있을래. 필요해도 부.르.지. 마."

"알겠습니다. 그럼 편안히 쉬십시오. 저 혼자서 일을 진행하고 있겠습니다."

알까지 사라지자 드뤼셀은 찬장을 뒤져서 마이크를 꺼냈다. 무선 마이크인지 끝에 선은 나와 있지 않았다. 그걸 조심스럽게 닦으며 드뤼셀은 콧노래를 불렀다.

"요즘 들어 사업 영역이 엄청 넓어지는군. 판매에 택배에 이제 방송까지 진출인가."

반짝반짝 윤이 나는 마이크를 잡고서 드뤼셀은 스위치를 켰다.

"아아. 마이크 테스트. 마이크 테스트."

찌잉.

각종 속보를 쏟아내며 인류애를 자극하던 방송들 사이에 섞여 이상한 잡음이 섞였다. 하지만 그건 '방송'에서만 나가는 소리가 아니었다. 조용한 서재에서 혼자 책을 읽던 자에게도, 바다에서 헤엄치며 조개 따던 사람에게도, 심지어 엎드려 잠자던 자들의 귀에도 울렸다.

[안녕하십니까, 인간 여러분. 먼저 제 소개부터 드리지요. 드뤼셀이라고 합니다. 이미 각종 매체를 통해 익히 들으신 이름이시지요?]

길 가던 자들은 서로의 얼굴을 쳐다보며 이 소리가 자신들에게만 들리는 소리가 아닌지 확인했다.

[네. 제가 바로 비샵 드뤼셀입니다. 지구의 법칙을 관장하는 자로서 더 이상 작금의 사태를 두고 볼 수 없다고 여겨, 정식으로 여러분에게 포고하기로 결정하였습니다.]

물건 파는 가게 점원처럼 친절한 어조였지만 많은 이들이 두려움에 몸이 굳었다.

[이종족들을 모조리 제거해서 지구를 독차지하고 싶어하시는 여러분에게는 실망스러울 테지만, 저의 요구 조건은 간단합니다. 고대에 여러분의 선조들이 탈취한 이종족들의 영토와 자원을 돌려주고 그들의 각종 권익을 보장하라는 것입니다. 일방적인 구류에 대해서는 이미 제가 해지하였으니 건너뛰기로 하고 그간의 무단 점거와 사용에 대한 배상도 특별히 면제해 드리겠습니다라곤 해도 이미 명백하게 타협의 여지조차 없는 거부 의사를 밝히셨지요? 그러니 이제 이쪽도 실력 행사

에 들어가겠습니다.]

하늘에서 불의 비라도 쏟아지는 것인가, 아니면 땅이라도 갈라져 모든 걸 집어삼킬 것인가. 사람들은 공황에 빠져 주위를 둘러보았다. 하지만 무슨 마법이 사용되는 것 같은 징조는 전혀 보이지 않았다. 하늘에 붉은빛으로 된 마법진이 그려지지도, 땅에서 마력이 숫구치지도 않았다. 그저 비숍의 '말' 만이 낭랑하게 울려 퍼졌다.

[먼저 인류 여러분들이 가장 주요한 무기로 활용하는 요소의 이용 법칙을 약간 바꾸겠습니다. 그럼 이후라도 생각이 바뀌시면 협상 테이블에 나오시길. 아, 하지만 이제는 이미 여러분이 죽인 자들에 대한 보상 방법도 생각해 두셔야 할 것입니다. 그럼 오늘 저의 발표는 여기까지입니다.]

"대… 대체 무슨 일이 일어나려는…… 으엇?"

러시아워 시간 도로에 갇힌 채 비숍의 말을 듣던 존은 갑자기 차 시동이 꺼지자 당황했다. 하지만 그의 차만 선 게 아니었다. 도로의 모든 차가 동시에 시동이 꺼졌다. 그와 동시에 하나둘 들어와 있던 가로등의 불도 순식간에 나갔다.

"무슨 일이야?"

멈춘 것은 거의 모든 전 세계의 자동차였다. 그리고 발전소들이 멈추었다.

"원자핵 분열이 멈췄다. 이게 무슨! 발전기가 멈췄어."

"화로에 불이 꺼졌습니다. 이유가 파악되지 않고 있습니다."

전 세계에 어지럽게 사태를 보고하는 외침이 터져 나왔다.

"여기는 K3045편. 엔진이 꺼져서 비상 착륙한다. 비상 착륙한다."

비상 배터리의 전력으로 무선 통신기를 가동해 급히 메시지를 전송

하면서 전 세계 비행기들은 제각기 비상 착륙을 시도해야 했다. 물론 실패한 비행기가 태반이었다.

일순간 세계가 아수라장이 되었다.

"무슨 일인가? 이보게, 비서관, 현재 상황이 파악되는가?"

당황한 대통령의 말에 자기라도 침착을 유지해야지라고 속으로 되뇌이며 비서관은 들어온 사건들을 종합해서 요약 보고했다.

"원인 불명이나 모든 원자력과 화력 발전소가 멈췄습니다. 그에 따라 사방으로 대규모 정전 사태가 번지고 있습니다. 거기에다가 난로도 꺼지고, 길거리에 다니던 차들도 시동이 나가 버렸습니다. 심지어 제 라이터조차 방금 확인했는데 작동하지 않습니다."

그 시간 가장 빨리 무슨 사태가 벌어졌는지 깨달은 마도사 협회장 아케리트는 기막히다는 듯 불이 완전히 꺼져 어둠에 잠긴 도시를 바라보고 있었다.

"회장님… 이것은!"

"이게 비숍이로군. 헛허. 헛허. 퀸은 지구를 조종하더니, 비숍은 인류에게서 불을 빼앗는군 그래."

"…불을 빼앗았다는 말씀은?"

"어떻게 했는지 몰라도 급격한 연소와 폭발이 불가능해진 거 같군. 소규모 파이어 엘리멘트 봉인진은 우리도 펼치곤 하는 것이지만, 이건 아예 지구 규모로 막아버린 거군. 아니, 봉인한 게 아니라 말 그대로 '법칙'을 뒤바꾼 건가."

"그럴 수도 있습니까?"

"10분 전에 물었다면 난 불가능이라고 대답했겠지만, 수정하지. 가능하군. 이로써 비숍은 강력한 마력과 고도의 마법을 지닌 대마도사

형으로 추정된다라는 기존의 가설은 퀸은 정신 조종을 주무기로 하는 매혹형 요마로 추정된다라는 가설과 함께 이번 세기 마도사 협회가 내놓은 엉터리 가설 베스트를 다투게 생겼군."

"……."

비서가 입이 얼어 있는 가운데 아케리트는 머리가 아프다는 듯 이마를 짚었다.

"후우. 퀸은 태양광과 중력 같은 요소를 부리더니, 이제 비숍은 물리 법칙을 새로 쓰는가. 우린 대체 누구와 싸우고 있는 거지?"

대혼란. 대마왕과 그 휘하의 마물과의 싸움에 대해 이리저리 얘기도 하고 두려움에 떨었어도 직접적인 피해는 그때까지 당한 것이 없던 인류 문명에 비숍이 바꿔놓은 법칙 하나는 치명타가 되어 날아들었다.

아주 한두 개의 주식을 제외하곤 대부분의 회사 주식이 대폭락했다. '거래소'는 정부의 비상 조치로 중지되어서 아예 하락 자체가 불가능한 구조가 되어버렸지만, 장외 시장에서 준 투매에 가까운 거래가 나왔다. 각종 원자재의 가격도 뒤죽박죽으로 엉켰다. '운송'이 마비된 상태에서 가격 선이라는 게 얼마나 제대로 된 의미가 있는지조차 의문이었지만 말이다.

그러나 그런 경제적인 마비는 벌어지고 있는 혼란상에서 작고 가벼운 것에 불과했다. 멈춰진 공장들, 생산되지 않는 제품들, 내일의 시장에 오늘과 똑같은 물건이 있을 것이라는 기대가 깨어지고, 수도꼭지를 틀면 물이 나오고, 스위치를 누르면 불이 켜진다는 믿음이 무너졌다.

정부의 발 빠른 계엄령과 군대를 동원한 치안 유지 시도에도 불구하고 세계 곳곳에서 폭동과 약탈이 뒤따랐다. 그나마 '방화'만은 없었지만 말이다.

그 혼돈의 와중에 상당수 인류는 이제 내일을 살아가기 위해서 오늘 뭘 해야 하는지를 모르는 처지에 빠져 버렸다. 이미 '화폐' 자체가 대부분의 지역에서 교환 매개 수단으로써의 기능을 잃어버리고 쌀과 옷감 같은 현물만이 가치를 지녔다. 정부는 배급제를 도입하여 붕괴된 시장을 대신해 최소한의 생필품이라도 공급을 지속하려 하였으나 '생산' 자체가 대부분 정지된 상황에서 어떤 미래가 닥쳐올지 누구도 쉽게 예측하지 못했다.

전기와 수도가 끊긴 도시는 거대한 정적에 휩싸여 있었다. 곳곳에서 몽둥이와 총검으로 무장한 군인들만이 오고 갈 뿐 대다수 시민들은 뭘 해야 할지 모른 채 집 안에 틀어박혀 정부의 다음 지침을 기다렸다. 수력 발전같이 끝나지 않은 소수 발전에서 나온 전기는 긴급 의료 장비와 통신 설비 쪽의 가동에 쓰기에도 역부족이라 일반 시민 대부분은 문명의 혜택에서 벗어난 사각 지대에 놓였다.

사실상 거의 전 회사들이 언제까지 이어질지 모를 임시 휴업을 선언했고, 대다수 가게들도 물건이 들어오지 않아 문을 닫았다. 사실 폭동의 와중에 물건이 다 털리고 부서진 가게가 태반이었지만 말이다. 멀쩡한 가게들도 그 물자를 전부 정부에게 징발당해서 돈으로 살 수 있는 물건은 이미 없었다. 심지어 만 원짜리로 천 원짜리 열 장조차 살 수 없었다. 종이 열 장이 한 장보다 쓸모가 많았다.

단 이틀도 안 지난 시간 사이에 모든 것이 믿을 수 없는 속도로 바뀌어 있었다.

그나마 비샵이 제거되고 모든 것이 얼마 안 가 정상으로 돌아올 거라는 정부의 발표가 준 마지막 희망이 아니었다면, 인류는 공황 속에서 자멸할 거라고 해도 과언이 아니었다.

그 정지된 세계를 바라보며 태인은 힘없이 중얼거렸다.

"이게, 퀸이 바라고 비숍이 만들어놓은 세상인가?"

거리 한구석 버려진 카페에 앉아 있는 그의 눈에 거대한 감옥으로 바뀐 도시가 비쳤다. 거리에 방치된 자동차들이 패잔병의 시체로 보였다. 엘리베이터가 완전 정지되고 수도가 끊긴 고층 아파트는 농담으로라도 살기 좋은 곳이 아니었다.

'거기다가 가스와 기름이 무용지물이 된 지금 대다수 사람들이 낯선 생식으로 인한 복통을 호소하면서도 제대로 된 치료를 받지 못하고 있다지.'

"알, 이게 너의 반격이냐? 하지만 너무 처참하잖아, 이건."

말로 듣는 것과 직접 보는 것은 달랐다. 그나마 겨우 이틀에 이 정도였다. 조금씩 시일이 더 지난다면 얼마나 피해가 늘어날지 아무도 예측하지 못했다.

"지금 와서 모두가 농사에 달려든다고 해도 과연 어느 정도가 살아남을 수 있을까. 알, 이제 와서 인류에게 불을 빼앗는 건 절반은 죽으라는 말에 가깝다고."

갑작스러운 정전에 수술의 와중에 죽어버렸던 사람들, 추락해 버린 비행기, 바다를 떠돌게 된 배의 소식들. 아무리 인간이란 종족에 대해 실망을 느끼고 있던 태인이라지만 그들 각각의 비극은 또 달랐다. 그건 새로운 고통이 되어 그의 가슴에 와 닿았다.

혼자 중얼거리던 독백을 가게 문을 열고 들어온 추기경이 받았다.

"동감일세. 비숍을 막지 못한 대가가 얼마나 큰지, 어째서 예언에서 인류 멸망의 대위기를 그토록 경고했는지 나 또한 실감하고 있다네."

어떻게 자신이 여기 있는 줄 알고 찾아왔는지 태인은 추기경에게 묻지 않았다. 지금 와서 그런 게 무슨 상관이랴.

"타고 오던 비행기가 추락하면서 나만 간신히 로드 오브 크로스로 빠져나왔다네. 같이 있던 승객들 대다수는 죽거나 큰 부상을 입었을 거야. 하지만 그때 추락한 비행기로 인한 피해는 이후 벌어진 피해들에 비하면 사소한 피해에 불과하지. 그리고 그 피해도 앞으로 벌어질 사건들에 비하면 실로 사소할 뿐이고."

"…다시 뵙는군요."

"어떤가? 자네나 불문의 자들이 그토록 지켜주고 싶어하던 마물들이 살기에는 참으로 좋아진 이 세상이? 한결 나아진 거 같나? 공기는 맑아졌더군. 자연 환경은 살아나겠지. 그걸로 괜찮다고 보나?"

태인은 아무런 대답을 하지 못했다. 아니, 추기경의 시선조차 맞받지 못했다. 로드 오브 크로스를 쓴 후 그를 찾기까지 이틀이나 걸렸다는 걸 생각하지 않더라도 지금 추기경의 생명은 확실히 꺼져 가고 있었다. 하지만 그 눈만은 여전히 불타올라 그가 마주 보지 못할 강렬한 빛을 내뿜었다.

"화력과 원자력에 대한 의존이 높았던 자네 나라의 타격은 더욱 극심한 것 같군. 이 상황을 보면서 자네는 마물들을 위협하던 인류의 각종 무기가 쓸 수 없게 되었으니 잘되었다고 할 건가? 산업 활동이 정지되면서 퀸의 바람대로 자연이 회복될 테니 만족하는가?"

"그만 하십시오."

"그래, 그만 하지. 내가 말하거나 말거나 인류가 받는 고통은 자네의 눈에도 잘 보일 테니까."

그 날카로운 추궁에 태인은 힘겹게 대답했다.

"이 고통, 그들이 겪던 고통이기도 합니다. 지금 겪는 멸망의 공포, 바로 우리가 그들에게 느끼게 했던 것이기도 합니다."

"그래서 지금 자네는 저 가엾은 이들에게 잘 당했다라고 말하겠다는 건가?"

"그런 것은 아닙니다. 어찌 되었든 간에 인류가 지금처럼 처참한 상황에 처하는 것은 결코 제가 바라는 바가 아닙니다. 특히나 이 전쟁과 무관한 일반인들이 이런 고통을 겪는 것은 저 역시 정말 원하지 않습니다. 다만… 다만……."

다만 무엇? 태인은 말을 떠올리지 못했다.

"꿈같이 아름다운 길이 없을까 기대하는 건가? 정신 차리게. 처음부터 이것이 저 마물들이 득세했을 때 인류에게 떨어질 세상이었네. 이 전쟁에서 우리가 패배한다면 닥쳐올 미래는 지금보다 더욱 참혹할 것이네."

"……."

태인의 침묵이 길어지자 주기경은 한숨을 내쉬었다.

"후, 좋네. 저 비숍의 힘이 얼마나 강대한지 드러난 마당에 우리도 우리의 주장을 고집하다가 인류를 분열시키는 짓은 하지 않겠네. 이대로 불이 없는 지구가 계속되어서는 안 된다는 데에는 서로 동의하니 다행 아닌가. 비숍과 킹을 쓰러뜨리고 마비된 인류 문명을 복구하는 데에 힘을 모아주게."

악마의, 아니, 신의 유혹이라 할 그 말에 태인의 침묵은 길어졌다.

"비숍의 건만은 해결하세. 불 없는 지구에서 가장 먼저 죽어 나갈 것은 힘없는 약자들이라는 걸 자네도 알지 않는가. 이번 일만 해결되면 이후는 자네 쪽 세력이 주도권을 쥐어도 좋네. 내가 이 싸움 끝에 살아남는다면 그렇게 되도록 도와주지."

"수많은 이종족들을 마물로 몰아 처단하실 때는 언제이고 이제 와서 그들을 살리는 걸 도와주시겠다는 겁니까?"

힐난 섞인 태인의 되물음에 추기경은 한숨을 내쉬었다.

"자네의 마음에는 안 들었겠지만 인류의 미래를 위해서는 필요했네. 자네 나라의 철강 회사가 잘 나가서 미국의 철강 회사 근로자가 해직되고, 미국 농부가 싼값에 농산물을 팔아치워서 한국의 농부가 망하는 게 누구 하나가 사악해서였겠나. 인간의 앞날을 위협하면 그게 바로 악이었네."

"그들도 생명이었습니다."

"전에도 말했지만 늑대가 불쌍해서 양을 죽게 내버려 두는 목동이 어딨겠나. 잡초가 가여워서 곡식이 마르게 하면 농부가 아닌 게지. 그만두세. 지금 이걸로 논쟁할 상황이 아니니. 비숍과 킹만은 해결하도록 도와주게. 그 다음은 이제 내가 양보하겠네."

태인은 쓴웃음을 지었다. 추기경도 그도 이미 이종족들의 세력이 상당히 약화되었다는 것을 알고 있었다. 비숍이 사라지고 나면 기세 등등한 인간이 어느 정도 관용 정책으로 돌아선다 해도 말 그대로 정말 필요없는 곳을 선심쓰듯 내어주며 이종족들에게 재주껏 생존해 보라는 형태에 가깝게 될 것이라는 것도 말이다. 적어도 가까운 미래 내에 그들이 다시 인류에게 위협이 될 일은 결코 없을 것이었다. 그에 따라 다시 한 번 인간과 이종족 간의 전쟁이 벌어질 일도 말이다.

'그래… 다시 시원자들이 돌아오지만 않는다면 말이지.'

어느 쪽을 선택할 것인가? 시원자들의 뜻대로 인간은 몰락하고 이종족들이 사방을 누비는 세계? 아니면 인간은 승리하고 이종족들은 작은 땅 한 귀퉁이에서 종족만 간신히 유지, 혹은 그나마도 못하고 사라진 세계?

'제… 3의 길은 없는 건가.'

길어지는 태인의 고민을 눈치 챈 추기경이 말했다.

"좀 더 제대로 된 관용 정책을 인류가 펼치길 바라는 건가? 가능하겠지. 인류의 안전함만 담보된다면 말일세. 하지만 시원자들은 너무나 강력하네. 그들이 잠재 위협으로 남아 있는 이상 인류 전체는 절대로 이종족들에게 관용 정책을 베풀지 못할 걸세. 지금 일어나고 있는 비극과 앞으로 일어날 비극의 고리를 끊으려면 방안은 하나밖에 없네."

숨겨진 길이 있을지도 몰랐다. 하지만 추기경이 말하는 길만이 눈에 너무 잘 들어왔다.

"불을 되찾고 시원자들을 잠재워 인류에게는 번영과 안정을, 그리고 힘 잃은 이종족에게는 관용을. 그 관용은 자네 같은 마음 따뜻한 이들이 주도하게 되겠지. 그때에 교황청은 침묵할 걸세. 이미 몇 차례의 전투에서 우리가 얼마나 몰락했는지는 자네도 알지 않는가. 이 싸움이 끝나고 각자가 실리를 찾기 시작하면 힘없는 단체에 진심으로 신경 쓸자 아무도 없겠지. 이번 한 번만 도와주게. 아니면 자네는 이대로 인류가 망해도 좋다는 건가? 불쌍한 이들이 굶주려 죽고, 얼어 죽고 해도 좋다는 건가?"

마지막 말이 끝내 태인을 움직였다. 그의 고개가 위아래로 끄덕였다.

"고맙네."

"고마워하실 것 없습니다. 인간으로서 인간에 대한 마지막 책무를

다 하는 게 될 테니까요. 적어도 인류에게 불은 되찾아줘야겠지요. 하지만 그것까지입니다. 제가 알까지 적으로 삼을 거라고는 기대하지 마십시요."

그 대답에 추기경은 다시 한숨을 쉬며 자리에서 일어났다.

"잘 생각해 보게. 킹이 있는 이상 다른 시원자들은 또 깨어날 걸세. 자네가 생각하는 대상이 이종족들인지, 아니면 알렉시안 하나인지에 따라 선택이 달라질지도 모르겠지만 말일세. 세계 각지에서 이 사태에 대항하기 위해 마지막 인류의 힘이라 할 능력자들이 비샵의 은신처가 숨어 있는 남극으로 모여들고 있네. 자네가 제때 나타나 주었으면 좋겠군. 난 이만 가보겠네."

추기경은 카페를 나갔고 태인은 그 자리에 못 박힌 듯 앉아 있었다.

"알······."

불러도 대답 없는 그 이름을 되뇌이며 그는 전기 끊긴 카페에 어둠이 찾아오도록 앉아 있었다.

갑자기 족장의 손님이라고 스스로를 말하며 들이닥친 알렉시안 때문에 늑대인간 부족은 난리가 나 있었다. 직접 그 모습을 본 건 무디브와 몇몇을 제외하고는 아무도 없었지만 인간 사이에서 떠들썩한 이름만으로도 경외감을 불러일으키던 존재가 아니었던가. 비샵과도 맞먹는다는 그 존재가 자신들의 족장을 찾아왔으니 그 일이 가히 평범할 리 없었다. 물론 그 뱀파이어의 겉모습은 좀 이름 값을 못하긴 했지만, 사물을 겉만 보고 판단하는 어리석음은 그들은 저지르지 않았다. 그래서 주위를 다 물리치고 방 안에 틀어박힌 두 수장이 일족의 앞날이 달린 어떤 커다란 담판을 주고받을까를 놓고 삼삼오오 모인 늑대인간들

사이에서 이 말 저 말이 오고 갔다.

그사이 방 안에서 키튼은 놀러 온 친구를 앞에 앉혀두고 하던 일을 마저 했다.

"뭐 해?"

검을 이리 돌려보고 저리 돌려보는 키튼에게 알은 궁금하다는 듯 물었다. 키튼은 간단히 대답했다.

"검에 숨겨진 비밀 장치 같은 건 없나 해서 살피는 중이다."

"음. 틀림없이 있을 거야."

"네 생각에도 그렇지? 저 비숍이 만든 물건이 정상 작동할 거라고는 도저히 생각이 안 돼."

둘은 의기투합해서 고개를 끄덕였다.

"전에 쓰던 칼보다 칼 자체로써 성능은 어때? 좋긴 해?"

"누가 만든 건데 어련하겠냐마는 아무리 봐도 단순한 명검 수준이 아닌 거 같은데 말야. 대체 뭐가 든 건지 모르겠단 말야. 끄응. 찾는다고 찾아질 게 아닌가. 에휴, 다음에 찾아야겠다. 지금은 다른 일들이 더 급하니까."

키튼은 한숨과 함께 드뤼셀이 세리우스의 유품 대신이라는 수상한 말과 함께 건네준 검을 치웠다.

"그나저나 좀 있다가 각 종족의 수장들이 모여서 단체로 회의하기로 했는데 너도 갈 거지?"

"나? 나까지 낄 필요 있을까? 뱀파이어의 수장은 어차피 따로 있잖아."

"뭐, 그건 그렇지만 네가 참석한다고 해도 누가 막을 거 같긴 않은데."

"에이, 됐어. 나야 그냥 놀러 온 건데 뭐. 그런데 회의해서 뭘 논의

할 건데?"

장로들의 말에 따르면 상대방은 시원자들의 수장이니 극진히 대접해야 했다. 하지만 키튼은 그런 공손함을 때려치운 지 오래였다. '친구' 하기로 해놓고 서로의 신분이 좀 달라졌다고 그만두는 것이야말로 배신이었다.

"역시나 인간들을 어떻게 상대할 거냐가 주요 문제지. 인간의 가장 강력한 무기이던 화기를 막아버린 비샵의 힘 때문에 다들 희망이 생겼다고 좋아하고 있어. 그 바람에 원래 인간의 병기를 탈취해서 싸우자던 뱀파이어 수장의 의견은 취소되어 버렸지만 말이야. 핵 병기에 항공모함까지 탈취 계획을 다 세우던데 뻘쭘하게 되어버렸지. 뭐, 핵은 쓰려고 탈취하는 건 아니고 그걸 이용해 협상해 보려던 거 같았지만."

"아하하. 그, 그랬구나."

'불은 막아버리는 게 인류에게도 좋을 거라는 게 그 뜻이었나.'

협상용이라는 게 여차하면 실전용이 되어버리기 일쑤였으니 말이다. 알은 뭔가 참으로 난감함을 느끼며 어색하게 웃었다. 그리고는 곧 표정을 고쳐서 눈을 반짝이며 물었다.

"그럼 이제 어쩔 거야? 비샵과 힘을 합쳐서 인간을 다 때려잡을 거야?"

키튼은 잠시 알의 눈을 정면으로 바라보았다. 그 눈길에 뭔가 찔리는 게 있었던 걸까. 알은 움찔했다. 그러자 키튼은 피식하고 웃으며 눈길을 거뒀다.

"시험하는 거냐? 후, 인간들이 밉긴 밉지. 마음 같아서는 나도 그 동네 씨를 말려 버릴까 하는 생각이 들 정도로. 하지만 안 해. 우리가 그들의 횡포에 그토록 가슴 아팠으니 이제 우리가 더 강해진다고 그걸 똑같이 하는 짓은 안 할 거야. 여의제룡검은 지킬 것을 지키기 위한 검. 현천구검은 베어야 할 것을 베기 위한 검. 벽력섬은 무인의 혼을 사르는 검. 어느 것도 닥치는 대로 누군가를 죽이기 위한 검은 아냐."

"에에. 그럼?"

명랑하게 묻는 알의 목소리가 살짝 떨렸다. 하지만 키튼은 눈치 못 챈 건지 모르는 척하는 건지 쉽게 쉽게 대답했다.

"독립 국가 건설. 그게 처음부터 내 꿈이었어. 뭐, 복수도 하긴 할 거야. 정당한 이유 없이 일족을 죽인 행위를 그냥 넘어갈 수는 없지. 하지만 그건 정의의 차원에서 관계자에 대한 처벌을 요구하는 거지 니들도 똑같이 당해봐라는 식의 유치한 복수극은 안 할 거야. 됐냐?"

그렇게 말하는 키튼에게 알은 고개를 끄덕였다. 세리우스가 왜 그에게 검을 물려주었는지 알 수 있었다. 그는 키튼에게 힘을 선물하는 것이 자신의 뜻에 엇나가지 않으리라 판단했으리라는 걸 알 수 있었다. 알은 속으로 한숨 쉬었다.

'미안, 태인. 하지만 나 지금 와서 키튼이 틀렸다고는 도저히 못하겠어.'

"그럴려면 결국 충돌을 못 피하겠네."

"뭐, 할 수 없지. 나한테는 독립 운동이지만 인간들한테야 테러 활동 아니겠냐. 넌 도와주지는 않을 거지?"

"나… 난……."

대답을 못하는 알의 어깨를 키튼이 툭하고 쳤다.

"무리하지 마. 너에 대해 정확히 아는 건 아니지만, 대충 서 있는 상황이 복잡하다는 것 정도는 들었어. 날 돕지 못해 안타까운 마음만으로도 넌 이미 충분히 내 친구야."

"고마워."

"난 회의 나갔다 올 테니 있고 싶으면 여기 있어. 내 손님인 너를 후하게 대접 안 해줄 늑대인간은 없을 테니까. 하긴 그게 아니더라도 장로들이 더 호들갑이지만."

키튼이 손 흔들며 나가고 나자 알은 다시 한숨 쉬었다. 그리고는 다른 자들도 찾아가 보려던 계획을 취소했다. 더 이상 다른 종족들의 말은 듣지 않는 게 그가 인류를 혹은 태인을 위해 해줄 수 있는 마지막 배려였다.

몇 번의 거듭되는 대사건 속에서 첨예하게 대립해 온 소림사의 경문 앞에 추기경은 섰다. 경문 앞에서 기다리고 있던 지객원의 수좌인 자공 대사가 그에게 합장해 보이고는 자혜 대사가 기다리는 안으로 안내했다.

"아미타불. 어서오시지요."

"그간 강녕하셨소이까."

차 한 잔만을 앞에 놓고 두 사람은 마주 앉았다. 이 두 거물의 회동에서 어떤 결론이 나올까 예의 주시하며 소림의 제자들은 멀리서 지켰다.

"단도직입적으로 말하겠소이다. 마지막으로 모든 의견 차이를 제쳐두고 힘을 빌려주시오."

"소림에는 힘이 없소이다. 죄없이 죽어간 원혼들의 흐느낌이 밤마다 울리는데 그것 하나 막지 못한 소림에 무슨 힘이 있겠소이까."

"잘잘못은 후일에 가려질 터, 그걸 논하다가 당장 떨어진 불을 못 본 척하실 것이오? 비숍이 불을 봉인한 후 무슨 일이 벌어졌는지 잘 아실

터, 비샵과의 싸움에 마지막으로 힘을 빌려주시오."

"아미타불."

물론 자혜 대사도 불이 봉인된 후 벌어지고 있는 속세의 혼란은 잘 알았다. 그러나 하나를 죽게 내버려 두고서 이제 와 다시 떨쳐 일어남이 참으로 면목없었기에 두문불출하던 차였다. 누구를 죽여 누구를 살린단 말인가? 불제자로서 어찌 거기에 간단히 정답을 정한단 말인가.

"비샵을 막지 못하면 인류는 이대로 몰락할 것이오. 이날 이때까지의 일이 이 마지막 한 싸움에 달려 있다고 해도 과언이 아니오. 우리들도 양보하겠소. 비샵만 처치하면 이후에 남은 문제에 대한 해결 방안은 불문의 의견에 따르겠소. 그걸로 부족하시오?"

"……."

"시간이 촉박하여 모두의 약속을 받아내지는 못했으나, 기독교의 유력 종파들의 상당수에도 협조 약속을 받았소. 이 모든 것을 떠나 정말 바라만 볼 것이오? 이후와 이전에 대해서는 뜻이 다르다 하나 지금 이 순간 비샵이 행한 바를 막아야 한다는 것만은 뜻이 같을 거라 믿소이다. 차후에 다시 다툴지언정 이번만은 힘을 모아주시오."

대답 없는 자혜 대사에게 인사해 보이고 추기경은 일어섰다.

"연락을 계속 기다리고 있겠소. 그럼 부디 죽어가는 속세의 어리석고 약한 인간들을 가여이 여겨주시오."

추기경이 떠나고 나자 자혜 대사는 한탄을 했다.

"업보로다, 업보로야. 인간으로 태어난 업보로다."

장로들이 조용히 다가왔다.

"이번만은 힘을 합쳐야 하지 않겠소이까, 방장."

"다행히 이번 일이 끝나면 남은 자들에 대해서는 관대한 처분이 가능할 터이니 양쪽 모두를 위해서라도 나서는 것이 옳지 않겠소."

자혜 대사가 고개를 절레절레 저었다.

"비숍이 쓰러져도 봉인에서 풀려난 이들이 돌아올 것을 우리도 알고, 그들도 알고, 세상 모두가 아오. 추기경이 약속을 당대에 지킨다 한들 앞으로 흐를 피는 끝이 없을 것이오."

"방장, 그러나 비숍의 말대로 항복하고 그들의 요구 사항을 다 들어줄 수는 없는 것 아니겠소. 불이 사라진 후 가장 고통받는 건 힘없는 자들이오."

"불이 돌아와도 힘없는 종족이 고통받으리라. 섭혼마존과 혈천마존 같은 이가 돌아옴이 천기에 드러나면 무림인들이 무슨 일을 할 것 같소."

"그것은 그때 가서 막아야 할 일 아니겠소. 죄지을 가능성으로 미리 처단할 수 없다면, 인류 또한 미래에 흐를 피를 이유로 지금 고통받을 수는 없는 법이오."

자혜 대사가 다시 탄식했다.

"그 해결 방안이 어찌 지금 비숍을 무찌르는 데만 있겠소. 애초에 잘못 꿰어진 단추이기에 지금 바로잡기가 실로 힘들다 하나, 이제라도 공존의 손을 내미는 것이 정녕 불가능하기만 할 것 같소?"

장로들은 말하지 않았다. 묻는 자혜 대사도 알고 있었다. 말 그대로 대세. 모든 것을 멈추고 평화의 길로 돌아서기에는 이미 인간의 손에 너무 많은 피가 묻었고, 저들도 너무 많은 피를 흘렸다.

"후우. 자현 대사, 그대가 소림의 정예를 이끌고 나서시오."

"하면 방장께서는?"

"진혼제를 올리겠소. 죽은 이들에게 참으로 한 줌 가치도 못 될 가식에 불과할 것이나 그 가식을 버리고 당당해짐이 옳은 길도 아닐 터. 그러면서 정녕 다른 길은 없는지, 앞으로나마 할 수 있는 바는 없는지 고뇌하고 또 고뇌해 보고자 하오."

자혜 대사의 말에 소림 승려들은 고개를 숙였다. 불살의 계율을 말하면서도 소림이 그걸 잠시 푼 사례는 실로 많았다. 그때마다 어쩔 수 없다 뉘우친다 말하지만 기실 얼마나 뉘우쳤던가. 천하가 오히려 소림의 공덕에 감사한다고 바치는 칭송에 취해 있지나 않았던가. 하나를 죽여 천을 구하니 천이 그 은혜에 감복할지언정 그것이 진정 불법에 어그러지지 않았음일까. 그 모든 질문을 자혜 대사는 답을 내림으로서 당당해지지 않고 계속 끌어안고자 한다는 걸 알 수 있었다.

'탕마멸사를 위해 한 몸의 번뇌를 끊고 세상을 구하고자 함이 범천항마신공의 극이라 하나, 저 번뇌 또한 어찌 가볍다 할까. 방장은 경내를 지키고 나는 경 외에서 비샵과 싸움이 옳겠도다.'

자현 대사는 방장을 인정하기로 했다. 무공에 대한 재능이 분명 자신보다 밀림에도 선사가 그를 방장으로 정한 데에는 그만한 이유가 있었다.

"명을 받듭니다."

소림을 필두로 해서 반전파로서 빠져 있던 자들까지 포함하는 연합군이 완성된 건 그로부터 오 일 뒤의 일이었다.

● Chapter 44
용사들의 원정

용사들의 원정

 남극의 몰아치는 빙설풍과 위험한 크레바스들을 헤치고서 인류 결사대는 나아갔다. 인간에게 적대적이기만 한 극지의 추위도 불타오르는 그들의 열의 앞에서는 소용없었다. 마침내 목표 지점에 도착하자 아케리트는 말했다.

 "이곳이오. 모두들 단단히 준비하시오."

 비숍이 쳐둔 결계를 해제하기 전에 마지막으로 대비 사항을 점검하며 결사대는 부산스럽게 움직였다. 결계가 풀리는 순간 비숍의 기습 공격이 쏟아지기라도 한다면 낭패였으니 사전 대비가 최고였다.

 모든 준비가 끝나고 신호를 주고받은 끝에 하나로 합쳐진 인류의 힘이 동시에 작렬했다.

 파지지직.

투명한 공간에 금이 갔다. 유리창문 깨지듯 그들 앞에 있던 결계가 사라지자 얼음으로 된 성이 저 멀리 나타났다. 투명하게 비춰 보이며 반짝이는 얼음의 성은 어느 나라 양식이라고 할 수 없게 뒤죽박죽인 형태였지만 그래도 아름다웠다.

비숍은 그 성벽 위에 탁자를 갖다 놓고서 의자에 앉아 있었다. 아직은 멀리 떨어져 있는 그에게서 직접적으로 뿜어지는 기운은 없었음에도 많은 이들은 두려움에 찬 시선을 던졌다. 프로메테우스의 선물을 되찾아간 마왕은 싱긋 웃으며 자리에서 일어섰다.

"하필 티타임에 몰려오시다니. 할 수 없죠, 그래도 손님이신데 티타임을 미루고 접대해 드려야겠죠."

그냥 작게 말하는 소곤거리는 소리가 모두의 귓가에 들려왔다. 어려운 것이라고는 할 수 없지만, 두려움을 한층 키우기엔 충분했다.

저 비숍이 대체 무엇을 보여줄 것인가. 비숍은 앞에 카드를 세 장 띄웠다. 그리고는 첫 장을 톡하고 쳤다. 카드가 뱅그르르 돌더니 인간 연합군 쪽을 향해 앞면을 드러내며 멈춰 섰다. 시력이 좋은 자는 거기에 있는 것이 검은 태양이 희미하게 그려진 어둠 속에서 악마들이 날뛰는 그림이란 걸 볼 수 있었다.

"자아, 게임의 규칙을 설명드리겠습니다. 제일 먼저 첫 번째 이벤트부터 보여 드리지요. 아, 나왔군요. '영계의 일식'입니다. 효과는 다른 존재의 빛을 반사해서 빛나던 자는 그 빛을 잃는다입니다. 스스로 빛나시던 분들은 상관없습니다."

분명히 지금 북극에 일식이 일어날 때는 아니었다. 하지만 비숍이 일식이라고 말한 이상 당연히 일식이 일어날 거라고 생각한 사람들은 태양이 변함없이 내리쬐자 의아함을 느꼈다. 다행히 그 의문은 곧 해소되었다. 마도사 협회 분류 기준에 따라 '홀리' 계열로 분류되는 능력자들이 사색이 되면서 외쳤던 것이다.

"우… 우리의 힘이 봉인되었소!"

카톨릭이야 원래 얼마 안 남아 있는 데다가 헬레나와 미하일까지 빠져 있으니 애초에 기대 안 했다 쳐도, 이슬람이나 기독교 계열에서까지 같은 말이 터져 나오는 데는 영향받지 않은 자들도 사색이 되었다. 범인류적 동지애는 아니더라도 강적을 앞에 둔 상태에서 동료의 위기는 자신의 위기였다.

"겁먹을 것 없소! 저자도 지금 온갖 일을 벌이느라고 지쳐 있을 터, 저자만 물리치면 모든 게 끝이오!"

그러나 사람들은 거기에 별로 호응하지 않았다. 호응하기에는 이전의 퀸과의 싸움이 너무나 큰 충격으로 다가와 있었고, 지금 벌어지는 일들조차 애초에 뭔가 상식적인 계산을 해볼 일이 아니었다. 정작 그 외침에 누구보다 동감한다는 듯 고개를 끄덕인 건 드뤼셀이었다.

"맞는 말씀입니다. 그런 의미에서 저도 동료를 부르겠습니다."

"동… 료?"

그 뜻밖이라면 뜻밖이라 해야 할 단어에 달려들던 인간이 멈칫한 틈에 드뤼셀은 의아하다는 듯 되물었다.

"응? 그럼 제가 혼자서 여러분과 싸울 줄 아셨던 겁니까? 그것참, 대체 무슨 근거로 그렇게 생각하신 건지 모르겠지만 어쨌든 소개합니다. 심판의 때가 왔으니 깨어나라. 피 흘리며 죽어간 원혼들이여."

그 말을 끝으로 드뤼셀이 손가락을 튕기자 사방에 붉은빛으로 된 마법진들이 생겨났다.

"완성되기 전에 처리합시다!"

그런 외침과 함께 원거리에서 마법과 주술들이 쏟아져 날아갔다. 그러나 쏟아진 힘들은 드뤼셀의 앞에서 조용히 사라졌다.

펑. 퍼펑.

힘을 날린 주인들에게서 그 힘이 다시 작렬했다.

"크어억."

주문을 외다 말고 드뤼셀은 머리를 탁 치면서 인간들에게 다시 웃어보였다.

"아아, 깜박했군요. 저는 장외니까 저한테 주문을 날리면 다 되돌아갑니다. 버그 플레이는 자제해 주십시오. 그럼 마저 갑니다."

'반사계 방어 마법인가. 대체 어느 정도까지 반사하는 거지?'

뻔뻔함이 느껴지는 여유였으나 인간들은 섣불리 다른 주문을 던지지 못했다. 던진 게 무효화되는 정도라면야 한 번 어디까지 가나 보자는 심정으로 해보겠지만, 되돌아오는 데야 어지간한 자라 해도 멈칫해질 수밖에 없었다. 그래도 저 반사력의 한계를 알아보려면 더 공격해 보는 수밖에 없겠으나, 불행히도 마법진 속에서 쏟아져 나오기 시작한 존재들이 그걸 막았다.

"네게 죽음을 강요한 오만의 정복자들 여기에 임하였으니 이제 내가 흘러간 시간을 다시금 새겨 쓰러진 정의를 다시 일으킨다. 너희가 받은 것을 이제 돌려줌은 법칙이 허락한 바이니, 그 영겁 속에 쌓여간 눈물과 피의 갈증을 해소하라. 둠스 데이, 리턴 오브 벤지풀 스피릿츠 인 더 네임 오브 져스티스(Doom's Day, Return of Vengeful Spirits in the name of Justice)."

선고처럼 드뤼셀의 주문이 완성되고 쏟아진 원령들의 울음소리가 귀를 찢으며 울려 퍼졌다.

'저건 분명히 내가 죽였던 늑대인간의 그 장로!'

다른 것들은 몰라도 막 튀어나온 한 명만은 알아볼 수 있었던 점창 장문인은 검을 고쳐 잡았다. 이기긴 했으되 만만치 않은 상대였다. 더군다나 상대가 시간을 끄는 게 아니라 정면으로 부딪쳐 왔다면 더욱 알 수 없었다.

'원령이라면 죽음도 두려워하지 않고 들어올 터 저 많은 수를 상대함이 쉽지 않겠구나. 이미 죽음을 각오하고 왔으되 진실로 살길은 좁으리라.'

혼전이 벌어지기 시작했다. 그 와중에 힘을 잃어버린 인간들이 먼저 죽어 나갔다. 마냥 그들이 죽게 내버려 둘 만큼 주위 사람들이 몰인정하기만 한 것은 아니었으나, 아무 힘이 없는 자가 무사히 버티기에는 싸움이 너무 치열했다.

"일곱 법의 현왕. 그 흐름을 끊어 천공에서 이지러진 것을 다시금 결을 묶으니 이 땅에 속한 자 이곳에 머물고, 저 땅에 속한 자 저곳에 머물라. 익스펠 아웃사이더(Expel Outsider)!"

막 완성한 수문으로 원령 셋을 주방해 버리면서 아케리트는 속으로 혀를 찼다. 달려드는 원령 중에는 마도사 협회가 유럽 정부와의 협력 하에 제거했던 인어족도 상당수 섞여 있었다.

'후우, 순수한 언데드도 아닌 것이 여러모로 골 아프군. 그렇다 해도 저런 무리의 최고 상극은 역시 홀리계 능력인데.'

그 홀리계 능력자는 전부 이리저리 도망치다가 죽어 나가고 있었다.

'그나마 불교에 속한 자들이 좀 활약하니 망정이지, 까닥 잘못하면 난리났겠군.'

적어도 퀸과 싸울 때처럼 열 명도 안 되는 자들이 서 있는 것보다야 나왔지만 아케리트는 이 싸움도 엄청난 고전이 될 것이라는 걸 직감했다. 비록 지금은 그나마 인간이 원령에 대해 우세를 보이고 있었지만 저 비숍이 준비한 게 이게 다일 거라고는 도저히 생각할 수 없었다.

"아미타불."

불문 무공 중에서도 마공의 상극으로 유명한 범천항마신공이 그나마 제 위력을 발휘했다. 자현 대사는 놀라운 무용을 자랑하며 주위 사람들에게서 저 정도면 키튼을 상대하더라도 이기진 못해도 견딜 만은 하다는 평가지 나오게 했지만, 표정은 밝지 않았다.

'도가의 선천지기까지는 그래도 어느 정도 위력을 보이지만, 속가의 무인들은 실로 고전하고 있구나.'

웬만한 명문이라 해도 정말로 '정심'한 무공은 많지 않았다. 구파 내에서도 도를 닦는다기보다는 속세에서 활동하는 강력한 문파에 가까운 쪽이 있을 정도였으니까. 마공은 물론 아니었지만, 순수함보다는 실용과 강력함에 주안을 두고서 쌓은 공력은 위력이 반도 안 나오고 있었다.

자현 대사 본인이 아무리 놀라운 무용을 자랑해도 대규모로 벌어지는 싸움에서 한 부분을 제압하는 게 다였다. 그리고 그사이 다른 쪽에서는 희생자가 계속해서 생겨났다.

"크흑. 이 자식들은 왜 우리 쪽에만 더 열심히 달라붙는 거야!"

원령 중에서 늑대인간의 원령이 소림이나 아미 같은 문파는 놔두고 자기 같은 군소문파에 달려들자 금룡방주의 불평은 극에 달했다. 선음문주가 호흡을 고르기 위해 잠시 입에서 옥소를 떼고는 기를 정리하며 짧게 대답했다.

"원령이니 원한이 있는 대상에게 더욱 집중되는 것이겠지요. 별수없습니다. 버텨볼밖에요."

그나마 원령 간의 싸움 자체는 인간 쪽의 우세로 서서히 흘러가고 있다는 게 다행이었다. 애초에 힘이 모자라서 당했던 자들이었으니 어쩌면 당연할지도 몰랐지만 말이다.

비숍과 인류 연합군의 싸움이 치열한 동안 추기경은 조금 떨어진 곳에 있었다. 그 옆에는 지친 표정의 태인이 서 있었다.

"와주어서 고맙네."

"따로 보자고 한 이유부터 말하시지요."

"그래, 시간이 없지. 자네가 저 싸움에 끼어든다 해도 승패가 나는 데 걸리는 시간만 달라질 뿐 승패 자체는 바꿀 수 없다는 걸 자네도 알걸세. 비숍의 힘은 참으로 강대하니 말이지. 그렇기에 자네에게 다른 부탁을 하고자 하네."

그 부탁을 짐작한 태인은 침묵했다. 아니, 사실은 이 싸움에 끼어들지 말고 따로 보자고 할 때부터 짐작했었다.

"비숍을 직접 꺾을 수는 없겠지만 간접적으로는 꺾을 수 있음을 자네도 알겠지."

"킹이 어디에 있는지 알아냈다는 뜻입니까?"

"내 마지막 힘을 퍼붓고 주께서 은총을 내려주셨지. 그곳으로 가는 길을 내가 열겠네. 자네가 가주게."

"제가 알과 만나서 당신의 뜻대로 해줄 거라 생각하십니까?"

그 말에 추기경은 바로 대답하지 않고 힘없이 한숨 쉬었다.

"모르네. 더 이상의 예지를 행할 힘은 내게 남아 있지 않네. 그리고 자네가 어찌 행동할지에 대해서 확신을 가질 만큼 계산이 되지도 않고.

예언대로라면 자네는 인류의 기대를 배신하고 마지막 희망을 끝내 버리겠지."

"……."

"그렇다 해도 내가 할 수 있는 최선은 자네에게 인류를 구할 기회를 마련하는 것. 아무것도 안 하고 당할 수는 없으니 자네의 선택에 따라 미래가 바뀌는 데 걸어볼 수밖에 없는 것이지. 내 마지막 힘을 태워 길을 열겠네. 가주게나."

"가면서 생각해 보도록 하지요. 하지만 긍정적인 답변은 드릴 수 없습니다."

추기경은 고개를 끄덕이고 기도했다. 그의 남은 생명이 꺼지기 직전의 촛불처럼 타올랐다. 그에 따라 그의 손에 잡힌 십자가에서 점점 빛이 커지더니 마침내 공간의 너머로 이어지는 다리가 생겨났다.

"생각해 보게. 그리고 부디 인간을 버리지 말아주게."

태인은 대답하지 않고 빛 속으로 사라졌다.

"쿨럭."

몸속이 뜯겨지는 고통을 느끼며 추기경은 가물거려 오는 정신을 붙잡았다. 아직 끝이 아니었다. 길을 열어줘야 할 존재가 둘이 더 있었다.

"미하일, 헬레나. 그만 나오게. 이제 자네 둘이 가야 하네."

"예하, 저희들까지 옮길 정도의 힘을 쓰시면 당신께서는……."

강대한 존재를 옮길수록 그에 필요한 힘도 늘어난다. 공간 이동의 첫 번째 법칙이었다. 그리고 완전히 각성한 천계의 양대 수호장을 위한 길을 닦는다는 것은… 말을 잇지 못하는 헬레나에게 추기경이 웃어 보였다.

"처음부터 내 목숨을 아끼며 임한 싸움이 아니었음을 알지 않는가. 지닌 바 힘이 많아 책임이 무겁기에 마지막 한 호흡까지 필요한 곳에 쓰이기 위해 함부로 죽지 못했을 뿐 애초부터 내 모든 것은 인류의 승리를 위해 바쳐진 터였네. 자네 둘은 내 죽음을 슬퍼해선 안 되네. 가장 필요한 곳에 생명이 바쳐지게 되는 영광 누림을 기뻐해 주게. 그리고 부탁하네. 저 룩이 킹에게 닿는 것을 막으려는 자들을 저지해 주게. 자네들이 직접 간다면 더욱 좋을 터이나 그것까지는 무리겠지. 부탁하네."

"예하, 기필코 그 뜻을 이루겠습니다."

더 이상의 대화를 지속하며 시간을 낭비하는 것이야말로 상대에 대한 모독임을 아는 미하일과 헬레나까지 빛 속으로 사라졌다. 그들까지 떠나보낸 후 추기경의 몸은 끝에서부터 서서히 부서져 내렸다. 그는 맑디맑은 남극의 하늘을 올려다보며 기도했다.

"주여, 인류를 돌보소서. 당신의 뜻대로 하시되 가능하다면 그들에게 승리를 내리소서."

마침내 그에게도 끝이 임박했지만 후회는 없었다. 가능한 한계 안에서 최대한 할 수 있는 바를 했다고 자평할 수 있었다.

'비숍이 그의 왕을 허술하게 보호했을 리는 없겠지만 예언이 맞다면 미하일과 헬레나가 그의 방어진을 해제하는 사이 그자가 도착하게 되겠지. 그리고 거기서 예언이 뒤틀리리라.'

태인은 결코 인류가 그에게 건 마지막 희망을 배신하지 않을 것이다. 추기경은 그렇게 믿었다.

"신이여, 그렇게 되도록 그를 이끌어주소서. 당신이 승리하실 것임을 제가 믿나이다. 인류에게 평화와 번영을 내려주소서."

그 기도를 끝으로 그의 몸은 완전히 부서져 내렸다. 직위상 교황의 아래지만 실질적으로 카톨릭의 엑소시스트를 이끌어 성전을 거행한 예지의 대천사장 라지엘은 지구의 끝에서 마침내 그 날개를 접었다.

흘깃. 흘깃.

조금씩 상황이 정리되어 가자 연합군은 서로를 보며 비숍에 대한 공격을 개시해야 하지 않겠냐는 의견을 타진했다. 하지만 그 타진이 시작되자마자 드뤼셀은 싱긋 웃으며 두 번째 카드를 톡 쳤다.

"음. 다시 저한테 신경 쓰시는 거 보니 슬슬 한가해지셨나 보군요. 그럼 두 번째 이벤트를 뽑겠습니다. '과거 복제(Duplicate Past)' 입니다."

드뤼셀은 추가적인 부가 설명은 해주지 않았다. 하지만 필요하지도 않았다. 다시금 마법진이 나타나며 지금까지의 원령과는 차원이 다른 강대한 존재들이 하나둘씩 나타났다. 모두 알아본 것은 아니었으되 드래곤쯤 되는 존재는 못 알아볼래야 못 알아볼 수가 없었다.

드뤼셀은 후루룩 차를 마시며 새로운 난관을 헤쳐 나가는 인류 연합군을 바라보았다. 봉인에서 풀려났다 해도 새로운 환생에 오르려면 아직 시간이 한참 남았지만, 핵이 존재하는 이상 과거의 그 형태들을 잠시 구현하는 건 어렵지 않았다. 적어도 그에게는.

'대충 봉인했던 세력과 가급적 짝을 맞춰주려 했지만, 인간 쪽에 변화가 많아서 딱 안 맞는군. 할 수 없지.'

대단히 여유로운 척 굴고 있었지만 사실 그는 최선을 다하고 있었다. 인간들이 별로 믿어주지는 않겠지만 퀸이 그에게 임시로 부여해준 권능과 본래 그가 지닌 권능을 조합해 세계에서 불을 봉인해 버리고, 알이 아닌 '알렉시안' 의 권능으로 신들의 직접 개입을 막고, 거기에다가 저 많은 인간 연합군을 상대하니 초과 수당이 필요하다고 몇 번은 외칠 상황이었다.

화산파의 도사와 아미의 여승이 서로를 공격하려다가 멈칫했다. 그러다가 다시 정신을 잃고 공격했다.

"아미타불."

이성을 잃고 달려드는 소림의 제자의 혈도를 짚어 마비시키고서 자현 대사는 분노에 찬 사자후를 토했다.

"이 사이한 술수는 섭혼마존이었더냐!"

기록 속에 전해질 뿐이지만 퀸의 제자라 해도 괜찮을 정도의 섭혼술을 지닌 자는 더는 없었다.

"아무리 작게 잡아도 몇백 년, 어쩌면 한 천 년은 더 흐른 거 같은데 날 기억해 준 건가, 아니면 어림짐작인 건가."

갓 나타난 청년이 자현 대사에게 피식 웃어 보였다. 시대에는 조금 맞지 않는 고풍스러운 옛 복장에 부채를 손에 쥔 청년은 초월적이라고 할 성노의 매력을 지니고 있었다. 그뿐이라면 괜찮겠으나 인류공적에 힘을 합치자고 온 속세의 문파나 사파에 해당하는 이들은 대부분이 완전히 넋이 나가서 같은 무림인을 공격하고 있었다.

정파 쪽도 모두가 멀쩡한 건 결코 아니었지만 말이다. 공부가 웬만큼 깊은 자들도 간신히 버티는 게 다였고 얕은 자들은 넋이 나가 같은 편을 공격했다.

"감히 인간의 영혼을 농락하다니!"

자현 대사가 공력을 극도로 끌어올리며 청년에게 몸을 날렸다. 그 앞을 넋이 나간 다른 이들이 막아섰다.

펑펑.

한 명, 한 명은 자현 대사의 상대가 아니었으되 수가 여럿이라 길을 뚫기가 쉽지 않았다. 청년이 그를 향해 감탄했다.

"극성의 범천항마신공이라니… 살아서도 못 보던 걸 여기서 만나네. 이야, 무시무시해라. 제대로 맞으면 나 같은 건 한방이겠는데. 차라리 혼자 오지 그랬나. 그럼 내 쪽에서 도망쳤을 텐데."

청년의 이죽거림을 떨어져서 드래곤을 상대하고 있던 아케리트가 들었다.

'그렇단 말이지.'

드래곤 쪽을 상대하기 바쁘긴 하지만 한 수로 저쪽에 상황을 호전할 수 있다면 얼마든지 해볼 가치가 있었다. 메시지 주문으로 그는 바로 자현 대사에게 말했다.

"대기하시오. 접근시켜 주겠소."

"디멘전 도어!"

자현 대사 정도를 근거리 순간 이동시키는 것이 쉬운 건 아니었지만 아케리트 그도 어지간히 안 쉬운 걸 해내는 마도사였다.

"으헛?"

겹겹이 둘러싼 호위를 뚫고 바로 곁에 나타난 자현 대사에게 섭혼마존은 놀람을 내뱉었다. 자현 대사는 십이성 공력을 실은 대력금강수로 섭혼마존을 공격했다. 단신으로 거대문파조차 갖고 노는 절대의 섭혼술과 극심의 부상조차 회복해 버리는 불사기공을 지녔기에 마도십절 중 일인으로 꼽히나 일신의 무위만 친다면 구성의 범천항마신공과도 겨우 평수를 이룰 수준에 불문정종신공 앞에서는 불사기공도 약해진다는 옛 기록이 맞다면 승산이 있었다.

순간 피로 된 방패가 대력금강수를 막아섰다.

퍼엉.

강렬한 내기가 충돌해서 만드는 기파가 주위로 터져 나갔다. 자현 대사의 일격을 맞받아친 청삼을 입은 일견 평범해 보이는 그러나 결코 평범할 수 없는 청년이 꾸짖듯 말했다.

"극성의 범천항마신공에 접근을 허용하다니 아무리 잠깐 나타난 거라지만 바로 퇴장하기로 작정한 건가?"

"뭐, 그래도 상관없기도 하고, 너를 믿기도 했고. 아무튼 간만의 외출인데 적당히 즐기자고. 상태도 온전치 않은데 너무 진지하게 할 필요 없잖아?"

그 말을 하는 사이에 자현 대사와 청삼의 청년은 수십 수를 주고받고 있었다. 특이하게도 정도의 기운과 마도의 기운을 동시에 사용하며 피를 무기로 사용하는 청년의 무위도 놀라워서 자현 대사를 상대로 조금도 밀리지 않았다. 그사이 섭혼마존이라 불린 청년은 요요롭게 미소 지으며 다른 무림인들을 조종했다.

"헐천마존//시 깨어난 섯인가."

정신을 못 차리는 '동료' 하나를 제압해 가며 화산 장로는 발을 굴렀다. 세류연을 제외하면 화산에 가장 크나큰 치욕을 안겼던 자였다. 피를 병기처럼 다루며 정과 마의 기운을 동시에 쓰는 절대마인을 못 알아볼 수 없었다.

"오늘 여기서 비샵을 물리치고 저들을 전부 잡지 못한다면 세상이 피로 잠기겠구나."

콰앙.

사방에서 충격파가 터져 나가며 싸움은 더욱 가열되었다. 그나마 아까의 원혼이 거의 사라지고 나서 이들이 나타난 게 실로 다행이었다.

태인을 쫓아 빛의 길 속으로 접어든 헬레나와 미하일은 앞에 길이 갈라짐을 보았다.

"각자 다른 자들을 상대하라는 주의 뜻인가. 헬레나, 내가 왼쪽 길로 가겠다."

"부디 무사히."

짧게 작별 인사를 하고서 미하일은 나아갔다. 그런 그의 앞에 마침 내 대적자가 나타났다. 그 거대한 덩치의 위용과 뿜어내는 기세만으로 도 뭇 평범한 자의 정신을 붕괴시켜 버릴 검은 드래곤이었다.

"기나긴 시간을 돌아 이렇게 다시 만났군, 염천사장이여."

참으로 까마득한 옛날을 추억하며 바하무트는 감개무량하다는 듯 인사를 건넸다. 돌아온 건 싸늘한 냉대뿐이었지만 말이다.

"간교한 주의 적. 거대한 뱀의 우두머리로구나."

미하일의 검이 거룩한 분노를 실어 불타올랐다.

"그래, 우리 사이에 긴말은 필요없겠지."

바하무트의 입에서도 빛이 모여들어 강렬하게 타오르는 광구를 만들었다.

"그때에 못다 한 승부를 오늘 내보도록 하지."

콰앙.

두 힘의 충돌이 사방을 흔들고 용제와 천사장의 결투가 시작되었다.

대기가 흔들리고 땅이 찢긴다. 재앙 수준의 두 힘의 충돌. 이제 와서 태초라 불리는 그 혼란의 시기에 세계의 지배권을 놓고 벌어졌던 싸움 이 다시 벌어진다. 혼돈의 정수에서 태어나 원소를 지배하는 환수 중의 환수. 신의 숨결로 이루어져 불꽃에서 태어난 가장 정결한 자.

'봉인에서 풀려났다 해도 아직 그 힘이 온전히 회복되지 않았을 터, 이대로 녀석을 끝내고 바로 킹을 제거한다.'

미하일의 화염검이 바하무트를 거칠게 밀어붙였다. 순간 다른 쪽에서 번개가 쏘아져 왔다. 흠칫하며 미하일은 힘을 돌려 번개를 막았다.

"누구냐!"

한복을 입은 여인이 살짝 고개 숙였다.

"소녀 지연이라 하옵니다. 귀인의 앞에서 잔재주를 썼으니 부끄럽군요."

공손하게 말하는 여인의 뒤로 아홉 개의 꼬리가 흔들렸다.

"퀸 오브 나인 테일 폭스인가."

미하일이 분노해 강맹한 기세를 내뿜었다. 하지만 여인은 그냥 나긋나긋하게 웃으며 다시 고개만 숙였다.

"그렇습니다. 용제를 보조해 이곳을 지키기 위해 와 있습니다. 손바닥으로 하늘을 가리는 일일지 모르나 미천한 재주나마 사력을 다할 생각이니 귀인께서는 조심하소서."

말은 공손하기 그지없었으되 구미호가 보이는 도력은 미천과는 거리가 엄청나게 있었다. 그나마 드러난 것이 전부라는 보장도 없었다.

'동양 쪽 최강의 환수라더니 만만찮군.'

속으로 경계하면서 미하일은 당당히 외쳤다.

"이 대 일이냐? 상관없다. 덤벼라! 주의 적은 모두 나의 검에 쓰러질 것이다."

"과연 귀인다운 용맹함이십니다. 제가 처음 쓸 것은 일월쌍륜(日月雙輪)이라 하온데 너무 가벼이 보지 마소서."

화사하게 웃으며 지연은 손을 살짝 들었다. 그 앞에 금빛과 은빛 두 개의 륜이 생겨나 팽그르르 돌기 시작했다. 그때 바하무트가 지연에게 부탁했다.

"미카엘과 못다 한 승부를 하고 싶으니 지켜만 봐주면 고맙겠소."

"저와 함께라면 확실한 승기를 잡을 수 있습니다만."

"감히!"

미하일이 분노하든 말든 바하무트는 말을 이었다.

"그래서 더욱 부탁하는 바요. 비슷한 역량의 자가 둘이서 하나를 협공하면 이겨도 자랑이 못 되지 않겠소."

"후우, 알겠습니다."

지연은 살짝 고개 숙이면서 싸움에 끼어들지 않겠다는 듯 뒤로 한 발짝 물러섰다.

"자, 승부를 계속해 보세, 미카엘이여."

"너를 쓰러뜨리고 저 여우도 잡아주마!"

두 륜을 꺼내는 순간 드러난 지연의 힘이 실로 만만찮았기에 미카엘은 이를 갈면서도 이 상황이 다행임을 인정하며 바하무트에게 전력을 집중했다. 다시 한 번 두 힘이 부딪쳤다. 바하무트의 힘도 온전치는 않으나 미하일도 언제 태도를 바꿀지 모르는 지연에게 신경 쓰느라 쉽게 어쩌지 못했다.

'예하께서 내가 할 역할은 길을 뚫는 것이요, 도착할 자는 따로 있다 하셨지. 결국 그렇게 되는 건가.'

지연은 조용히 싸움을 지켜보았다. 자신과 바하무트를 둘로 나눈 후 나머지 패거리를 쪼개 붙이지 않고 굳이 둘과 다섯으로 나눈 비숍의 의도를 모르는 바가 아니었다.

'다섯 아이들도 그만큼 절박한 마음으로 싸울 테니 패하지야 않겠지.'

두 번째 길을 택해 나아가던 헬레나의 앞에 상대자들이 나타났다. 하나, 둘, 셋, 넷, 다섯. 전부 다섯 개의 제각기 다른 기운을 느끼며 헬레나는 조용히 십자가를 쥐었다.

"인류 적의 수장들이 여기 다 모였군요."

검을 치켜든 늑대인간이 외쳤다.

"네가 천국 이대 최강 천사 중 하나라는 가브리엘이냐! 이름은 익히 들었다. 널 쓰러뜨리고 우리 일족을 구하겠다!"

"쓰러뜨리는 건 둘째 치고 버틸 수만 있어도 충분한데."

검은 불길로 활을 만들며 옆에 선 뱀파이어가 헬레나에게 고개 숙여 보였다.

"다시 뵙는군요, 거룩하신 수천사장이시여."

"이제 완전히 당신의 본성을 드러냈군요."

"아직도 제 개인적으로는 인간에게 별 원한은 없습니다만, 어찌겠습니까. 일족의 수장으로서 이런 일에 빠질 수는 없는 법이지요."

"에잇. 쓸데없는 문답은 치우자고! 저쪽의 목적은 우리들의 절멸! 우리 목적은 일족의 보존. 타협할 거리도 없으면서 뭘 시간 끌어. 이거나 먹어랏!"

그 말과 함께 기습적으로 키튼이 헬레나에게 다가갔다. 강력한 뇌정의 기운을 실은 검이 헬레나의 머리 위로 떨어졌다. 쪼개지 못할 것 찾기가 오히려 어려운 극성의 벽력섬. 하지만 이번만큼은 그 대상이 찾기 어려운 것 중 하나였다.

팅.

벽력섬은 유리컵 가볍게 치는 듯한 작은 소리만 내고는 어느 사이에 헬레나를 감싼 광휘에 막혔다. 키튼이 가일층 공력을 끌어올리자 주위 공간이 일렁이게 만들 정도의 뇌정지기가 검에 맺혔으나 헬레나는 무시하며 한 손을 살짝 들었다.

"홀리 버스터."

퍼엉.

압도적인 신성력에 키튼은 그대로 두들겨 맞으며 멀리 튕겨났다. 그나마 다행인 것은 중간에 끼어든 어둠의 불길이 신성력을 끊지 않았다면 어디까지 날아갔을지 몰랐다.

"괜찮은가?"

물어오는 테네스에게 키튼은 고개를 끄덕이며 자세를 바로잡았다. 하지만 몰골은 꽤 엉망이었다.

"제길, 저거 저쪽 문파 아무나 다 쓰는 입문 초기 수법 아니었나. 자존심 상하는군."

상대의 역량을 가늠해 보려고 달려들었다가 멋지게 나가떨어진 키튼이 툴툴거렸다.

"순수한 성력의 직접적 전달을 통한 정화이니, 초기에 배우는 건 맞지만, 성력만 뒷받침되면 어떤 고위 주문도 안 부러운 공격이니 자존심 상할 필요는 없을 거다."

"그렇군. 저쪽 문파 버전 대력금강수인 건가."

입으로 둘은 짧은 대화를 주고받았다. 하지만 몸은 그사이 날아온 헬레나의 두 번째 홀리 버스터를 막아내느라고 바삐 움직여야 했다. 그 둘을 다른 셋이 구원했다.

"바다 깊은 곳에 거하는 물의 왕이여! 대지를 뒤흔들고 산을 넘어뜨리는 강대한 힘의 소지자여! 그대의 아이의 기도를 들으시어 적을 내리치소서. 레스 오브 포세이돈(Wrath of Poseidon)!"

열 개의 물살이 헬레나에게 쏘아져 나갔다. 하나하나가 엄청난 양의 물이 압축된 막강한 파괴력의 공격이었지만 헬레나는 그냥 작은 말 한 마디로 그걸 처리했다.

"내 이름 아래 잠들라. 트랑퀼리티(Tranquility)."

그리고서 그녀는 눈살을 찌푸리며 싸움에 합류한 새 등장 인물을 바라보았다. 머리에 금관을 쓰고 손에 창을 들었지만 아직 어린 인어였다.

"아이까지 싸움에 동원되다니 슬픈 싸움이로군요."

검강을 다발로 날리면서 키튼은 테네스에게 물었다.

"뭔 소리야? 어린아이들은 그냥 저항하지 말고 죽으라는 건가?"

네 번째 화살을 먹여 날리던 테네스가 쓴웃음을 지으며 고개를 저었다.

"그쪽 고유의 인도주의 이론이다. 싸움 중에 설명하기는 너무 복잡하군."

"그런가. 타핫!"

키튼도 더 묻지 않고 검을 날렸다. 하늘을 노니는 한 마리 용을 보는 것 같은 멋들어진 이기어검술이 펼쳐졌다. 상대가 조금도 개의치 않고 날리는 깃털 하나로 그걸 막아버려서 빛은 바랬지만 말이다.

인어족의 어린 왕자가 연이어 물살을 쏘았다. 뱀파이어가 불러낸 지옥의 불길이 화살이 되어 날아들었다. 늑대인간의 검이 어지럽게 날았다.

"달밤 아래 피어나는 은의 꽃이여. 한숨과 눈물로써 자아내 꿈을 부르자. 사그라지는 꿈을. 드림 플라워(Dream Flower)."

"바람의 정 나의 창이 되어 하늘을 뚫는 빠름이라. 묶고, 헤치고, 찌르고, 파하리니 이는 백만의 대군이 퍼붓는 화살이라. 밀리언 윈드 애로우(Million Wind Arrow)."

페어리 퀸의 마법이 가세하고 정령족의 대표 일브란트의 마법까지 합세했다. 오 대 일의 공격. 용사 하나에 마왕 다섯이었으니 비가 심히 안 맞긴 했지만 용사 쪽이 조금도 꿀리지는 않았다.

"신의 가호가 내게 있으니 무엇이 나를 해치랴. 디바인 프로텍션(Divine Protection)."

둥근 후광이 은은하게 헬레나의 주위로 뻗어갔다. 그 후광의 영역 안을 침범하려던 제각기의 힘은 그대로 사그라들었다. 하나하나가 필멸자들의 한계를 논하는 힘들이었지만 신의 영광의 반영, 수천사장 가브리엘의 보호막 앞에서는 무력했다.

"질리도록 강하군. 저 정도면 내가 본 내 스승하고 싸워도 안 밀리겠어."

키튼이 혀를 내둘렀다.

"정확한 말은 아니지만 가브리엘과 미카엘은 야훼의 화신에 가까운 존재이니 강할 수밖에 없다. 인류가 시원자를 상대하고 있다면 비록 헬을 견제하기 위해 이곳에 전력을 다하지 못하고 있다 해도 신을 상대하고 있는 거다. 그렇게 생각해라."

"망할. 하지만 이쪽도 질 수 없는 이유가 있다고!"

테네스의 설명에 키튼이 기세 좋게 외치며 다시 가브리엘에게 달려들었다. 3초 만에 또 튕겨났지만 말이다.

'태을지강을 저 친구가 익히고 있는 게 다행이군.'

자신이 가브리엘이 쓰는 홀리 버스터에 두 번이나 직격당했으면 재도 남기기 어렵다는 걸 아는 테네스가 고개를 저었다.

자꾸 이어지는 다섯 마물들의 공격이 짜증났는지 헬레나가 한층 힘을 끌어올리며 엄숙히 선고했다.

"저는 킹을 무찔러 인류를 구하러 가야 합니다. 이제 앞길을 막는 당신들을 처리하겠습니다."

헬레나가 두 손을 잡고서 드높이 성가를 불렀다. 그녀의 날개가 떨리며 그 성가에 공명했다. 신성력이 사방으로 진동하며 퍼져 나갔다. 가브리엘의 성가가 만마를 무릎 꿇리는 신의 권능을 지상에 펼쳤다. 커다란 십자가가 그녀의 등 뒤에 나타나더니 그 앞쪽을 작은 십자가들이 생겨나 모여들었다.

"엠피럴 오라토리오(Empyreal Oratorio). 이건 맞받아치려다간 죽습니다! 각자 방어하십시오!"

테네스가 다급히 외쳤다. 그 말이 끝나기가 무섭게 헬레나의 앞에 뭉쳐진 십자가들이 빛의 덩어리로 화했다. 제각기 신의 다른 미덕을 찬양하는 말이 쓰여진 광구에서 일순간 광선이 쏘아져 나갔다. 그와 동시에 거룩한 찬가가 사방에 울려 퍼졌다.

"예부터 있으시며 지금도 있으시고 앞으로도 있으실 거룩한 주를 내가 찬양하니."

"크윽."

키튼의 주위를 강렬한 뇌정의 기운이 감쌌다. 알과 마주쳤을 때보다 한 단계 업그레이드된 뇌정멸이었다.

"벌려진 지옥의 입. 신에게 맞선 태초의 이단자들. 그 영광과 고난의 의지에서 나온 불복의 찬가. 어둠의 긍지여, 무릎 꿇고 수그림당해도 끝나지 않았던 항전을 이어하라. 팬타그램 헬 라이트."

검은 불길이 육망성을 이루더니 그곳에서 붉은 빛이 뻗쳤다. 무공이 아닌 마력으로서의 헬 파이어의 힘을 드러내며 테네스는 내려치는 신성력을 맞받아쳤다.

콰콰콰쾅.

내려치는 존엄한 빛의 심판을 다섯 마물들이 이를 악물며 견뎌냈다. 천사장의 힘은 실로 강대했지만, 그들에게도 포기할 수 없는 이유가 있었다.

"버틸 수 있겠냐, 흡혈족 친구?"

자기도 여유있는 형편은 안 되었지만 가장 힘들어하는 테네스에게 키튼은 한마디를 날렸다. 다른 셋도 테네스에게 염려가 담긴 눈길을 보냈다. 테네스는 괜찮다는 듯 고개를 끄덕였다.

"무너질 정도는 아니다."

'하지만 힘들긴 하군. 큭. 저 늑대인간은 몰라도 나머지 셋보다는 확실히 내가 강할 텐데 오히려 걱정시키고 있으니.'

기와 마력. 양쪽 모두로 자유로이 전환되는 힘을 근원으로 삼아서 양쪽 모두에 오를 만한 경지에는 오른 그였다. 그렇지만 상성 관계가 너무 안 좋았다.

'성력을 상대로 우위에 서는 속성이 어딨겠냐마는, 확실히 난 좀 심하지.'

그렇지만 어쩌겠는가. 아무리 어둠의 힘이 빛의 힘에 눌린다 해도 일족의 존망이 걸렸으니 발악해 볼밖에. 지렁이도 밟으면 꿈틀은 한다는데, 뱀파이어 로드 중에서도 수장인 그가 그냥 항복할 수는 없었다.

"매크로 스케일에서 제 권능을 발현하면 인간 군은 맡을 수 있습니다만, 그동안 킹이 비는군요. 미카엘과 가브리엘을 통해 권능을 발현한 천국의 지배자가 알 군을 노릴 겁니다. '시간'이 되기 전에 그 둘 중 하나라도 알과 만나게 되면 일이 모든 게 엉망이 될 테니 능력껏 막아보십시오. 뭐, 멸망당하고 싶으시다면 안 막아도 괜찮으시고요."

비샵의 말을 떠올리며 테네스는 다시 힘을 끌어올렸다. 자신이 무너지면 나머지 넷도 무너졌다. 절대 그럴 수 없었다.

하나하나가 강하다 해도 역시 비샵처럼 절대적인 초월자가 아닌 이상 세력의 뒷받침없는 소수 정예는 한계가 있었다. 비샵이 두 번째로 꺼내놓은 카드도 끝이 났다. 인간 군도 지칠 대로 지치고 피해 입었지만 말이다.

"자. 마지막 이벤트입니다. 기대하십시오. 흐음. 재밌는 게 나왔군요. '회선 불량'입니다. 그럼 엔딩 때까지 살아남으시길. 이제 제가 직접 상대해 드리겠습니다."

회선 불량? 비샵 나름대로는 유머라고 지은 이름이었는지 모르겠으되 아무도 공감해 웃어주는 자가 없었다. 대신에 처절한 비명 소리만이 울려 퍼질 뿐이었다.

"끄아아악!"

비명 소리는 급속하게 늘어갔다.

'이… 이런 망할.'

아케리트는 점잖은 처지도 뭐도 잊고 욕설을 퍼붓고 싶은 것을 간신히 참았다. 앞서 걸어둔 다른 마법이 아니었다면 방금 갑자기 일어난 폭발에 죽을 뻔했다. 대응해서 외운 주문의 제어가 끊겨 버렸기 때문이다.

"커헉. 기… 기가 제멋대로."

옆에서 같이 싸우던 무림인 하나가 주화입마의 증세를 보이며 쓰러지자 아케리트는 이 회선 불량의 의미를 분석했다.

'힘에 대한 제어를 흐트려 놓은 건가. 시공도 흔들리고 마력과 물질계 간의 간섭도 엉망이고 거기다가 포스들도 미묘하게 엇갈리는 게 완전 혼돈이군.'

그리고 그에 따라 엉망으로 뒤엉킨 강렬한 에너지들이 사방으로 다양한 현상을 일으켰다. 모인 자들의 힘이 막강하다는 게 오히려 부메랑이 되었다. 그 힘이 멋대로 날뛰면서 주인과 주위 존재에게 마구 피해를 가했다. 거기에 교묘하게 섞인 비샵의 힘이 직접적인 타격을 가해왔다.

'현상의 안정도라는 그 자체가 날아가 버린 건가. 에너지 보존 법칙조차 믿을 수 없게 되어버린 거군.'

하지만 현상과 그 원인을 규명해 냈음에도 아케리트는 하나도 기쁘지 않았다. 앎의 대가가 자칫 잘못하면 죽음일 판이었다. 아니, 그야 어떻게 버티고 있었지만 인간 전체는 아비규환인 게 보였다. 이대로 간다면 전멸이다라는 것에 아케리트는 무엇이든 걸 수 있었다.

'어쩌면 이건 처음부터 답이 없는 싸움이었을지도.'

이렇게 하면 이렇게 된다라는 앎 하에서 행해지는 힘을 믿고서 여기에 와 있었다. 그게 지식의 형태이든, 수련의 형태이든, 혹은 깨달음이나 앎의 영역이든 간에 너무나 당연시 여기던 것을 근본에서 뒤흔들어

버리면 누구 하나 제대로 싸울 수 있을 리가 없었다. 그나마 지금은 오차들을 감안해 가며 간신히 버티고 있었지만, 승패는 예전에 나 있었다.

'이게 비숍인가. 법칙의 지배자.'

멀리서 느긋이 자신들의 싸움을 지켜보며 아무런 동작도 없이 마법 공격을 하는 비숍에게 아케리트는 끝없는 두려움을 느꼈다. 처음부터 잘못 생각한 싸움이었다. 이건 고레벨 캐릭터가 몰려가서 보스몹을 상대하는 게임이 아니었다. 고레벨 캐릭터들이 뭉쳐서 시스템 프로그래머를 상대하는 꼴이었다.

'퀸도, 비숍도, 어쩌면 우린 우리 스스로의 존립 기반에 도전했던 게 아닐까.'

그러나 의문을 해소할 여유는 없었다. 기도하듯 버틸 뿐이었다.

'이곳에 오지 않은 그 마지막 패가 제대로 먹혀야 할 텐데.'

드뤼셀은 차를 다시 한 잔 따르고는 후르륵 마셨다. 살짝 법칙의 안정성을 날려 버렸음에도 인간들은 그 오차를 감안해 가며 꽤나 선전하고 있었다.

"확실히 칭찬해 줄 만한 적응력입니다. 조금만 더 버티십시오. 슬슬 킹과 룩의 역사적 대담이 벌어질 차례거든요. 그러니 마지막 예언이 실현될 때까지만 견디십시오."

인간 이외의 종족들을 위해서라도 인간이 아주 망하지는 않을 필요가 있었다. 오만으로 인해 죄악으로 떨어지는 건 한 종족의 실수로 충분했다. 그게 아니더라도 변동이 시끄럽지 않다면 거짓말이겠지만 가능한 한도 내에서 연착륙하려면 일부는 살아남을 필요가 있었기 때문이다.

'사실 나보다는 스레이나 쪽이 인류에게 훨씬 호의적이었는데 말 야.'

인간이 바라는 만큼 마냥 받아주는 자애의 어머니도 아니었지만, 멸 망으로 치닫는 움직임에 제동은 걸지언정 생명의 투쟁 자체를 부인하 지는 않는 그녀였으니 말이다.

'인간이 이종족을 몰살시키려고 한 행위도 자연을 마구 훼손시킨 것 도 스레이나는 딱히 탓하지 않았다는 걸 과연 그들이 아려나.'

오랜 세월 진행해 온 일의 끝이 다가오자 느긋해진 드뤼셀은 다시 차를 한 잔 더 끓였다.

"룩은 아직인가. 그쪽의 어서 뭘 해줘야 나도 끝을 낼 텐데."

● Chapter 45
마지막 선택

Chapter 45

마지막 선택

끝없이 계속될 것 같던 빛의 길이 끝나자 커다란 건물이 나타났다. 어딘지 모르게 신전의 분위기를 풍기는 건물의 대문은 마치 들어오라는 듯 열려 있었다 문 안을 들어서자 일직선으로 쭈욱 회랑이 뻗어 있고 그 끝에 다시 문이 보였다.

태인은 터벅터벅 걸으며 기나긴 회랑을 나아갔다. 무엇으로 이루어졌는지 알 수 없는 회랑의 벽과 바닥은 끊임없이 변하는 무늬를 만들어내었다. 마치 태초의 혼돈이 그대로 남아 있는 느낌의 회랑을 보며 태인은 자기도 모르게 작게 중얼거렸다.

"케이어스(Chaos)."

말해 놓고서 태인은 흠칫했다. 왕의 진정한 의미를 그는 이제 짐작할 수 있었다.

"퀸이 가이아."

만물을 이루는 요소를 지배하는 어머니. 대지의 모신이란 이미지로 변형되어 전해지기에 가장 적합한 시원자. 그리스 신화가 아니더라도 신들 이전의 신들로서 많은 신화에서 드러나는 존재.

"비숍이 그 짝을 이루는 우라노스겠지."

인간이 바라는 하늘은 아니지만, 인간의 잠재 의식에 남아 있는 도라는 이름의 법칙을 지배하는 하늘의 이미지를 지닌 자가 드뤼셀이었다. 자애로운 신들이 거하는 하늘나라가 아닌 실로 '시원'의 이름이 어울리는 거대한 존재였다.

"그 이전에 있고 그 위에 있는 존재인 킹은……."

혼돈. 퀸으로 하여금 자신을 요소로 화하게 하고, 비숍으로 하여금 그 요소가 움직이는 법칙을 만들게 한 자. 그리고 나이트에게 법칙을 따라 그 요소를 움직이는 힘을 부리게 한 자. 그렇기에 그걸 내어주고 또한 거둬들일 수 있는 자. 무능해 보이고 만물의 밑에 서지만 실은 위대하고도 위대한 자.

"케이어스, 그게 너 맞지?"

회랑의 끝에 나타난 문을 열면서 태인은 안에 대고 물었다.

"안녕, 태인."

그 안에서 앉아 기다리던 알이 인사했다. 잠시 둘 간에 조용한 침묵이 흘렀다. 그 침묵을 먼저 깬 건 알이었다.

"오랜만에 보네. 아, 맞다. 아까 물었지? 대답은 예스야."

태인은 씁쓸하게 웃었다.

"거짓말이라도 네가 부인한다면 난 믿어보았을 텐데."

"의미없잖아."

겉으로 드러나는 평이한 어조 속에 격류가 몰아쳤다. 서로 숨기지만 서로 알고 있었다.

"하나만 더 묻자. 룩은 뭐지? 빠진 게 뭐지? 지금 이 순간에도 난 내 저력이 무엇인지 모르겠어. 아무리 생각해도 난 그 셋에 비해서는 훨씬 약하거든."

그 말에 알은 싱긋 웃었다. 이제는 털어놓을 때가 되었다. 마지막 선택의 시간에 그 정도는 룩도 알 자격이 있었다.

"의지력(Willpower). 법칙과 그 법칙을 따라 움직이는 강대한 힘과 요소 사이에서 그걸 비틀어 결정되지 않은 미래를 끌어내는 힘. 가장 약하지만 가장 강했어. 그리고 그런 룩이 인간의 손을 들어준 건 우연은 아니었을 거야."

환경이 존재를 지배하지만, 또한 존재가 환경을 바꾼다. 혼돈이 펼쳐 둔 세상이지만 그곳을 걷는 존재들은 그들 자신만은 스스로 움직였으니, 그로써 시간이 의미를 지니고, 기적이란 것이 존재하며 희망이란 게 생겨났다. 그리고 뭇 종족 중 가장 약했지만 가장 강렬하게 타올라 끝내 모든 것을 바꾸었던 인간과 그 수호자들. 그들의 강렬한 생명의 의지만은 지금도 아름다웠다.

'그리고 그 의지로서 지금 여기 새로운 선택의 기회를 만들어내었지. 비록 원하는 답을 그대로 적어넣으면 되는 주관식은 아니지만, 적어도 객관식에서 최종 선택만은 그들의 의지대로.'

혹은 그 의지를 모아서 이곳에 온 대표자인 '룩'의 의지대로.

"이제 어쩔 거야?"

알은 모든 것을 각오한 사람처럼 담담히 물었다. 세월 속에 깨끗이 씻은 듯한 맑은 미소를 띤 그 얼굴을 마주 보지 못하고 태인은 고개를 숙였다.

"미안하다."

짧은 네 글자로 된 한 마디. 하지만 그 말 안에 이미 수많은 내용이 들어 있었다.

태인이 슬프게 물었다.

"알, 지금 드뤼셀을 죽이는 데 인간이 성공한다 해도 그들은 다시 돌아오겠지?"

알은 고개를 끄덕였다.

"내가 깨어나 있는 이상 비숍이나 퀸이 다시 일어서는 데 걸리는 시간은 100년 안이야. 하지만 그 시간이면 인류가 지금의 실수를 바로잡기에는 충분한 시간 아닐까?"

그 질문에 태인은 대답하지 않고서 다시 다른 것을 물었다.

"그 둘을 영원히 못 돌아오게, 아니, 영원히는 아니더라도 적어도 수천, 수만 년간 봉인할 수는 없는 거냐?"

"그 둘에 대한 직접적 봉인이라면 신들이라 해도 불가능해. 그들이야말로 세계 자체를 구성하는 원소와 법칙의 화신 그 자체인걸."

지구 자체를 부숴뜨리는 멸망을 시켜 버릴 생각이 아니라면 그건 봉인한다고 봉인되어지는 존재들이 아니었다. 그리고 세계 멸망은 킹인 그가 용납하지는 않을 사태였고 말이다.

"간접적 봉인이라면 가능하다는 거구나. 그게 지난 수천 년간 그들이 조용히 지냈던 이유인 거지?"

"…날 봉인할 거야?"

알의 담담함이 마침내 깨어졌다.

"미안하다, 알. 정말 미안해. 미안해, 정말로."

"왜? 추기경의 말에 마음이 움직인 거야?"

"그런 것은 아냐. 지금도 이 전쟁 자체가 일어나지 말았어야 할 전쟁이라고 생각해. 이 전쟁의 과정에서 인류가 저지른 일들도 잘못이라고 인정해."

태인은 고개를 숙였다. 그건 그의 양심이었다.

"그러면 왜?"

"결코 이 상황 자체가 오지 말았어야 했어. 하지만 이미 벌어진 이 싸움에서는 인류는 져서는 안 돼. 지금의 인류는 패배와 그에 따른 대가를 감당할 힘이 없어."

불이 사라진 세계, 쓰러지는 사람들, 끝 갈 데 모르고 퍼지는 혼란. 눈감고 귀 막으려 했지만 너무나 잘 보이고 잘 들렸다. 이종족들이 새로운 주류 세력으로 떠오른 세계는 어떠할지 잘 알 수 있었다. 정당하지 못한 전쟁이라 해도 패전의 대가가 너무나 가혹했다.

"그러면 그 반대는 괜찮다는 거야? 뱀파이어 하나쯤 난 억울한데라고 말하며 죽어도 괜찮고, 늑대인간 몇 마리쯤 우리가 뭘 했다고라고 외치며 쓰러져도 괜찮아?"

"괜찮을 리 없지. 다만… 나는, 아니, 인간은……."

태인을 대신해 알이 말을 이었다.

"그걸 퀸은 인정했지. 어차피 다른 존재의 희생 위에서 자신의 존재를 유지하는 게 자연이니까. 인류가 신의 힘을 빌려 이종족들을 꺾고서 세상의 주인이 되었다면 그 또한 안 될 것 없다고 인정해 주었어."

태인은 고개를 끄덕였다.

"비숍은 인정하진 않았지만 용납했지. 어차피 지성있는 존재들 간의 공존과 번영, 상호 존중이 한정된 자원에서 불가능하다면 그 승자가 인간이 꼭 되지 말란 법도 없었으니까."

그리고 제각기의 이유에서 둘의 생각은 변했다. 혹은 둘의 판단 기준은 그대로인 상태에서 인류가 변했다.

"사흘 굶어 담 안 넘는 자 없다라는 말, 나도 알아. 너를 안 죽이면 내가 죽는다라는 상황에서 도덕과 정의를 따질 수 있는 성자가 몇이나 있겠어. 그렇지만 인류 스스로 느끼기에 생존의 위기였다고 해서 정말로 모든 게 해도 괜찮은 일이었을까?"

"대답할 말은 없어. 단지 내가 인간이라는 것밖에는."

태인은 수인을 맺기 시작했다. 더 이상 시간을 끌면 비숍에게 이쪽에 힘을 미칠 여유가 생길지 몰랐다. 무한정 사죄하고 이해를 구할 시간은 없었다. 아니, 처음부터 이해를 구할 수 있는 일이 아니었다. 그러나 알은 이해를 말했다.

"이해해, 태인. 인간으로서 인간만을 위할 수밖에 없었던 거겠지. 미안해하지 않아도 돼."

"이후는 네가 바라는 세계가 될 수 있도록 노력할게. 그걸로 사죄가 되진 않겠지만."

그것이 룩의 결론이었다. 아니, 인간의 결론이었다. 알은 힘없이 고개를 떨궜다. 무언가 다른 길이 분명 있었을 텐데 결국 가장 넓은 길로만 걸어오고 또 걸어와 비숍이 예정해 둔 곳에서 한 치도 벗어나지 고야말았다. 그렇게 되지 않기를 정말로 바랐지만, 이제 더는 그도 어쩔 수 없었다.

'지금 와서 하는 생각이지만 퀸은 아마 일부러 거기서 쓰러진 거 같아. 로드가 둘씩이나 버티고 있다면 인류는 절대적으로 평화와 생명의 소중함에 대해 역설하는 길을 택했을 테니까, 미끼를 던진 거 같아. 그

렇지만 그걸 가지고 인류를 변호해 줄 수 없는 건 역시나… 나도 지친 거겠지.'

태인의 손에서 빛이 뻗어 나오며 알의 주위를 둘러쳤다. 그 빛이 점점 더 강렬해짐에 따라 태인의 눈에는 눈물이 맺히고 알은 오히려 희미하게 미소 지었다.

"미안하다, 정말로… 이 말밖에는……."

알은 고개 저었다.

"사과할 필요 없어, 태인. 사과해야 할 건 오히려 내 쪽인걸."

태인은 고개 숙였다. 하지만 그의 힘은 점점 더 강렬하게 뻗었다. 죄를 범하는 것은 자신인데 왜 왕인 그가 사과하는가. 그 빛 속에 잠기면서 알은 물었다.

"인간이 인간만을 위하는 게 뭐가 나쁘냐고 어쩔 수 없다라고 하면 틀린 말은 아닐지도 몰라. 근데 말야, 그럼 뱀파이어도 뱀파이어만을 위해도 되는 거지?"

'……'

인간 개개인에게 묻는다면 매우 다른 답이 나왔을 질문이었다. 추기경이라면 당연히 뱀파이어도 인간을 위해서만 있어야 한다고 대답했을 터였고, 자율 대사라면 그 분별을 버리라고 호통 쳤으리라. 그리고 태인 그 자신은.

"모르겠어, 알. 어쩌면 인간이 인간만을 위하는 게 당연하다고 주장한 것부터가 엇나간 것이었을지도. 인간에게 인간이 가장 소중한 건 어쩔 수 없다 해도 다른 자들을 대함에 있어서 지켜줘야 할 선은 있었을 거야."

"좋은 말이네."

알은 힘없이 빙긋 웃었다. 그 미소에 힘이 실려 있지는 않았다.

"미안하다. 이미 그 선을 몇 번이나 넘어버렸겠지. 이번 일이 끝나면 넘지 않도록 내 남은 생애를 바치마."

태인의 그 마음은 진심인 걸 알은 느낄 수 있었다. 하지만 이제 그걸로는 부족했다.

"미안해, 태인. 또 그걸 믿고 미래를 맡기기에는 나도 지쳤어. 룩인 태인이 날 봉인하기로 한 상황에 나도 뭘 더 해볼 의지가 남지 않았어. 그런데 태인, 내가 잠들면 말야, 그 결과는……."

봉인이 완성되었다. 알은 말을 다 잇지 못하고 사라졌다.

열심히 투쟁하는 인간들을 바라보고 있던 드뤼셀은 자리를 털고 일어났다. 마침내 선택이 끝났다.

"모든 것이 예언대로라고 한다면, 너무 사기스러운가. 마지막은 어느 쪽을 택하든 예언에서 빗나가지는 않도록 되어 있었으니까."

드뤼셀은 약간 짓궂게 웃었다. 룩이 인간의 믿음을 배신하든 왕의 믿음을 배신하든 예언은 들어맞게 되어 있었다. 방금 마지막 '희망' 이 사라졌다.

"예언가 제1수칙이 가급적 많은 경우를 포함하도록 최대한 중의적으로 하라는 거니 뭐, 할 수 없지. 그렇다 해도 인간 여러분, 너무 제게 사기 예언가라고 화내지는 마십시오. 아예 근본에서 예언을 엇나가게 할 기회는 여러분에게 얼마든지 있었지 않습니까. 어찌 되었든 이로써 여러분이 바람대로 관용의 왕은 잠들었습니다."

힘겹게 버티던 인간들은 모든 이상 사태가 갑자기 사라지고 자신들의 힘에 대한 제어가 온전하게 돌아오자 믿기지 않는다는 눈길로 서로를 쳐다보았다. 환호해야 마땅한 일이었지만 정말로 저 비숍을 자신들이 이긴 것인지 얼떨떨하기만 했다. 왕을 제거하기 위해 잠입한 별동부대가 정말로 성공한 것인가? 혹시 이것도 비숍이 자신들을 놀리기 위해 잠시 힘을 거둔 것뿐인 게 아닌가?

"성… 성공인가 보오. 우리도 힘이 돌아왔소!"

그때까지 용케 살아 있던 목사 한 명이 소리쳤다. 그걸 기점으로 옆에 있던 자 한 명이 불을 붙였다. 극지방의 추위에 잘 안 붙던 불은 그러나 일단 붙자 바로 꺼지지 않고 타올랐다.

"불이… 불이 돌아왔다아!"

"와아!"

마침내 승리를 확신한 인간들은 만세를 불렀다. 서로 부둥켜안기도 하고, 눈물을 흘리며 감격하기도 하고, 재빠르게 신에게 기도 올리기도 하며 인간들은 승리의 기쁨을 누렸다. 그중 한 명이 재빠르게 이성을 찾아 말했다.

"자, 이제 저 비숍을 없애 버립시다!"

"옳소! 와아!"

공을 뺏길까 두렵다는 듯 용기 백백해서 몰려오는 인간들을 보고 드뤼셀은 싱긋 미소 지었다.

"이런이런, 급하시군요. 그럼 막간을 틈타 술래잡기나 해볼까요. 제가 도망칠 테니 여러분이 술래입니다."

"어엇! 저자가 사라졌소!"

"쫓아야 하오! 지금 없애지 못하면 두고두고 후환이 될 것이오."

현묘지도. 무형의 심검이 가브리엘의 방어막에 다시 가 부딪쳤다.

어렵잖게 막아낸 그녀의 손에 다시 눈부신 빛이 맺혔다.

"홀리 버스터."

"치잇!"

쾅.

또다시 이어진 힘의 충돌. 정말로 끔찍히도 강한 가브리엘을 상대로 키튼은 툴툴거렸다.

"지독히도 강하군."

"제게는 지켜야 할 것이 있으니까요. 디바인 아머."

반격으로 들어간 테네스의 헬 오브 플레임이 가볍게 꺼졌다.

"웃기지 마! 지켜야 할 것이라면 나도 있어! 힘이 없다고 마음까지 없진 않아!"

뻔히 막힐 것을 알면서 달려드는 키튼에게 헬레나는 한숨 쉬면서 고개를 끄덕여 보였다.

"그러면 어떤 마음으로 제게 대적하시는지요. 져지먼트 세레나데."

"독립운동이다. 왜!"

수십 갈래로 흩어졌다가 모여드는 빛살이 검막에 와 부딪쳤다.

"그렇군요."

헬레나의 날개가 떨리며 또다시 공진 현상을 일으켰다. 엠피럴 오라토리오의 징조에 다섯 이종족의 수장 전부 표정이 변하며 방어를 준비했다.

"아마도 당신들 입장에서는 그게 진실이겠지요. 그러나 나는 가브리엘. 인류를 수호하기 위해 내려왔고 내가 선택한 것은 인류이니."

내리치는 빛과 음의 기둥.

"당신들의 행위는 제게는 테러입니다."

이들을 물리치고 나아가 킹을 물리친다. 그로써 인류의 번영은 지켜진다. 우상을 섬기던 자들이 쓰러짐으로써 신의 선택을 받은 종족이 가나안 땅에 정착하여 은총을 노래하였듯, 이종족들이 무너짐으로써 인류는 주의 은혜를 알리라.

가브리엘의 권능이 다시 한 번 발현되었다.

빛 속으로 녹아 사라진 알의 빈자리 앞에 태인은 무릎 꿇었다. 많은 사죄의 말이 있었지만, 그는 그냥 한마디도 하지 않은 채 무릎 꿇고 있었다. 사라진 이에게 말해 봐야 헛된 변명이었다. 필요한 것은 행동이지 말이 아니었다. 그런 그의 옆에 드뤼셀이 나타났다.

"어라? 사과라도 하고 계신 겁니까? 안 하셔도 될 텐데요."

귀에 익은 그 목소리에 태인은 흠칫하고 일어섰다. 모든 게 끝났다면 저 비숍의 여유는 설명될 수 없었다. 설마 그가 모르는 무언가가 남아 있단 말인가?

"그의 말대로다. 사과할 필요가 없을 거다, 인간의 대리자여."

빛이 다번에 흩어지고 ㄱ 자리에 어둠이 생겨났다. 그리고 그 어둠이 걷히며 그 자리에 알렉시안이 나타났다. 알과 닮았지만 결코 알이라고 할 수 없는 차갑고 냉혹한 모습을 지닌 그가 말이다. 태인은 반쯤 비명에 가깝게 그 이름을 불렀다.

"알렉시안! 당신이 어떻게!"

대답은 비숍이 대신했다.

"그야 관용이 잠들었으니 깨어날 게 분노밖에 더 있겠습니까. 몇 번 당신이 자극해서 잠시 깨워냈지만, 이번에는 제대로 일으켰으니 기뻐하십시오."

'왕' 이 깨어났다. 분노의 '왕' 이 말이다. 알렉시안의 차가운 눈동자가 태인을 내려다보았다. 그의 눈은 예전처럼 뜨거운 분노로 타오르지도 않았다. 거기에 있는 것은 이미 모든 것을 끊어버린 냉혹한 왕의 결단뿐이었다.

'그럴… 수가!'

그제야 무슨 일이 벌어졌는지 인식한 태인은 망연자실했다. 알의 마지막 말이 그의 귓가에 다시 울렸다.

"미안해, 태인. 하지만 나도 이제 지쳤어."

그 말의 의미를 너무나 늦게 알아버렸다. 제대로 후회할 틈도 없이 알렉시안의 손이 그의 목을 움켜쥐었다.

"커억."

차디찬 비웃음을 지으며 알렉시안이 태인을 노려보았다.

"예전 너의 배신에 분노했었다. 하지만 다시 한 번 믿음을 저버려 준 것에 이제는 감사한다. 이제 네가 선택하였으니 왕의 선택도 보여주지."

차라리 예전처럼 불타오르는 분노를 보였다면 나았을 것이었다. 하지만 지금의 알렉시안은 싸늘하게 제련된 분노만을 드러내고 있었다. 이미 되돌리기에는 늦은 확고부동한 상태였다.

배신한 자 왕의 곁에 돌아가 마지막 희망을 재우리라.

'그 예언의 의미가 이것이었나.'

자신이 양쪽 모두를 잃어버린 최악의 선택을 해버렸다는 생각이 태인을 스치고 지나갔다.

"알……."

"이런, 이런. 자기 손으로 재운 분은 갑자기 왜 다시 찾으십니까."

옆에 있던 드뤼셀이 놀리듯이 말했지만 태인은 반박할 기력조차 없었다. 알렉시안이 그런 태인을 바닥에 떨어뜨리고는 말했다.

"그러면 이제 똑똑히 지켜보거라. 네가 그토록 사랑한 인간에게, 스스로를 그토록 사랑한 인류에게 내가 무엇으로 보답하는지. 나의 명을 받들어 세계에 포고하는 자여, 들으라."

"명하소서. 그러면 그 말이 한 치도 어김없이 실행되도록 제가 세계에 말하겠나이다."

알렉시안이 명하고 드뤼셀이 고개 숙이는 장면이 태인의 눈에 슬로우 모션으로 돌아가는 흑백 영화처럼 펼쳐졌다.

'안… 돼……'

그러나 잔혹한 시간은 멈추지 않았다.

"인간의 시대가 끝나고 새로운 시대가 열렸음을 알리라. 낡은 법은 스러지고 새로운 법이 들어설지니, 너의 청원을 이제 내가 허락한다. 새로운 세기의 질서를 이제 네가 다시 세우라."

왕의 명이 떨어지자 비숍은 고개를 들었다. 그리고 그때부터 그가 말하는 한마디 한마디가 그대로 힘이 되어 사방으로 흩어졌다. 세계의 법칙이 다시 쓰였다. 변동이 마침내 안정적인 새 율법이 되었다.

나 아크필드, 위대한 시원 중의 시원, 불사의 군주, 혼돈이자 질서인 자, 태초 이전에 존재하여 태초를 만들고 세계로 화한 자의 첫 번째 신관이 그의 명을 받들어 온 세계에 선포하노라.

사라진 비샵을 찾아 헤매던 자들은 순간 그들의 귓가에 들려오는 거대한 울림에 몸을 떨었다. 필멸자로서 설령 긴 세월을 살아가는 자라고 해도 겪기 힘든 거대한 사건이 벌어지고 있다는 걸 느낄 수 있었다. 뚜렷이 알려주는 자 없었지만 무의식 중에 그들은 직감했다. 이것이야말로 또 한 번의 창세기라는 것을.

위로 높은 곳에 말하니, 영광의 신, 오만에 물든 자에게 마침내 돌아온 왕의 분노를 내리치니 그대 이곳에 뻗친 그 권세를 추방하노라.

거대한 침음성이 이번에는 온 세계에 퍼졌다. 대변혁. 하나의 신계와의 단절. 그 어마어마한 사태에 대해 정확히 이해한 인간은 없었으되 '유일신'을 가까이서 섬기던 자들은 공포심에 몸을 떨었다. 그들이 절대적으로 믿었던 또 하나의 기반이 파괴된 충격이 그들의 영혼을 뒤흔들었다.

운 좋게 살아남아 신성력이 돌아왔음을 기뻐하던 성직자들은 그 순간 들려온 통한에 찬 비명에 극도의 공황에 빠져 무너졌다. '진리'에 따라 있을 수 없는 일이 벌어졌다. 진실로 버려졌음을 그들은 느꼈다.

땅과 하늘의 사이에 명하니 이제 이곳의 주인 됨을 바꾸어 신들의 길이 닫히리라. 거대한 벽을 쌓으니 오직 진실된 믿음만이 작은 문을 열리라.

또 한 번 두 세계 간에 거대한 단절이 생겼다. 다른 신들을 섬기던

많은 자들도 더 이상 그들의 후원을 받을 수 없게 되었음을 느꼈다. 그 가르침은 따를 수 있을지 몰라도 더 이상 그 힘을 따를 수는 없었다. 기적은 이제 말 그대로 기적의 순간에만 바랄 수 있었다.

아래로 대지에 명하며 스스로의 지혜로 교만의 탑을 쌓아 올린 자들이여, 시원의 분노 앞에 그 끝을 고하리니, 신이 내려준 너희의 축복을 이제 내가 거두노라. 불의 권능이여, 이 땅을 떠나 고향에서 잠들라. 그리하여 의지와 힘을 지닌 자 너희를 부를 때만 임하라.

이미 벌어진 사태의 재확약. 잃어버린 것을 되찾을 작은 가능성조차 없애 버린 그 포고가 온 세계에 메아리쳤다.

떠나간 인류 결사대의 승전을 기원하던 인류는 하늘에서 땅에서 사방에서 메아리치는 거대한 울림을 들으며 두려움에 떨었다. 그토록 간절하게 바랐건만 사태가 그들이 원한 것과 다른 결말로 치달았다.

지상에 거하는 모든 존재들은 들어라. 이제 나는 다시 한 번 이 지극를 그대들의 손에 맡긴다. 새로운 세계를 어떤 곳으로 만들지는 그대들의 몫일거니, 신들도 그대들에게 간섭지 못하며 나도 그대들을 간섭치 않으리라. 주어진 세계에 절규하여도 바뀜은 없을거니 바라는 바 있다면 그대들의 손으로 이루라.

포고가 아닌 충고를 끝으로 비숍의 말은 끝났다. 드뤼셀은 빙긋 웃으며 알렉시안에게 고개 숙이고 다시 태인에게 손 흔들어 보였다.

"자, 바라시던 대로 시원자들은 전부 잠들 겁니다. 저도 퀸도 지금 와서 새삼 화신을 유지할 이유가 없으니까요. 아득히 멀리서 지켜만 보겠지요. '룩'또한 사라질 테니 그쪽도 거의 다 바라는 대로 된 것 아닙니까. 울상 짓지 마시지요. 왕이시여, 그만 물러가도 되겠습니까?'

"허락한다."

알렉시안이 고개를 끄덕이자 드뤼셀은 웃으며 사라졌다. 별다른 것도 남기지 않고서 마치 언제 자신이 있었냐는 듯이 드뤼셀은 그냥 조용히 사라졌다. 다시 태인과 알렉시안만이 남았다.

"알……."

스스로 버린 이름을 부르는 상대에게 작은 비웃음을 날리며 알렉시안은 일어섰다.

"너도 마무리 지어야겠지. 새 시대에 더 이상 룩은 필요없겠지. 의지는 각자가 노력으로 행하는 걸로 충분할 테니."

콰앙.

다시 한 번 두 힘이 충돌하려는 순간 갑자기 미카엘의 불길이 꺼졌다. 상대를 찾지 못한 바하무트의 힘이 그대로 밀고 들어가 미하일을 삼켰다.

"크아악! 어떻게 이럴 수가! 이럴 수는 없다! 인류의 미래를 걸고 신의 뜻을 받들어온 내가 질 리 없다!"

믿을 수 없는 사태에 절규하는 미하일에게 지켜보던 지연이 가볍게 한숨 쉬며 핀잔을 주었다.

"소중한 것을 지키는 마음은 강하지요. 하지만 그게 절대적이라면 당신이 휘둘러 오던 단죄의 검부터 예전에 부러졌을 겁니다."

"교만하지 마라! 어둠의 권세여. 지금은 우리가 일시 패하나 정의는 끝내 승리할 것이다!"

소멸해 가면서 끝까지 소리치는 미하일에게 바하무트가 담담하게 대답했다.

"그러면 자네는 애초에 질 걸 알고 싸운 거군."

지연이 미묘한 웃음을 띠며 사라진 미하일의 잔재를 보고 바하무트에게 말했다.

"승리를 축하드립니다. 그런데 마지막 말은 패장에게 너무 가혹한 말이 아니었는지요."

그런 지연에게 바하무트도 미소 지었다.

"공용적인 단어와 하도 다른 뜻을 지닌 게 많아 번역이 불가능한 게 천국어라는 조크가 괜히 생긴 게 아니잖소. 어차피 이 패배도 계획했던 시련의 하나일 친구에게 그 정도 말이 무슨 가혹하겠소."

승자의 여유로 짐짓 농까지 던지는 바하무트였다.

"이제 어찌하실 것인지?"

"잠시 휴식이나 취하며 천천히 생각해 보려고 하오. 새 세계에서 내가 무엇을 할지를 말이오."

바하무트가 사라지자 지연도 저 멀리 하늘을 바라보며 고개를 들었다.

"나도 한동안은 지켜보는 게 좋겠구나. 아이들이 어떤 세상을 만들면 그 다음에 한마디 해주는 게 좋겠지."

의기참마. 가브리엘에게는 가벼운 견제구조차 되기 힘든 공격. 당연히 또 막혀야 할 그 공격이 뚫고 들어갔다.

"어엇?"

앞서 대로 다시 들이닥칠 반격에 대비하며 물러나 수비하던 키튼은 그 공격에 헬레나의 날개가 조각조각 잘려 나가자 오히려 황당해서 입을 벌렸다.

콰앙.

역시나 키튼을 보조하기 위해 날린 데 불과한 테네스의 혼천묵염강이 헬레나를 그대로 삼켰다.

"이렇게… 되는 거군요."

불길에 휩싸여 서서히 타 들어가며 헬레나가 고개 숙였다.

"뭐가 어떻게 된 거야? 저 가브리엘이 갑자기 왜 쓰러져? 방금 비샵이 벽을 친다 운운하더니 그 때문인가?"

키튼의 질문에 테네스가 고개를 끄덕였다. 온몸이 성한 곳이 없었지만 승리를 확인받은 키튼이 환하게 웃었다.

"끝났군. 이제야말로 우리들의 해방 세상이 온 거겠지."

그 환한 웃음을 보며 헬레나는 씁쓸함을 느꼈다. 저들의 사악함이란 결국 인류의 적이고 신의 적이라는 것뿐일지도 몰랐다. 늑대인간의 기준으로 저 수장은 착한 늑대인간이리라. 싸움에서 조금도 사정을 두거나 하진 않았다. 인류의 수호천사로서 그녀는 최선을 다했다. 그러나 저들의 승리에 통한의 저주만을 내뱉을 수는 없는 것은 기본적인 그녀의 속성 탓이리라.

다윗의 승리가 아무리 영광스러운 신의 권능의 발현이었다 할지라도 골리앗까지 그걸 기쁘게 받아들일 수는 없었을 터이니, 저들이 저렇게 웃는 것을 비난할 수는 없었다.

'하지만 그대로 인정할 수도 없지.'

"당신들의 승리로군요. 하지만 남은 인류가 수습의 시간을 벌기 위해서라도 이종족의 구심점이 될 당신들 중 몇이라도 데려가야겠습니다. 이것이 제가 할 수 있는 마지막 일이겠지요."

헬레나는 최후의 생명을 끌어올렸다. 끝내 그녀의 임무는 완수되지 못했다. 추기경의 기대는 엇나갔다.

'미안합니다, 인류여. 그러나 부디, 부디 이 시련을 이겨내십시오.'

"그래 봐야 이제 신계에서의 힘도 끊겼으면서… 어엇?"

파아아앗.

가브리엘의 그것처럼 절대신성성을 보이진 않지만, 못지않게 찬란하게 타오르는 빛이 일어났다. 헬레나의 몸이 조각조각 빛으로 화했다. 키튼의 눈이 동그랗게 떠졌다. 테네스가 다급히 외쳤다.

"화신이 아닌 인간으로서의 힘이다! 설마 큰 인형 속에 작은 인형이 숨어 있었을 줄이야. 조심해!"

"안 그래도 동귀어진 따위에 쓰러질 생각 없어!"

콰앙.

대폭발이 일어났다. 한참 뒤 폭발이 걷히고 키튼은 기침을 콜록거렸다. 내상이 가볍지 않았다.

"으… 쓰려. 난 그렇다 치고 다른 자들은?"

하나, 둘, 셋. 일단은 죽진 않았고 마지막 네 번째 테네스란 괜찮은 뱀파이어가 몸이 걸레 조각이 되다시피 해 쓰러져 있었다.

"야, 괜찮냐? 내 피라도 좀 줘?"

"되었다. 이건 신의 힘을 근원으로 두지 않은 순수 성력의 발현. 뱀파이어가 여기에 당하면 시간밖에 약이 없어. 그나저나 그녀였군."

"뭐가?"

나머지 넷이 자신을 둥글게 둘러싸고 내려다보는 가운데 테네스가 힘겹게 말했다.

"에잇 스타의 마지막. 왜 비어 있나 했더니 인간에게 준 거였어. 핫하. 새 세계에서도 인간을 얕볼 생각은 말라는 건가. 과연 그분다워. 다음 인간의 수호자는 누가 될지 모르겠지만 피하고 싶군."

테네스가 허탈한 듯 혹은 만족한 듯 웃으며 쿨럭거렸다.

"뭐야, 그건."

키튼이 황당하다는 듯 입을 벌렸다.

"상관없지 않나. 우리가 바란 게 지배가 아니라 생존과 자유였다면 말이지만."

테네스의 담담한 말에 키튼이 잠시 조용히 있더니 가볍게 미소 지으며 쓰러진 테네스를 일으켜 세웠다.

종도 생활 방식과 영역도, 앞으로 꿈꾸는 미래상도 달랐지만 늑대인간과 뱀파이어의 수장은 서로를 보고 웃었다.

알렉시안의 손끝에서 검은 기류가 일어나 태인을 향해 다가왔다. 그게 멸망의 선고라는 걸 알았지만 태인은 피하지도 막지도 않고 멍히 바라보았다.

그 순간 알렉시안이 멈칫했다. 그의 입에서 지금까지와 전혀 다른 목소리가 튀어나왔다.

"안 돼!"

결코 잊을 수 없는 그 목소리에 태인의 눈에 미약하지만 생기가 돌아왔다.

"알?"

알렉시안이 피식하고 웃었다. 그가 호기롭게 말했다.

"과연 너도 대단하군. 좋아, 어차피 대부분이 나의 승리인 마당에 남은 것 정도는 네 몫으로 넘겨주지."

그 말을 끝으로 알렉시안이 사라지고 알이 돌아왔다. 알은 멋쩍게 웃으며 태인을 바라보았다. 눈은 슬픔을 숨기고 있었지만 알은 웃었다.

"미안해, 태인. 태인의 소망 완전히 정반대로 이뤄 버렸네."

"네… 잘못은 아냐. 난 오히려 네게 원망을 들어도……."

태인은 다시 고개를 떨궜다. 그런 와중에도 인류의 앞날이 또 걱정되는 건 무엇이란 말인가. 모순. 모순. 받아들이고 만다고 큰소리치는 걸로 끝날 수 없는 모순이었다.

"원망 같은 건 안 해. 따지고 보면 내 멋대로 기대한 거니까. 룩으로서의 권능은 끝났지만, 새로운 세계 태인이 바라던 것과 엄청 다르겠지만 그래도 살아줘."

"알… 나는 너를……."

말을 잇지 못하는 태인에게 알은 괜찮다는 듯 과장되게 두 손을 흔들었다.

"아냐, 아냐. 정말로 괜찮아. 어쨌든 태인이랑 있는 동안 나는 행복했는걸. 비록 미래는 서로 엇갈린 길로 가야 한다 해도 과거가 사라지는 건 아니잖아. 새 세계 마음에 안 들지 모르지만 그래도 행복하게 살아줘. 평범한 인간이 행복하기 쉽지 않을 세계에서 이런 말 하는 거 내이기심일지도 모르지만……."

알은 미안하다는 허리를 꾸벅 숙였다.

"그래도 인간들 사이에 있을 수 있을 테니까, 부디 행복해 줘."

사과하며 부탁하는 그의 어린 친구에게 태인은 소리쳤다. 결국은 아무엇도 해준 것이 없는데도 자신을 오히려 걱정하는 이 친구는 괜찮은 건가?

"알! 그러면 너는… 너는 이제……."

그 말에 알은 비로소 눈에서도 슬픔을 지우고 웃었다.

"난 걱정하지 마. 다시 세상을 걸을 때 옆을 지켜줄 자가 없진 않으니까, 나도 외롭진 않아. 그럼 안녕, 태인."

알은 '왼팔'을 흔들어 태인에게 작별 인사했다. 다시 한 번 그는 평범한 존재로서 새로운 세계를 살아갈 것이었다. 오랜 세월 함께 해온 자 하나를 떠나보냈지만, 슬퍼할 수는 없었다. 그에게도 그의 길이 있고, 자신에게도 자신의 길이 있으니까.

어둠이 태인을 삼켜 멀리 떠나보냈다. 평범한 인간이 되고 기억조차 삭제당한 그가 아마도 평온하게 살 수 있을 곳으로. 그게 알의 마지막 선물이었다. 알은 힘이 빠진 듯 자리에 주저앉았다.

애초에 외로움을 못 이겨 세계가 되고 존재들을 불렀었다. 결코 모두를 만족시켜 줄 세계는 단 한 번도 되지 못했지만, 적어도 한 존재쯤은 만족시켜 줄 수 있을지 몰랐다. 한 존재만을 편애하여 '킹'으로서의 힘을 사감으로 남용할 것이 두려워 멀리만 하였지만, 태인에게 말한 대로 그도 지금 지쳐 있었다. 그리고 이번 세계는 이제 겨우 시작되었을 뿐이니까 그도 휴식을 취해도 괜찮을 거 같았다.

"모든 힘을 다시 잃은 상태에서 이 세상을 걸어보려면 든든한 수호자가 필요할 거 같아. 도와줄 거지?"

그의 '왼팔'에 묻고서 알은 눈을 감았다. 대답은 너무나 잘 알고 있었으니까 굳이 들을 필요도 없었다. 다시 깨어났을 때 자신의 이름은 무엇일지 어떤 존재일지 아무것도 결정된 게 없었지만 무엇이 되든 그의 왼팔은 그의 왼팔일 테니 별 상관없으리라.

혜련은 침대에서 일어났다. 잠들어 있는 와중 한순간 머리 속에 울린 저 비샵의 포고를 그녀도 똑똑히 들었다.

'우리가 진 건가? 체엣, 이게 뭐야. 완전 망했네.'

가서 죽을까 봐 겁나서 빠져 있던 처지에 할 말은 아니었지만 혜련은 기세 좋게 떠나간 원정대가 원망스러웠다. 그런 그녀의 앞에 갑자기 불길이 일어나더니 사라졌다.

'뭐… 뭐야? 태… 태인?'

바닥에 쓰러져 있는 건 태인이었다. 혜련은 다급히 다가가 그의 심장이 뛰는지 확인했다.

'다행히 숨은 붙어 있네. 그런데…….'

예전과 달리 너무나 약한 기운만 느껴지는 태인을 보고 그녀는 혹시나 해서 검사를 해보았다. 그리고 확인했다.

'주력이 완전히 다 사라졌네. 패배하고 힘을 봉인당한 건가. 알, 그 녀석이 목숨만 살려 보낸 거고? 그렇다고 왜 나한테 보낸 거야!'

혜련은 한숨 쉬었다. 무능력자가 되어버린 태인을 어다다 쓰란 말인가. 정신을 잃고 있는 태인의 옆모습을 혜련은 다시 보았다. 힘은 없어졌지만 생각해 보니 취향에 가까운 얼굴이긴 했다.

'음. 가정부로는 괜찮을지도.'

생각해 보니 꼭 쓸모가 없지는 않을지도 몰랐다. 망해 버린 세상이라지만 이종족들이 인간을 몰살시키지는 않는다면, 적어도 그녀 같은 능력자가 한 가정 꾸릴 벌이를 하지는 못할 리 없었다. 아니, 불이 정상적으로 만들어질 수 없어서 기술이 해주던 부분이 거의 사라진 상황에서 능력자의 상대적 가치란 더 오르기만 할 것이었다.

'맞아. 거기다가 돌아와 봐야 알겠지만 분명 능력자 자체도 귀해졌을 거잖아? 내가 한 가정 꾸릴 몫 못 벌겠어?'

그중에서 자기보다 더 성공적인 자를 잡는 것도 좋지만, 어쩌면 행복이 꼭 그런 데 있지는 않을 듯했다.

"그래, 옛말에 자기보다 조금 못하지만 심성은 좋은 남자를 잡아서 꽉 쥐고 사는 게 여자의 복이라는 말도 있잖아."

'신데렐라 쪽이 더 멋있어라고 생각했지만, 해피엔딩이 꼭 하나뿐이겠어?'

능력은 없어졌을지라도, 집안 살림꾼 겸, 아이 양육자 겸, 밤일 상대 겸 이리저리 다른 용도로는 여전히 괜찮을 듯했다.

"좋아. 그 뱀파이어 녀석이 모처럼 신경 써서 보내준 건데 받아 챙기지 뭐. 호호."

혜련은 기세 좋게 웃었다. 세상이야 좀 망했을지 모르지만, 그 와중에도 안 망하는 자는 안 망하는 법이었다.

● Chapter 46
새로운 전쟁

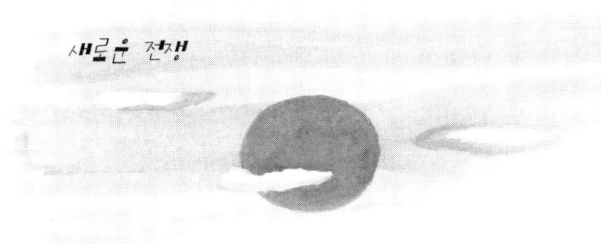

살아남은 인간들은 다들 망연자실했다. 어제와 너무나 달라져 버린 오늘. 모든 것을 새로 써야 하는 이 세계에서 자신들은 무얼 해야 하는지 누가 가르쳐 줬으면 좋겠다는 심정이었다.

그들을 빨리 정신 차리게 한 건 드뤼셀의 힘이 사라지자 몬스터를 대신해서 불어닥친 북극의 차가운 빙설풍이었다. 누구보다도 먼저 정신을 차린 아케리트가 말했다.

"후우. 그나마 다행스럽게도 마력의 작용은 다시 정상으로 돌아온 것 같군요. 자자, 이왕 이리된 것 어쩌겠습니까. 비숍은 다행히 사라지긴 사라진 것 같으니, 일단 자기 지역으로 돌아갑시다. 지구가 어떻게 변해 버렸든 그만 살 것도 아닌 다음에야 돌아가서 앞으로의 대책이나 궁리하는 게 낫지요."

이런 사태에 직면해서도 너무나 냉철하고 현실적인 소리를 늘어놓는 마도사 협회의 회장을 몇몇 이들이 신경질적으로 노려보았다. 하지만 그들을 가볍게 무시하며 아케리트는 살아남은 마도사들을 향해 외쳤다. 어쩌면 이 싸움이 시작될 때쯤에 짐작하고 있었던 건지도 몰랐다. 이런 결말을.

'그리고 현 상황에 대해 곱씹는 것은 돌아가서 해도 되겠지. 지금은 일단 살아야 하니까.'

극한 상황이라 해서 넋만 놓고 있을 정도였다면 협회장 자리를 딸수도 없을 것이었다. 마도사 세계는 실력이 말하는 세계니까.

"철수한다. 다들 보온 마법으로 몸을 감싼 채 장거리 고속 이동 마법을 준비하라. 자체 퇴각 여력이 안 되는 자가 많은 관계로 순간 이동 마법의 사용은 불허한다. 마력의 여유가 되는 자들은 약한 자들을 보조하라. 일단 전원 모스크바의 마도사 길드 지부에서 합류한다. 자, 단독으로 퇴각할 여력이 안 되시는 분들은 말하십시오. 가는 길에 데려다 드리겠습니다."

그 말에 다른 자들도 정신을 차렸다. 넋 놓고 있다가 낙오되기라도 하면 개죽음당할 판이었다. 그의 말대로 어떤 상황이 되어버렸든 여기서 죽을 게 아닌 다음에야 움직여야 했다.

그렇게 비샵의 제거라는 목적만은 어떤 식으로든 달성했으나 사실상 패배에 가까운 싸움에서 생존자들은 힘없이 흩어졌다. 더 이상 로드들과 싸울 필요가 없다는 것만이 작은 위안이었으나, 너무나 달라진 세계는 그들의 발걸음을 무겁게만 했다.

그리고 돌아간 그들을 기다리고 있는 것은 더 이상 불을 쓸 수 없다는 사실에 절망하여 자체적으로 반쯤 붕괴한 인류 문명이었다.

"아미타불. 실로 참혹하도다."

전염병이 나도는 도시를 오고 가며, 군대와 협동하여 치안 유지를 돕던 자현 대사가 고개를 설레설레 저었다. 옆에 있던 자인 대사가 말을 받았다.

"그래도 이제 어느 정도 수습이 되어가는 것 같아 다행이오. 비록 앞으로도 얼마나 더 힘겨운 시간이 흘러야 할지는 모르겠으나, 각국에서는 대체 에너지 개발에 전 역량을 집중 투자하고, 또한 고대 시대에 쓰던 농사법을 집중 연구, 교육한 채 대다수 실업자를 농업에 투입시켜 식량 수급은 간신히 맞추기 시작했다지 않소."

불이 사라진 인류는 당초 절망한 자들이 내뱉던 것처럼 원시 시대로 돌아가진 않았다. 여전히 대부분 경제 활동이 마비된 상태이고 어떤 부분은 영원히 다시 복구할 수 없게 된 것이 사실이었으나 전염병 예방 백신 제작법 같은 기술은 무관하게 남아 있었고, 화력과 원자력 이외의 발전 방법으로 만들어진 소량의 전기가 아주 핵심적인 부분만은 아쉬운 대로나마 가동을 지속하게 했다.

중세와 근대의 방식이 다시 활용되면서 느리게나마 국가 내부는 다시 운송이 재개되고 있었다. 비록 고속도로를 달리는 것은 더 이상 자동차가 아니라 새로 만들어진 우마차와 인력거들이었지만 말이다.

결코 예전으로 돌아갈 수는 없겠지만, 아주 망한 것은 아니라는 걸 깨달은 인류도 공황에서 벗어나 놀랄 정도로 빠르게 적응해서 새로운 살길을 찾았다. 그 와중에 석유 재벌이 몰락한다든지 하는 일들이 벌어졌지만 대다수 인간들에게는 그거야말로 '관심' 밖의 해프닝에 불과한 일이었다.

"허허. 전기 스토브로 끓인 스튜라니, 참. 이게 이렇게 호화스러운 사치품이 될 날이 올 줄이야 누가 알았겠습니까."

유럽 정상들과 만찬을 함께 하면서 아케리트는 가볍게 농담을 던졌다. 프랑스 대통령도 웃으면서 그 말을 받았다. 세계는 엉망이 되었을지 몰라도 결과적으로 그것이 기존의 권력자들의 자리 보전에는 역설적으로 엄청난 도움이 되었기에 최근의 그는 여유가 넘치고 있었다.

"태양전지를 이용한 조리용 판넬 생산에 지금 국가적 역량을 총투입하고 있지요. 다행히 회장님께서 마법사들을 동원해 그 생산을 도와주시는 덕에 상당량이 생산되어 대변동 초기만한 사치품은 더 이상 아닙니다. 다만 아직도 물량이 태부족이라 배급처에서 횡령 비리도 빈번하지만, 시간만 지나면 나아지겠지요."

"각종 기존 장비가 못 쓰게 되면서 자원 수급이 엄청나게 달리긴 하지만, 생산 시설 쪽도 멈춰 선 건 마찬가지라서 그럭저럭 버티고 있지요. 금융업이나 서비스업 쪽은 거의 망하다시피 하고 1, 2차 직접 생산업이 노동집약적 방식으로 대체해 버렸지만 우습게도 실업률은 역대 최저를 기록하고 있습니다."

"문제인 건 역시 식량입니다. 갑자기 농업을 가르치고 옛 방식으로 돌아가려 해도 장비도 숙련 인원도 없어서, 올해야 긴축 배급으로 버틴다 해도 내년과 내후년 들어가면 대규모 식량 파동이 닥치고야말 거라는 예상입니다. 다른 건 다 없는 세상에 지내다 보면 적응이 가능해도 식량 없는 세상은 적응의 문제가 아니니까요. 회장님, 무슨 방안이 없겠습니까?"

가장 민감하면서도 해결 방안이 뚜렷이 안 나온 문제에 들어서자 모두의 안색이 어두워졌다. 아케리트도 한숨을 내쉬었다.

"후우. 저희 협회에서도 식량 생산 증진을 위한 마법 개발에 핵심 인력이 다 매달려 있긴 합니다만, 솔직히 마법으로 증진하는 데에는 한계가 있습니다. 마법으로 가능한 건 기후 조절에 병충해 예방과 제초 정도인데, 그게 농업이 벌어지는 규모에 비하면 마법사들의 숫자가 터무니없이 적은지라 의미가 거의 없어요. 그렇다고 마법사라는 게 아무나 가르치면 되는 직업도 아니고."

"걱정이로군요. 그나마 우리 유럽 쪽은 사정이 한결 낫지만 인구 과밀 지역 쪽은 한차례 전쟁이 일어날 분위기던데."

그렇게 안건을 논의하며 미래를 걱정하는 각국의 수장들을 보며 아케리트는 속으로 한숨을 내쉬었다. 지금부터 내놓을 안건은 그들의 걱정거리를 수십 배 늘릴 내용이었다. 하지만, 안 꺼내놓을 수도 없어서 그는 끝내 말을 했다.

"이런 인류의 적응 문제와는 별개로 훨씬 큰 문제가 따로 있습니다."

"무엇 말입니까?"

"비숍이 사라지고 세계가 바뀐 이후에도 이상하리만치 이종족들이 조용했지요. 마치 비숍을 따라 사라진 게 아닌가라고 생각할 만큼."

"그랬었지요. 대변동의 수습에 바빠 제대로 신경을 못 쓰고 있었지만 말입니다."

"그들에게서 마침내 연락이 왔습니다."

"그… 그런!"

대변동 직전 자신들이 그들에게 무슨 짓을 했는지 누구보다 잘 아는 각국 원수들의 얼굴이 창백해졌다.

"이, 이길 수 있습니까?"

이 마당에도 싸워 이기려 드는 영국 수상을 보고 아케리트는 속으로 고개를 절레절레 저었다.

"비샵과의 싸움에서 마도사 협회도 전력의 50%가 괴멸당했었습니다. 거기다가 각국 군대는 지금 '신식 전투법'에 대해서 제대로 된 훈련도 안 되어 있지 않습니까. 카톨릭과 기독교 쪽은 대변동 이후 아무런 힘을 기대할 수 없게 되어버렸고, 기사단들도 전력이 극히 하락되어 있지요. 적의 힘이 어느 정도인지는 미확인이지만, 승산은 자신하지 못합니다."

암울한 전망에 모두들 조용해졌다. 그런 그들에게 아케리트가 뱀파이어 쪽의 요구 사항을 내밀었다.

"모두 한 번 보시지요."

떨리는 손길로 복사본을 한 부씩 집어 든 각국 원수들은 그 사항을 읽어가면서 표정이 점점 더 일그러졌다.

우리 뱀파이어 연맹체는 탐험가 수브몰로크(Submoloc)가 최근에 발견한 신대륙 유럽에 대한 소유권을 주장한다. 이것은 수장 테네스에 의해 확약되고 다른 듀크들 및 다른 종족의 수장들도 승인한 바이니 정식으로 이 대륙과 그에 딸린 자원의 소유, 관리, 이용권이 우리 측에 있음을 알린다.

"이이… 무슨 말도 안 되는!"

마침내 영국 수상이 분노를 참지 못하고 외쳤다.

"이건 부당합니다! 이들이 요구하는 지역은 유사 이래 영국의 땅입니다. 국제법상에 의거해서도 실제 점거에 있어서도"

열변을 토하려는 그를 아케리트는 가볍게 말렸다.

"진정하시지요. 그들은 인간이 인간끼리 인정한 소유권이나 협약에 대해 일절 인정 안하고 있는데 그렇게 외쳐 봐야 무슨 소용이겠습니까?"

"……."

"일단 마저 읽어나 보시지요."

또한 이 신대륙에 기존에 살고 있는 원주민들이 있는 바 이 원주민들의 권리를 보호하고 생존을 돕기 위해 상호 존중과 공존 공영의 정신에 입각해서 우리 뱀파이어는 이 원주민들이 거주할 인류 보호 구역을 설정하였다. 그러니 모든 원주민들은 우리들의 배려를 이해하여 지정된 보호 구역으로 빠른 시일 내에 이주하길 바란다.

자체적으로 스스로를 유지할 능력이 없는 원주민을 보호하며 또한 뱀파이어 내의 용감한 개척자들의 권익을 신장시키기 위한 이번 조치를 이해하지 못하고 거부하는 일부 원주민들에 대해서는 가슴 아프지만 강제적인 물리력 행사로 나설 수밖에 없는 바, 우리의 고충을 이해한다면 적극 협조하여야 할 것이다.

각국 수반들의 얼굴이 전부 붉으락푸르락했다.

"이… 이 무슨 말도 안 되는 망발을!"

분노하는 프랑스 대통령에게 아케리트는 조금만 더 참고 끝까지 읽으라고 했다.

추신) 이상 오늘의 유머를 마칩니다. 자, 즐거우셨습니까? 그러면 웃는 낮으로 우리 한번 만나볼까요? 정식으로 요구 사항은 적어 보냈으니 잘 읽어보십시오.

그 아래에 적힌 7개조의 요구 사항은 사실상 무조건 항복 요구였다. 적어도 앞서의 농담과는 달리 패전국가의 지위는 인정해 주었지만, 굴욕적이긴 마찬가지였다. 자신들의 과거 역사를 잘 아는 수반들은 서로만 쳐다보았다. 원망스러운 추기경이었지만 그의 말 중 하나는 맞았다. 힘이 뒷받침되지 않는 권리는 더 이상 지켜질 수 없었다.

"시한은 일주일. 결정 내려야 할 겁니다."

"절대… 못 이깁니까?"

"모릅니다. 적의 전력이 너무 베일에 싸여 있어요. 문제는 적이 허풍을 떨고 있다고 해도 그걸 확인하려면 우리도 배팅을 따라가야 한다는 거지요."

아케리트는 한숨 쉬었다. 그러기엔 이미 날린 밑천이 너무 많았다.

"……."

"항복하면 매국노로 지탄받을 테고, 싸워서 지면 무모한 희생을 부른 어리석은 지도자라 지탄받겠지만 잘 생각해서 결정해 봅시다. 아무런 응답이 없어도 실력 행사에 들어오겠다고 했으니, 하다못해 국민 투표로 부친다든지 하면 여러분의 책임도 희석되겠지요."

그 말에 각국 수장들은 한숨을 푸욱 내쉬었다.

"추기경이 참 원망스럽군요."

아케리트는 동감한다는 듯 고개를 끄덕여 줬다.

"하지만 그에게 동의한 건 우리지요. 뭐, 그리고 어차피 시원자들이 그대로 있는 채 이종족들이 부흥하면 그 상황도 지금 못지않게 팍팍하긴 마찬가지 아니었겠소이까. 어떤 의미에서 그나마 우리 힘이 있을 때 그들의 힘도 줄여둔 게 상호 간의 감정은 상했어도 실리적인 입장에서는 도움이 되었는지도 모르지요. 어찌 되었거나 협상안을 짜봅시다."

그렇게 말하며 아케리트는 마도사 길드 지하 깊은 곳에 자리한 비밀 시설을 떠올렸다.

생명계 마학의 연구를 지지한다면서 추기경이 내놓은 자료는 기대했던 이상의 것이 들어 있었다.

'인조천사'의 씨앗.

'그 엄청난 걸 설마 하니 바티칸 부흥 카드로 쓰지 않고 우리에게 넘길 줄이야. 인류야 망했지만 우리로서는 제2의 도약 기회라 해야 하나.'

떠날 자 다 떠나고 마지막 신실한 몇 명만 남은 바티칸에서 자료랍시고 들고 왔을 때만 해도 기대하지 않았다. 그러나 그 엄청난 물건과 함께 내놓은 편지에는 그도 고개를 저을 수밖에 없었다.

이게 개봉되기는 결코 바라지 않지만, 개봉된다 함은 우리가 패배했다는 뜻이겠지. 시원자들이 제시한 인류의 몰락을 도저히 받아들일 수 없어 모든 힘을 다해 싸움을 했지만, 그러고도 힘이 부족했다면 퇴각 이후를 대비할 수밖에 없으니, 만일을 위한 대비로써 이것을 그대에게 보내오. 패배 이후 몰락할 바티칸의 마지막 저력이라 할 이 천사의 씨앗에서 어떻게 그 가능성을 끌어낼지는 대마도사인 그대라면 충분히 알 것이라 보오. 부담을 가질 필요는 없소. 시원자들이 승리한다면 그건 그것대로 그들이 이 세계에서 손을 떼고 이종족과 인간이 각축을 벌이는 지구가 펼쳐진다는 의미

일 테니 승리를 거머쥐지 못했다면 보다 나은 조건이라도 차지하게 하는 것이 내 마지막 보험이오. 몰락 이후 바티칸 혹은 신교 측은 소수 강경파들만이 남을 터 이 힘을 이용해 재기한다면 적어도 패배 이후 한동안은 가능할 리 없는 재전쟁을 통한 복수를 꿈꿀 테니 그건 그때의 인류에게 아무런 도움이 못 될 터, 마도사이자 철저한 실리주의자인 당신이 순수하게 인류를 위해 이 힘을 쓰리라 생각하지는 않지만, 최소한 무모한 방향으로 쓰지 않고 결국은 공동 운명체인 인류에게 유리한 방면의 협상 카드로는 활용할 것이라 믿소. 부디 이후를 부탁하오.

그러면서 사제가 건네준 그 물건은 정말로 유용했다. 신계와의 채널링이 불가능해진 지금 진정한 의미의 신성력은 없어졌지만, 마도사들이 사용하는 형태의 흉내 내기 신성 능력자를 그것이라면 꽤나 다량 생산할 수 있을 터였다.

그렇게 만들어진 자들이 제대로 된 마도사도 사제도 아니게 어정쩡할 거라는 건 큰 문제가 아니었다. 요컨대 마도사 길드에 있어서는 '덤'이었으니 말이다. 추기경의 말이 하나는 맞았다. 지금은 인간 대 이종족의 구도가 아직 남아 있지만, 시간이 흐르면서 전 종족이 전 종족과 상호 협력 견제하는 구도로 재편되리라는 건 확실했다. 그때에 각자의 몫은 결국 각자가 지닌 힘에 밀접하게 연관되리라는 것도 말이다.

'추기경이 남겨준 게 인류 전체에 대한 보상은 결코 못 되겠지만 말야. 마도사 길드로서는 이번 전쟁 적자는 면했단 말이지.'

아케리트는 안 보이게 미소 지었다. 부담은 가지지 않았다. 추기경도 재전쟁을 벌였다가는 정말로 망해 버릴 카톨릭의 명맥을 이어가기 위해서 뻐꾸기 알과 닮은 데가 상당한 물건을 그에게 건네준 것일 테니 말이다. 요는 결국 거래였고 얼마의 이득을 챙기는가는 자기 역량의 문제였다.

그 시간 중국 쪽에서는 이제 정부와 맞먹는 영향력을 지닌 거대 단체가 되어버린 정연맹의 회의장에서 무림 명숙들은 애타는 눈길로 자혜 대사를 쳐다보고 있었다.

기존 인간 영토의 상당 부분의 할양을 요구하며 자신들의 독립 국가를 건설하겠다는 늑대인간의 요구야 받아줄 수도 있는 것이었다. 하지만 이미 죽은 자들에 대한 정의로서 전범 재판권을 요구하는 것만은 도저히 받아들일 수 없었다. 그 전범이 바로 자기들을 지칭하는 것이었으니까.

"소림에선 이 일을 어떻게 보십니까?"

처음 늑대인간을 멸하는 것을 반대할 때만 해도 빠진 문파들을 욕하고 비웃었던 그들이었지만 언제 그랬냐는 듯 지금은 모두가 그들을 우러러 받드는 눈길로 보고 있었다. 늑대인간들의 요구를 거절하려면 힘이 있어야 하는데, 그때 빠진 문파를 제외하고서 싸운다면 남은 자들은 문파의 존망을 걸어야 할 판이었다. 낭인만이라면 어찌해 볼 수 있겠지만, 이종족 간의 동맹이 성립했다는 소문이 그들을 무겁게 압박했다.

하지만 늑대인간의 전범 리스트에 그때 문파는 당연하게도 빠져 있었고 그 때문에 이들 문파들이 지금 와서 발을 뺄까 봐 무림 명숙들은 무척이나 속이 탔다.

"아미타불."

가타부타 말도 없이 자혜 대사가 불호만 외자 명숙들은 체면도 잊고 울상이 되었다. 저러다 소림이 이번 일에서 빠지겠소이다라고 할까 봐 실로 두려웠다. 얼마 전에 소림이 저 말을 할 때는 망하려고 작정했군 이라며 좋아했었지만 지금은 우릴 버리시나이까라고 울며 매달리고 싶을 정도였다.

"아미타불."

약 올리기로 작정이라도 했는지 아미 장문인인 공인 사태까지 불호 만 외웠다. 자기 손으로 죽인 늑대인간이 있는 황보세가 가주는 입 안이 바싹 타 들어갔다. 비숍과의 싸움에서 황보세가 전력의 7할은 날아간 상황이었다. 지금 무시무시한 키튼이 지휘하는 낭인과 또 싸움을 벌인다면 멸문지화를 당할지도 몰랐다.

'아이고, 내가 왜 그랬을까. 그냥 잠자코 있을 것을 분위기에 휩쓸려 끼어들었다가 이 무슨 일이란 말이냐.'

"현천 도장께서는 이 일을 어찌 보시는지?"

마침내 자혜 대사가 한다는 말이 역시나 이번 사태에서 한발 떨어져 있는 무당의 새 장문인에게 묻는 것이자 중인들은 맥이 탁 빠졌다.

"받아들이기도 쉽지 않지만, 너무한 요구라고 하기도 힘드니 어렵습니다."

"그 무슨 말씀입니까! 죄없는… 하여간 각 문파 장문인과 장로, 거기에 장문 제자급까지를 요구하는데 그게 너무하지 않다니요!"

화들짝 놀라 금룡방주는 체면도 잊고 외쳤다. 그 말에 주위는 동조하지도 반대하지도 못한 채 참으로 떨떠름한 표정만 지었다. 그 한편의 촌극에 선음문주는 속으로 한숨 쉬었다. 차라리 비숍과의 싸움에서 죽는 게 속 편할 뻔했다.

'후우, 그토록 올바른 일이라고 당당하게 주장해 놓고 지금 와서 이 무슨 꼴인가. 피에 젖은 빵도 먹으면 배부르다고 아이들을 데려갔으니 이제 와 돌아가신 사부님을 뵐 낯이 없구나.'

그러나 어쩌겠는가. 모진 목숨 자진할 수도 없으니 그때 빠진 네 문파의 수장들만 애타게 바라볼 뿐이었다.

"아미타불. 이 일은 이 자리에서 결정할 일이 아니라고 봅니다. 각 문파마다 내부 사정도 있을 터, 삼 일 뒤 다시 모이기로 하지요. 다행히 늑대인간이 시한을 넉넉히 주었으니 상량을 좀 더 해봅시다."

"그게 좋겠군요."

소림과 무당의 장문인 둘이서 말을 주고받고는 멋대로 결정해 버렸지만 누구 하나 반박하지 못했다.

소림, 무당, 아미, 공동이 먼저 떠나자 남은 자들끼리 암담한 얼굴로 서로를 쳐다보았다. 금룡방주가 툴툴거리며 말했다.

"낭인들이 관계된 문파의 해체까지 요구하는 걸 저들은 오히려 기회로 생각하는 거 아닙니까? 우리가 다 해체되면 자기네 네 문파가 크게 흥할 거라고 계산하고서?"

"허어, 그렇다면 큰일 아니오. 순망치한이라, 우리들이 사라지고 난 후 낭인들이 야욕을 드러내면 자신들도 무사하지 못할 것을 주지시켜서 설득해야 하오."

"맞습니다. 지금 같은 위기에 자기네 문파만 괜찮다고 빠지려 든다는 건 안 될 말이지요. 아직 우리가 완전히 진 것이 아닙니다. 남은 문파의 힘을 다 합치고 군인들에게도 싸움법을 가르쳐서 임하면 여전히 이길 수 있습니다. 자기들의 이익만 따져서 자중지란이 벌어지면 그거야말로 적이 노리는 바일 것입니다."

"실로 혜안이십니다. 낭인들에게 동맹이 있다 하나 비샵이 사라지지 않았습니까. 다른 나라의 사람들도 우리와 비슷한 괴로움을 겪고 있을 터 다같이 힘을 합쳐 이제야말로 건곤일척의 승부를 할 때입니다. 이런 상황에서 일신의 안위를 생각해 물러나는 것이야말로 기회주의자의 표본이라 할 행동입니다."

네 장문인이 사라지기 무섭게 오고 가는 말에 선음문주는 차마 못 참고 한마디를 내뱉었다.

"그렇게 자기 문파의 흥망을 따졌다면 애초에 첫 싸움에 발을 뺐겠습니까."

그 말에 모두들 선음문주를 핵 돌아보았다. 다 같은 처지에 넌 뭐 잘났다고 그리 말하냐는 적개감이 모락모락 솟아나는 눈빛에 선음문주는 괜히 말했다고 후회했다.

"자기들이 다치는 게 겁이 났거나 혹은 이렇게 될 줄 알고 발을 뺀 거겠지요. 정부를 움직여서라도 확실하게 낭인의 요구를 거부하는 데 힘을 합치도록 해야 합니다. 그것만이 모두가 살길입니다."

"옳소이다."

선음문주는 무공을 익힌 이후 처음으로 머리가 지끈거리는 두통을 느꼈다.

정연맹의 한쪽 숙소에 모여 있던 네 문파의 사람들이 돌아온 장문인들을 반가이 맞이했다. 온통 우중충한 먹구름이 뒤덮고 있는 정연맹이었지만 이곳만은 예외적으로 화창했다.

"노고가 많으셨소이다, 장문인. 그래, 회의에서 무슨 말이 나왔소이까?"

"모두 모이시지요. 함께 논의해야 할 듯합니다."

참으로 화기애애한 분위기에서 네 문파 간의 공동 회의는 이어졌다. 장문인들의 설명을 들은 문도들 사이에서 누가 먼저랄 것도 없이 말이 나왔다.

"허어. 늑대인간들이 참으로 만만치 않은 명분을 들고 나왔군요."

"그래, 언제는 우릴 매장시키지 못해 안달이던 자들이 이제 와서 매달린단 말입니까? 그것참."

"그 왜 성전이나 한 번 더 하게 몰려들 가라지 그럽니까. 듣기로 낭인의 수장인 키튼이란 자의 무공이 매우 볼 만하다던데 말입니다. 혹 압니까, 이번에 가면 환우칠검의 나머지도 구경할 수 있을지."

반전이라는 소수파에 서서 그동안 당했던 설움이 컸던 걸까. 제법 수양을 쌓은 자들의 입에서도 비아냥이 쏟아졌다. 하기야, 원색적인 비난까지 그들에게 퍼부어지고 정부로부터는 각종 지원을 끊겠다는 협박까지 당했으니 쌓인 게 없다면 거짓말이었다.

"지금도 기억나는군요. 공동파가 비겁자에 제 한 몸만 생각하는 이기주의자들일 줄은 몰랐다면서 이제 공동파도 다 되었군이라던 말이. 다된 문파인 우리가 무슨 힘이 있어 그들을 도울 수 있다는 건지 원."

"진정들 하시오. 지난 일을 가지고 따져 무엇 하겠소. 그런 걸로 성내는 마음을 일으키는 것도 수양에 방해만 될 뿐이오. 자, 이제 앞으로 어찌하면 좋겠는지를 말해들 보시오."

소림 장문인의 부탁에 좌중은 조금 질서를 되찾았다. 하지만 분위기는 변함없었다. 그리고 그 분위기를 대표해 공동파 장문인의 수제자인 연우가 일어섰다.

"여러 명숙들이 계시는데 어린 제가 먼저 나섬이 무례일 것이나 감히 한 말씀 올려도 되겠습니까?"

"허어. 네가 낄 자리가 아니다."

공동파 장문인이 빈말로라도 말리는 시늉을 하자 자혜 대사가 손을 저었다.

"괜찮소이다. 소협, 말해 보시지요."

"사부님께서 저희들에게 그 전쟁에 빠질 것을 명하셨을 때 좁은 식견으로 깊은 뜻을 헤아리지 못하여 대세에 맞서려 함이 무모하다 여기며 감히 불만도 가졌었습니다."

치부에 대한 고백이었으나 연우는 별로 이 일로 흉이 잡히진 않을 거라고 자신했다. 대다수 문파의 장로들이 자신의 말에 찔리는 처지임을 얼굴에 드러내었으니 말이다.

"그러나 돌이켜 보니 길이 아니면 가지를 말라는 그 말이 얼마나 큰 가르침이었는지 이제야 알 수 있습니다. 또한 뿌린 대로 거두리라 하시며, 살업을 뿌리면 살업이 돌아오리라 하셨으니 이제 저 낭인의 무리가 죽은 자들에 대한 보상을 요구함은 인과응보의 원리에도 맞다 할 것입니다. 고인(高人)들께서 올바른 길을 알려주셨음에도 가지 않았던 것은 저들의 잘못이니 이제 와서 우리가 그 시비에 관여하여 얽힐 이유가 없습니다. 그 문제는 낭인과 관계있는 자들이 스스로 해결할 일이라고 봅니다."

그 말에 각파 장로들이 그에게 동조의 시선을 던졌다. 하지만 정작 소림 장문인인 자혜 대사의 안색은 어둡게 변했다. 그걸 눈치 챈 자인 대사가 다시 한마디 했다.

"아미타불. 나 역시 그 말이 옳다고 보오. 이번에는 속세의 중생들도 의견이 그때와 다르오. 싸움에 지쳐서 그들의 요구를 들어주고 평화를 얻자는 자들이 이제 다수이니 세상의 말을 두려워할 것이 없소이다. 싸우려 든다면 낭인들만이 아니라 그들과 연관된 다른 이종족의 무리까지 상대해야 할 터인데, 비샵이 그냥 떠났겠소? 들리는 말에 봉인에서 풀린 자들 중 몇이 이미 돌아왔다고 하더이다. 낭인의 무리가 무고한 자들까지 해치려 한다면 우리도 나서 막아야 할 것이나 무림인 간에 원한을 가릴 때 쓴 전례에 비춰보아도 그들의 요구가 지나치다 할 수 없음이 아니오."

무당의 장로도 말을 거들었다.

"옳습니다. 거기다가 낭인의 무리가 인간 스스로 하기 껄끄러우면 자신들이 직접 저항하는 죄인들을 잡아갈 테니, 그걸 방해하지만 않으면 납득하겠다라고 하였으니 우리가 나설 이유가 없습니다."

"듣기에 그가 펼쳐 보인 것 중에 극에 달한 현천구검과 여의제룡검이 있었다 하였습니다. 검이란 그 주인의 성격을 드러내는 법이니, 그 경지에 이른 자가 허언을 하겠습니까. 이제라도 우호를 다짐이 적으로 돌리는 것보다 훨씬 낫다고 여겨집니다."

과거에 참가를 재촉했던 사람들이 그걸 보상이라도 하겠다는 듯 더욱 열심히 불참을 외쳤다. 이제 여기서 자혜 대사가 한마디만 하면 그대로 대세가 결정될 분위기였다. 그러나 자혜 대사는 한숨과 함께 고개를 저었다.

"하지만 이대로 낭인들이 피의 복수를 하면 그 또한 끝없는 원한의 고리가 될 터, 두고 볼 수만은 없는 일 아니겠소."

"그러면 소림 방장께서는 저들의 의견대로 힘을 모아 다시 한 번 낭인들과 전쟁을 벌이자는 것입니까?"

다들 눈을 크게 뜨고 자혜 대사를 바라보았다. 설마 이제 와서 늑대 인간들과 싸우자는 얘기를 소림 방장이 할 거라고는 그들 중 누구도 생각하지 않았던 것이다. 그리고 그 말에도 고개를 젓는 소림 방장을 보고 그들은 안도했다.

"물론 그것은 더욱 안 될 일이오."

"하면… 대체 어쩌시자 함인지?"

"그들의 수장을 찾아가 부탁해 보고자 하오. 그의 분노는 하늘을 찌르고 있겠으나, 진심으로 사죄하면 조금 누그러뜨릴 수도 있지 않겠소."

"그… 그런!"

잘못했으니 찾아가서 봐달라고 빈다라는 너무나 단순한 이야기였지만 듣던 자들은 허를 찔렸다는 표정을 지었다.

"지금 와서 그런 말이 먹히겠습니까?"

"알지 못하오. 성심을 다해 빌 뿐이오. 여러분이 반대하지 않는다면 내 뜻을 알리고 그를 찾아가 보고자 하오. 어떠시오?"

잠시 좌중은 침묵했다. 그때 무당의 새 장문인 현천 도장이 헛허 하면서 웃었다.

"과연 그러하구려. 그렇소이다. 도란 멀리 있지 않은데 참으로 생각하고 궁리하면서 멀어져만 갔음이구려. 오늘 큰 공부 했소이다. 그리하십시오. 아니, 저도 같이 가겠습니다."

"아미타불. 저도 가고 싶으나 여럿이 몰려감도 수로 핍박하는 것으로 보일 수 있겠지요. 무림의 양대산맥이라 불리는 소림과 무당의 두 장문인에 수행원 몇이 나서면 그로써 대표성은 충분하리라 봅니다. 아미도 소림의 뜻을 지지하겠습니다."

"결정을 내렸으니 미룰 이유가 없겠지요. 바로 출발합시다."

시간을 끌면 다른 문파에서 시시비비를 걸어 이 일을 엉망으로 만들지 모른다는 우려에 현천 도장이 일어섰다.

"나무아미타불. 여러분의 넓으신 이해에 감사드리오. 지금 낭인들에게 바로 연락을 띄우고 출발하겠소."

아직은 좁은 늑대인간들의 새 거주지는 그러나 이전과 비할 바 없는 활기에 넘쳐 있었다. 이제는 정말 새 세상이 왔다는 걸 실감하며 그들은 당당하게 걸었다. 아직 그들의 요구 사항이 제대로 이뤄진 건 없었다. 하지만 그들의 요구 사항을 놓고 인간들이 고민하고 있다는 소식만 해도 충분히 통쾌했다. 언제나 인간들이 요구하고 자신들이 비위 맞추는 구도가 역전되었다는 것만 해도 상쾌했다.

살아남은 몇 안 되는 원로 중 하나인 무디브가 막 들어온 인간의 답변을 족장 키튼에게 가져갔다. 앉아서 명상에 잠겨 있던 키튼이 무디브가 들어오자 눈을 떴다.

"족장, 싸움에 임하지 않았던 네 문파의 수장 이름 아래 연락이 왔소. 한번 보시오."

키튼은 무디브가 건네준 종이를 가만히 읽어 내려갔다. 조금씩 읽어 내려가던 그의 입가가 미미하게 떨렸다. 그러더니 마침내 참지 못하고 웃음을 터뜨렸다.

"푸하하하. 이거 걸작이다. 와하하하."

"수… 수장? 괜찮소?"

대체 뭐라고 쓰여 있길래 수장이 저런단 말인가. 걱정하는 무디브에게 눈물을 찔끔거릴 정도로 웃다가 키튼은 일어났다. 그리고는 종이를 구겨 뒤로 던졌다.

"소림과 무당의 장문인이 수행원 몇만 거느리고 찾아와 용서를 구하고 싶다는군요. 참으로 속 편해서 좋은 무리들입니다."

"그 연락에 직인이 찍힌 건 네 문파뿐이었소."

"아니까 더 웃은 겁니다."

키튼의 눈은 싸늘하게 빛났다. 반대로 입은 키득거리는 웃음을 내뱉었다.

"어찌하실 생각이오?"

"만나보도록 하지요. 직접적인 원한은 없는 무리들이니. 답변을 주십시오. 장소는 건운평. 날짜는 한 달 뒤. 그때까지 요구 사항의 이행은 늦춰줄 테니 용기가 있다면 그곳에 수행원 몇만 데리고 나오라고 하십시오. 우리 쪽도 그렇게 갈 테니."

"수, 수장? 그들이 함정을 팔지도 모르오!"

"바라죠. 그럼 내 마지막 남은 자비조차 거두어들일 테니까."

"…수장."

"안심하십시오. 저도 현천구검을 익힌 몸, 복수에 눈이 멀어 마도에 빠지지는 않습니다. 어차피 최소한의 정의만 내세워도 충분히 베어져 나갈 무리들이기도 하고. 마지막으로 그들의 진심을 확인해 볼까요. 수행원은 장로님에다가 에세란, 그렇게 둘입니다."

키튼이 자리에서 일어섰다. 멀어져 가는 키튼을 보며 무디브는 고개를 저었다. 남들은 키튼이 단순하다 단순하다고 했고 그런 면이 있었다. 하지만 이럴 때의 수장은 전혀 단순하지 않았다.

'대체 무슨 생각을 하는 거요, 수장. 건운평은 몰라도 그 중간 길목이 얼마나 매복과 기습에 용이한 지형인지 알 텐데.'

한 달 뒤, 서늘한 바람이 부는 넓은 고원의 평야에 몇 명의 인간들이 나타났다. 세 명의 승려와 세 명의 도사였다. 수풀이 우거져 있었지만 그들의 경신법 앞에서 장애가 되진 않았다.

평원 한가운데에 작은 공터가 만들어지고 거기에 세 늑대인간이 기다리고 있었다. 나이가 든 늑대인간 둘은 서 있었고 가장 젊은 늑대인간은 맨 땅바닥에 약간의 간식거리나 얹어두고서 하품하고 있었다. 별로 대단할 것도 없는 기도였다. 하지만 그렇기에 인간들 사이에서는 역시라는 짧은 감탄이 스쳐 지나갔다.

하기야 결국 어떤 기도를 풍기든 그가 어느새 천랑대제로 불리게 된 키튼인 이상 무조건 좋은 쪽으로 생각하고 봤을 테지만 말이다.

"아미타불. 오래 기다리지 않으셨는지 모르겠소이다."

"하암~ 왔나? 뭐, 좀 기다리긴 했지만 날짜만 정하고 시간은 안 정한 내 탓이지. 사죄하고 싶다고 했나?"

"그렇소이다, 시주. 인간이 지닌 혈채가 얼마나 큰지는 아오. 그러나 이제 다 끝난 일이 아니겠소. 부디 자비를 베풀어 목숨을 거두겠다는 것은 그만둬 주시오. 이렇게 비오."

자혜 대사가 그 자리에 무릎을 꿇었다.

"무당 장문인인 나 또한 무림을 대표해 사죄하겠소. 부디 호생지덕을 보여주시오."

무당 장문인까지 무릎 꿇었다.

"불문 무학과 도가 무학의 양대 조종의 수장께서 일개 늑대인간한테 무릎을 다 꿇다니 세상일 참 알 수 없군."

키튼의 말에 비아냥이 섞여 있음을 모르는 자 아무도 없었다.

"시주께서는 한 종족의 수장이오. 우리는 단지 인간 중 한 단체에서 존중받는 위치에 있을 뿐인데 예의를 표함이 무엇이 잘못이겠소."

"얼마 전에 한 종족의 장로가 동냥 온 거지 취급받지만 않았으면 그 말이 믿길 것도 같은데."

"미안하오."

키튼이 피식 웃더니 손을 저었다.

"그만 하지. 이제 와서 그런 걸 따지자는 건 아니니까. 그쪽의 성의를 인정해서 나도 진지하게 대답하지. 거절한다."

"시주, 다시 생각해 주시오. 생명이란 끊어지면 되돌릴 수 없는 소중한 것. 이미 시주께서 승리하였으니 이제 자비를 베풀어 그만 용서할 수 없으시겠소?"

"자비? 훗, 좋은 말이군. 그래 그때도 당신들은 그 말을 외치기는 했었다지? 그러니 지금도 계속 외칠 자격은 있군. 그만 돌아가 보지. 그대들이 본거지에서 자비라든지 생명의 소중함이라든지 같은 멋진 말에 대한 강론을 계속해도 난 안 막을 테니까."

자혜 대사와 현천 도장을 수행해 온 자들의 얼굴이 눈에 띄게 일그러졌다. 자신들의 장문인이 무릎까지 꿇어 예를 표했는데 무례하게만 나오는 키튼에게 그들은 분노했다. 하지만 나설 자리도 아닌지라 씩씩거리며 참았다. 그들의 속내를 짐작한 키튼은 두 장문인에게 안쓰럽다는 시선을 던졌다.

'당신들의 진심은 10%쯤 믿어줄 수도 있지만, 당신 문파 안조차도 저런데 우리와 원한진 당사자들이야 안 봐도 알조인데, 대신 사죄하는 게 무슨 의미가 있다고.'

"시주, 부탁이오. 물론 시주의 일족에 죄를 저지른 이들 중 상당수가 아직 충분히 참회하지 않았음을 아오. 그러나 부디 먼저 용서해 주시오. 그러면 그들도 죄를 뉘우치리다."

키튼은 일부러 하품을 한 번 했다.

"지루하군. 더 소용없을 말을 들을 필요는 없겠지. 난 이만 가니 돌아가서 전하기나 해줘. 곧 찾아갈 테니 알아서들 하라고."

그리고는 등을 돌려 키튼은 뚜벅뚜벅 걸어갔다. 무디브와 에세란이 황급히 뒤를 따랐다.

'이… 이 무례한!'

분노하면서도 소림과 무당의 수행원들은 키튼을 막지 못했다. 자혜 대사가 그런 키튼을 애타게 불렀다.

"시주! 정녕 자비를 베풀 수 없으시겠소?"

"자비? 기억해 두지. 먼저 정의가 선 다음에."

그렇게 대답하고 멀어지는 키튼을 보며 자혜 대사는 몇 번이나 염주를 돌렸다. 옆에서 현천 도장이 물었다.

"후우. 예상한 대로구려. 어쩌시겠소?"

"아미타불. 이미 한 번 천하가 혈해가 되는 것을 방치한 죄인이나… 두 번 할 수는 없겠지요."

그 말을 끝으로 자혜 대사가 앞으로 몸을 날렸다. 키튼은 그냥 걸어가는 중이었던지라 쉽게 그의 앞을 막아설 수 있었다. 키튼이 기다렸다는 듯 비웃음을 날렸다.

"더 할 말이 없다고 했는데, 아니면 힘으로라도 막겠다는 건가?"

자혜 대사는 합장하며 고개 숙였다.

"부끄러운 일이나, 시주께서 자비를 말하지 않는다면 나 또한 간단히 물러날 수는 없소이다."

"힘으로 용서를 받아내겠다는 건가? 그것참 멋지군."

"시주, 부디 마음을 돌려주시오. 복수한다고 죽은 자가 돌아오는 것은 아니오. 한 번만 용서해 주시오."

키튼이 팔짱을 꼈다.

"인간들이 우리에게 몰려올 때 그렇게 앞을 막아보지 그랬나? 그때는 말로만 말리던 자가 이번에는 용기를 냈군. 인간이 우리를 죽이는 건 안타깝지만 어쩔 수 없는 일이고, 우리가 그들에게 보복하는 건 불법의 이름으로 막아야 할 일이라는 건가?"

에세란은 침을 꿀꺽 삼켰다. 키튼의 말이 틀렸다고는 생각하지 않았다. 하지만 저 중의 입장에서는 충분히 도발적인 말이었다.

'화내면서 덤비려나? 아니면 면목없다고 비키려나?'

자혜 대사는 어느 쪽도 하지 않았다. 단지 다시 한 번 합장했다.

"둘 다 막았어야 할 일이오. 앞의 일이 더욱 막았어야 할 일이기에 그렇지 못한 것이 참으로 부끄럽소. 그래서 몇 번이나 이 앞에 나서지 못하고 망설였소. 그러나 용서하시오. 차마 그들이 다 죽게 놔둘 수가 없었소. 복수란 허망한 것. 복수는 복수를 낳으니 이것은 그들만을 위해서가 아니라 낭인을 위해서도 하는 제의요. 낭인들이 이번 한 번 자비를 발휘한다면 그들도 크게 뉘우칠 것이오. 소림이 이제는 진실로 책임지고 그대들이 평안히 살 수 있게 하겠으니 부디 돌아가 주시오, 시주."

키튼이 피식 웃었다.

"한 번 잘못했지만 두 번은 안 하겠다? 말이야 멋진 말이지만, 이번에 위기에 처한 건 인간이라서 나선 건 아니고? 만약에 여전히 인간이 강해서 2차 토벌전이라도 계획되었다면 그때도 이렇게 나섰을 건가?"

듣고 있던 다른 인간들이 흠흠 하고 헛기침을 했다. 자혜 대사는 더욱 깊이 허리를 숙였다.

"그 말에 자신있게 대답하지 못하니 내 불법이 얼마나 미천한지 새삼 깨달을 뿐이오. 이런 반쪽짜리 불심으로 자비를 설파하니 스스로도 면목없음이나, 시주께서 마음을 넓게 먹어 부디 호생지덕을 펴주시오."

"지루하군. 자신들이 약자가 된 다음에나 말하는 생명 존중이 얼마나 공허한지 모르는 건가? 비켜라. 더 이상 막으면 쓰러뜨리고 지나가겠다."

키튼이 한 발을 내디뎠다. 그러자 살을 에는 예기가 그의 주위로 일어섰다. 멀리 떨어져 있던 인간들은 그 예기를 느끼며 몸을 살짝 떨었다. 여기 인간들 중 가장 무공이 높다고 스스로 자부하는 자현 대사조차 고개를 저었다.

'어느 정도 버틸 수는 있겠으나 결코 이기지는 못하겠구나.'

그러나 자혜 대사는 물러서지 않았다.

"옳고 그름과 강하고 약함은 상관이 없어야 함이 불제자일 것이오. 그러나, 시주께서 그리 말한다면 권도로서 힘이 있음을 보이면 소승의 말을 한 번 더 들어주시겠소이까?"

사실상의 도전 선언. 한순간 주위의 공기가 싸하고 얼어붙었다. 키튼의 갑작스러운 웃음소리가 평원에 울려 퍼졌다.

"와하하핫. 결국 그게 본색이라는 거지? 뭐, 하지만 좋아. 아무리 억울해도 그날 도망칠 수밖에 없었듯, 이번에도 그대들이 더 강하다면 우린 정의를 포기할 수밖에 없겠지. 해보자. 천오백 년 소림의 힘이라는 걸 전부터 나도 궁금해했으니 말야."

키튼이 검을 뽑자 거기서 울림이 퍼져 나갔다. 용명검음. 여의제룡검의 기수식이 뿜어내는 웅혼한 소리에 인간들은 과연 하며 감탄했다.

같은 검을 쓰는 자로서 키튼의 드높은 경지를 느낀 현천 도장은 자혜 대사가 과연 무엇을 믿고 저 키튼에게 도전했는지 궁금해졌다.

'자현 대사가 범천항마신공을 대성했다더니 그를 시켜 싸우게 할 참인가? 아니면 여기서 협공이라도 할 생각인가?'

그러나 자혜 대사는 염주를 한 손에 쥐어 앞으로 내밀며 자신이 직접 상대하겠다는 의사를 밝혔다.

"죄지은 처지에 감히 힘을 쓰려 함을 용서하시오, 시주. 만약 시주가 다치면 다시 다른 마음을 품고 낭인을 핍박하려 할 인간이 있을 수 있을 터, 결코 시주를 다치지 않게 제압하겠으니 그러면 한 번 더 자비를 고려해 주시오."

에세란이 기가 막혀 무디브에게 말했다.

"키튼을 죽이는 것은 고사하고 다치지도 않게 이기겠다니 저 승려 살짝 미친 거 아닙니까? 이미 키튼은 구대극품공 중 셋을 하나로 합쳤으니 설령 극성의 범천항마신공이라 해도 동귀어진도 힘들 텐데요."

그러나 뜻밖에도 무디브의 얼굴을 어두웠다.

"이 승부 쉽지 않겠구나."

"네?"

"무공은 본래 죽이고 상하게 하기 위한 것. 그리하여 살기를 깨우칠 때 흔히 한 단계 진보하곤 한다. 그러나… 그러하기만 하다면 어찌 달리 불공으로 분류할까. 살심도 버리고 상심도 버린 불공을 익힌 소림의 고승이라면 키튼이라도 장담하지 못할지 모른다."

"설마… 그럴 리가요."

하지만 무디브의 말을 듣고 나니 소림의 수장이란 자가 단순히 헛소리를 늘어놓을 리도 없다는 생각에 에세란도 긴장했다.

"그럼 막아봐라!"

외침이 끝나는 순간 뇌성이 주위로 터져 나갔다. 어느 순간 자혜 대사에게 달라붙은 키튼이 그대로 검을 내리찍었다. 이글거리는 뇌전이 맺힌 검이 산도 쪼개겠다는 듯 내려쳤다. 극성의 뇌정신공이 담긴 벽력섬.

그에 맞서 자혜 대사의 손이 대해가 몰아치는 기세로 뻗어 검을 받아냈다. 벽력섬과 대력금강수가 부딪쳤다. 검과 손이 부딪치는 순간 기파가 터져 나와 주위를 흔들었다. 자현 대사는 그 광경을 놀라 바라보았다.

'대력금강수가 벽력섬을 받아칠 수 있다고 하나 그것은 공력이 따라줄 때 이야기일진대, 극성의 뇌정신공을 방장이 뭘로 받아냈단 말인가? 설령 극성의 범천항마신공이라 해도 병장기를 들지 않고서는 맞받아칠 수 없는 것이 벽력섬일진대.'

의문을 지니고서 자현 대사는 방장의 손에 드러난 공력을 보았다. 은은한 금광이 어른거리는 기운은 범천항마신공이 아니었다.

"저것은 범천항마신공이 아니다. 저것은, 지깃은! 금강부동신공!"

"자현, 그 말이 사실이오?"

믿을 수 없다는 듯 물어오는 자인에게 자현 대사는 헛웃음을 흘리며 대답했다.

"틀림없소. 직접 본 적은 없으나 전해지는 바와 그대로 일치하니 그것도 저 정도면 가히 육성 이상의 경지. 헛허. 헛허."

허탈하게 웃던 자현 대사가 한순간 털어버리고는 깨끗하게 미소 지었다.

"허명만 소림제일고수였도다. 한 점 번뇌도 다 버려 탕마멸사의 마음 한 가지로 범천항마신공을 극으로 완성하는 사이 방장은 모든 번뇌를 끌어안고서 만 생명을 시름하는 마음으로 소림의 전설을 일깨웠구나. 참으로 어리석은 것은 나였도다. 불법의 근본은 자비라, 자비라. 그 간단한 말을 내 한평생을 수도하면서도 몰랐던가."

예상을 깨고 벌어지는 검과 염주의 치열한 대결을 중인은 넋을 잃고 바라보았다.

금강부동신법을 발휘해 몸을 피하는 자혜 대사의 좌우로 키튼이 날린 검강이 뻗었다. 뻗어간 검강은 그대로 펼쳐지며 강기의 그물을 만들었다. 어디로 피하려 해도 거기에 반응하여 뭉쳐질 촘촘한 강기의 막이었다. 천망무결이란 이름이 부끄럽지 않은 공격이었다.

"아미타불."

불호와 함께 자혜 대사의 몸을 둥근 강기막이 감쌌다.

타앙. 타앙.

조여들어 온 강기의 그물이 거기에 부딪쳐 끊어져 나갔다. 천주부동(天柱不動)으로 천망무결을 깬 자혜 대사가 뒤이어 키튼을 향해 손가락을 튕겼다. 소림 대표 무공 중 하나인 탄지신통이었다.

아무나 쓰는 수법도 아니었으되, 소림 무공을 일정 이상 익힌 자라면 배우기만 하면 누구나 쓸 수 있는 수법이기도 했다. 그러나 적절한 순간에 박대정심한 내공을 바탕으로 펼쳐진 탄지신통은 소림 무학에 어느 하나 천하제일을 논하지 못할 것이 없다는 말을 입증하는 위력을 보였다.

"쳇."

키튼은 가볍게 투덜거리고는 바로 검을 돌려 쏟아지는 지풍을 막아 냈다. 그리고는 바로 다시 검격을 퍼부었다. 청성의 폭우검을 연상케

하는 연이은 검격을 따라 검강들이 일직선으로 뻗어 나갔다. 그러자 자혜 대사의 염주도 수많은 그림자를 허공에 만들어내었다.

평평.

검과 염주가 허공에서 몇 번이나 거듭해 부딪치며 서로 깨어졌다.

한순간 키튼이 뒤로 물러섰다.

"이것도 막아봐라!"

그렇게 외치며 키튼이 검을 검집에 집어넣었다. 아니, 넣은 게 아니라 그가 지닌 가장 강력한 검을 꺼내들었다.

현천구검 최후식. '심검'을 일컫는 현묘지도(玄妙之道)가 펼쳐졌다. 소리도 없이 형체도 없이 오직 그 주인의 뜻을 따라 뻗어 나가는 검기. 그러나 마음을 따라 흐르는 무형의 심검은 어떤 작은 틈조차 들어가 상대를 베어버리니 가장 정묘한 초식이기도 했다.

과연 자혜 대사는 무엇으로 이에 맞설 것인가? 자혜 대사 또한 키튼을 따라하듯 조용히 합장했다. 그리고 사방을 삼엄하게 에워싼 날카로운 검기를 부드러운 기운이 풀어헤쳤다. 심검에 비견될 만한 '심장(心掌)'이라 해야 할 그 경지에 자현 대사는 무릎을 쳤다.

'그래. 현천구검에 현묘지도가 있다면 소림 대비천엽수 마지막에는 불법무한(佛法無限)이 있지 않았던가.'

두 기운이 서로 잦아들고 키튼은 그대로 다시 달려들었다. 다시금 벽력섬과 대력금강수가 부딪쳤다. 신룡대협과 해동검선의 절학들이 쏟아지며 키튼이 우세를 점하는가 싶으면, 천오백 년 소림의 저력을 보여주는 절기가 그걸 파해했다. 환우칠검 중 셋이 연환되어 펼쳐지는 키튼의 검도 공수가 완벽했으되, 금강부동신공을 바탕으로 펼쳐진 자혜 대사의 무공도 단순함으로 화려함을 능히 대항했다.

순식간에 위치가 바뀌고 공수가 바뀌며 펼쳐지는 대결은 끝이 날 줄 몰랐다. 방장을 말릴 수 없어 지켜보기는 했으되 당대의 전설이 될 키튼을 상대로 한 치도 물러서지 않는 그 모습에 자인 대사가 자현 대사를 돌아보며 들뜬 목소리로 말했다.

"이 승부 하나마나라고 생각하였는데, 이제보니 실로 승산이 있군요. 잘하면 이길 수도 있겠소이다."

그러나 그 말에 자현 대사는 고개를 저었다.

"두고 봐야 알겠으나 이쪽이 5할은 못 될 것 같소. 방장이 아니고서야 애초에 저 낭인을 상대로 저만큼 겨룰 자도 없겠지만."

"허? 내 눈에는 대등해 보이는데 자현 대사의 눈에는 미세한 차이가 보이는 모양이구려."

"지금은 대등하오. 하지만……."

그럼 뭐가 문제란 말인가? 자인 대사가 재촉하는 표정을 짓고 주위의 다른 이들도 궁금하다는 시선을 모으자 자현 대사는 한탄하며 말했다.

"상대의 내공이 마공이라면, 시간이 지날수록 유리해지는 것은 방장이 될 것이나 저 낭인의 내공 또한 정종의 절학. 이렇게 부딪친 것이 처음 있는 일이니 장담은 못하겠으나, 내력의 소모 또한 비슷하리다. 그리되면……."

"그리되면?"

현천 도장이 대신 그 말을 받았다.

"그렇군요. 젊은 늑대인간과 늙은 인간의 싸움. 육체의 근력과 지구력을 다투는 승부가 되면 결코 이쪽이 유리하지 못하겠지요. 세월의 차이가 승부를 가를지도 모르겠군요."

"그, 그렇다면 어떻게 해야?"

당황하는 자인 대사에게 자현 대사가 고개를 저었다.

"지켜보는 것 말고 달리 할 일이 우리에게 무엇 있겠소. 방장의 말을 잊었소? 내 대에 소림이 망할 수는 있어도 소림이 옳지 못한 일을 할 수는 없다고. 여기서 설령 패한다 해도 소림에 무공이 없고 인물이 없다는 말은 후인들이 하지 못하리니 비겁한 술수로 이긴다면 그것이야말로 누대에 이어질 패배가 되리다. 만 생명을 시름한 방장의 자비가 저 낭인의 원한을 덮을 수 있다면 이길 것이요, 그렇지 못하면 패배하겠으나 어느 쪽인들 부끄럽지는 않을 거요."

"……."

싸움이 점점 더 격렬해지며 계속되었다.

검강이 하늘에서 쏟아지고 땅에서 솟구치며 자혜 대사를 향해 몰아치는가 싶으면 일순간 자혜 대사의 주위로 금광이 뻗어 나가며 검강을 소멸시켰다. 작은 허점을 파고서 날카롭게 검이 들어오면 자혜 대사의 신형이 흐릿해지며 비켜 흘렀다. 수십 개의 그림자를 만들어내는 염주의 영상이 주위를 메우면 키튼이 유려하게 몸을 움직이면서 검벽을 만들어 막았다.

콰앙!

일순간 섬전행이 터져 나오면서 거리를 좁히면 자혜 대사도 순간 이동하듯 위치를 옮기며 피했다.

섬전행, 연좌대구품, 유운신룡보, 금강부동신법, 벽력섬, 대력금강수, 현천구검, 불영백팔주, 여의제룡검, 천수여래장, 천룡퇴, 관음족…….

중인들은 이 싸움의 본래 의미도 잊어버리고 절학들의 부딪침을 바라보았다.

"훌륭해! 이 정도 힘을 지니고서도 그 자칭 성전에 참가하지 않은 것만은 감사하지!"

키튼이 즐겁다는 듯 외쳤다.

"최근에 겨우 작은 깨우침이 있어 얻은 것이니 감사하실 필요는 없소이다."

말하는 사이에도 몇 차례나 공수가 바뀌었다.

"좋아, 해보자고. 얼마나 가는지."

자현 대사와 마찬가지 점을 지적하는 키튼의 말에 자혜 대사는 불호를 외었다.

"아미타불."

이대로라면 끝내는 그의 패배였다.

'낭인의 원한이 당연한 것이기는 하나, 그로써 또 천하가 피에 잠기는 보복의 고리가 커지기만 한다면 그 일은 어이해야 하는가. 처음에 막지 못했던 것이 참으로 죄업일 것이나 여기서라도 막아야 만 생명을 구할 수 있지 않은가.'

인간을 위해서였다. 그러나 그것이 인간만을 위해서는 아니었다. 그 위함도 하나를 죽여 하나를 살리자는 것이 결코 아니었다.

'자비… 자비… 자혜야. 평생 불법을 닦으면서 보살의 도를 얼마나 느꼈느냐.'

지혜로써 세상을 바로 보니, 비로소 만 생명이 진정으로 소중함을 알고 대자대비를 내어 흔들리지 않는 깨달음을 이룬다. 금강부동신공의 간단하면서도 깊디깊은 요체.

'진실로 낭인 또한 소중한 생명이요, 죄지은 인간들도 소중한 생명

이니 진실로 모두를 품어야 하리라.'

싸우면서 자혜 대사는 참선했다. 화두를 붙잡고서 무아지경에서 그는 물고 늘어졌다. 기와 기의 흐름을 따라 움직이면서 날카로운 검을 품어내는 부드러움의 진정한 의미를 그는 생각했다.

자혜 대사의 손에 맺힌 금빛이 더욱 짙어졌다. 그리고 마침내 판세에 변화가 나타났다. 허공에 맺힌 수영이 키튼의 검강에 부딪치고도 무너지지 않았다. 손오공을 가지고 노는 여래의 손처럼 키튼의 팔방을 봉쇄하며 펼쳐졌다.

"여래신수(如來神手)!"

늑대인간과 인간, 어느 쪽에서 먼저라고 할 것도 없이 말이 터져 나왔다. 부들부들 떨며 자혜 대사를 바라보는 무디브에게 에세란이 다급히 물었다.

"그, 그게 무엇입니까? 설마 키튼이 이길 수 없는 것입니까?"

그러나 에세란에게 제대로 설명해 주지 않은 채 무디브는 고개 떨구며 통한에 찬 말을 내뱉었다. 믿을 수 없어하는, 아니, 믿고 싶지 않아하는 그의 몸이 온통 떨렸다.

"소림 천오백 년, 전설이 깨어나지 말란 법은 없겠으나 그게 어째서 하필 지금이란 말인가. 하늘이 정녕 우리를 버리시는가."

더욱 짙어지고 강해졌음에도 또한 부드러워진 기운을 지닌 자혜 대사의 손이 키튼을 압박해 갔다. 사방을 메우고 압박해 오는 금빛 수영을 상대로 키튼의 검이 온갖 변화를 다 부렸으나 점점 더 수영은 늘어만 갔다. 그에 따라 키튼이 그 신법을 발휘해 피할 공간도 사라져 갔다. 박대정심한 기운을 담은 자혜 대사의 손길이 천 가지 재주를 제압했다.

"이겼도다! 방장이 싸우면서 다시 한 경지를 올라섰구나!"

자현 대사가 체면도 잊고 무릎을 탁 쳤다.

점점 더 궁지에 몰리며 키튼은 사방을 메운 여래신수를 바라보았다. 과연 이런 것을 소림이 지니고 있었기에 정파 최고로 인정받았던가라는 찬탄이 나오게 하는 공력이었다. 설령 여기에 패배한다 해도 후세 누구도 그가 약했다라고는 말하지 못할 엄청난 힘. 세리우스는 애초에 필멸자가 아니었으되 이것도 필멸자의 한계에서 한 발자국 벗어나 있었다.

압도적인 힘 앞에 그날이 생각났다. 울부짖고 날뛰어보았지만, 끝내 그의 일족의 목숨이 차례대로 꺾여야 했던 날이 있었다. 상대는 달랐고 싸우는 목적도 조금 달랐지만 그때와 닮아 있었다. 갈고닦은 그의 검이 소용없었다.

'이번 상대는 그때 그 인간들하고는 다르긴 하지. 여기서 내가 진다고 저들이 내 일족의 목숨을 앗아가진 않겠지.'

하지만 정말로 져도… 괜찮은가? 목숨은 잃지 않을지도 모른다. 상대는 약속을 지키려고 최선을 다하리라. 그러나 여기서 진다면 그의 일족의 미래는? 그의 일족에 가해진 부당한 행위에 대한 보상은?

용서하라고 말한다. 피는 피를 부를 뿐이라고 말한다. 맞는 말이다. 거기에 진리가 없다면 저 노승의 불공이 이토록 강성할 리 없다.

"유치한 복수나 하려고 이러는 거 아냐."

그 말 조금은 거짓말이었다. 어떻게 눈앞에서 죽어간 일족을 보고서 완전히 담담할 수 있었겠는가. 스스로를 다잡기 위해서 남 앞에서 더욱 되뇌어야 했던 말. 그 거짓말 속에 숨겨 있는 복수심을 버리라고 노승이 말했다.

그러면 그걸로 좋은가? 그가 검을 든 이유는 그게 다이니 결국 저 자비를 말하는 소림의 힘 앞에 꺾여도 만족할 수 있는가?

"현천구검은 베어야 할 것을 베기 위한 검."

용서는 필요하다. 분명 피는 피를 부른다. 그러나 그것이 승리한 가해자의 입에서 원망하는 피해자에게 행해져도 되는 말인가? 자신이 하고자 하는 게 단순히 복수인가? 아니면……

'아냐. 이건 일족의 한이라는 복수를 버린다 해도 행해져야 하는 일이야. 참회한다면 스스로 처벌을 받을 일. 내가 원하는 것은 정의. 불의를 저지르면 그게 처벌받음을 세상에 보인다. 그럼으로써 불의를 베고, 바로 세워진 세상 이치 앞에 악인이 진심으로 참회할 그때에 말해지는 용서만이 진정한 용서야. 저런 용서는 인정 못해!'

"여의제룡검은 지킬 것을 지키기 위한 검."

'여기서 내가 꺾이면 우리 일족은 영원히 밟힌다. 당하기만 하고 나중에 한마디 적선하듯 해주면 다시 용서하고, 그리고 또 당하고. 여전히 잘못을 뉘우치지 않는 무리들이 힘을 가지고서 기회만 보고 있는데 이대로 지면 우린 영원히 저들의 자비에만 매달려 살아야 해.'

누굴 억누르기 위한 힘이 아니다. 하지만 억눌림당하는 것도 용납할 수 없다.

"벽력섬은 질 수 없는 무인이 혼을 사르는 검."

'천오백 년 소림에 잠자던 전설이 깨어난 금강부동신공이 대단하다
해도, 늑대인간도 그에 못지않아! 우린 이등 종족이 아냐!'

"너의 검을 찾아라. 그때에야 하나의 경지를 넘어설 거다."

비로소 셋이 하나로 녹아들기 시작했다. 혼을 살라 만들어낸 그 힘
이 자신이 지키고 싶은 일족을 위해, 그 일족이 억울함을 당하지 않도
록 세상의 정의가 바로 서도록 하기 위해 움직였다.
"허엇?"
키튼의 검에 서린 기운의 변화를 하나둘 눈치 채기 시작했다. 강렬
하게 사방으로 튀며 뻗치는 뇌정의 기운이 뭉쳐지며 실로 예리하고 단
정해졌다. 패도적인 강맹함이 안에 잠겼으되 그 드러남이 곧고 날카로
워 날이 선 뇌정이 되었다. 그 날이 선 번개가 결코 무너질 수 없음을
말하며 이어져 흘렀다.
검영이 처음으로 수영에 무너지지 않았다. 물밀듯이 압박해 오는 자
혜 대사의 공세를 키튼의 검이 하나하나 해소했다.
펑. 펑.
검영이 수영을 깨뜨리면, 다시 수영이 검영을 무너뜨렸다. 서로의
공력이 극한으로 치달으며 승부가 다시 한 번 가열차게 달아올랐다.
"장, 장로님, 키튼이 지지 않을지도 모르겠는데요!"
흥분한 에세란의 말에 무디브는 고개를 다시 들었다. 키튼의 검이

아직도 꺾이지 않고 있었다. 아니, 당당하게 맞서며 여래신수를 베어 내었다.

"저건… 저런 건 들은 적이 없는데."

천오백 년의 잠에서 깨어난 전설을 애기된 적 없는 새로운 전설이 맞서 싸웠다.

다시 희망을 찾은 늑대인간의 표정이 밝아지고, 반대로 인간들의 표정은 어두워졌다. 그러나 그 상태에서 어느 쪽으로도 승부가 기울지 않고 싸움이 이어지자 이제 전부가 초조한 표정으로 바뀌었다. 대체 이 싸움의 마지막에 서 있는 자는 누가 될 것이란 말인가? 양쪽 모두 쉬지 않고 극한의 공력을 끌어올려 최고의 수법만을 선보인 채 시간이 흘렀으니 한계에 부딪칠 때였다.

"자현, 그대가 보기에는 어떻소?"

"모르오. 정말로 이제 하늘의 뜻이 어디에 있는지 모르겠소."

사방을 뒤덮던 검영과 수영이 늘어나더니 어느 순간 거짓말처럼 사라졌다. 삼 장 정도의 거리를 떨어져서 자혜 대사와 키튼이 서로 쳐다보았다. 키튼에게서 끝없이 일어난 무형의 건기가 지혜 대사의 곁으로 다가가면 서서히 옅어지면서 사라졌다. 그리고 키튼이 다시 검을 들어올렸다. 자혜 대사도 말없이 합장했다. 그 순간 지켜보던 자들은 마침내 승부의 마지막 순간이 왔음을 깨달았다. 남은 한 호흡의 공력을 일순간에 끌어올려 최후의 일격을 서로 준비했다.

'이 승부… 이대로라면…….'

'양패구상!'

어느 쪽이 먼저라 할 것도 없이 동시에 똑같은 생각이 스쳐 지나갔다. 하지만 누가 나서 말릴 틈도 없이 키튼과 자혜 대사는 서로를 향해 몸을 날렸다. 일순간 두 사람의 그림자가 하나로 합쳐졌다가 떨어졌다.

어찌 되었는가? 모두의 눈길이 쏠린 가운데 자혜 대사가 몸을 돌렸다.

'방장은… 멀쩡한가? 하면 낭인의 수장은?'

푸학.

키튼의 부서져 나간 왼쪽 어깨에서 피가 튀었다.

"아……."

누가 냈는지 모를 탄성이 터져 나오고 키튼도 몸을 돌려 자혜 대사를 마주 보았다.

'키튼이 진 건가? 정녕 진 것인가?'

철컥.

키튼이 검을 검집에 도로 집어넣으며 물었다.

"왜 마지막 순간 방향을 틀었지?"

흐르던 피가 멈추고 키튼의 상처가 빠르게 재생되었다. 그와 반대로 자혜 대사의 몸은 허리를 가로지르며 금이 그어지더니 점점 더 많은 피가 흘렀다. 그제야 지켜보던 자들은 마지막 승부가 어찌 되었는지 깨달았다.

"방장!"

소림의 인물들이 급히 자혜 대사의 곁으로 몸을 날렸다. 키튼은 막지 않았다. 서서히 무너지는 자혜 대사를 자현 대사가 급히 부축했다. 자혜 대사가 숨이 꺼져 가는 목소리로 키튼에게 말했다.

"말하지 않았소. 시주의 앞을 막아선 것만도 부끄럽거늘 어찌 감히 손상케 하겠냐고. 어깨를 다치게 한 것이 미안할 뿐이오."

키튼이 또 피식하며 웃었다. 하지만 이번에는 비웃음은 아니었다.

"지금 내가 시주와 같이 죽는다면 그 힘이 비슷해진 낭인과 인간이 다시 크게 서로 죽고 죽여 끝없는 증오의 고리만 될 것인즉, 나 홀로 죽겠소. 시주의 올곧음이 내가 바란 자비에 못지않았으니 시주를 믿겠소. 부디 정의를 세우되 그로써 증오가 뒤따라 만연하지만 않게 해주시오. 노납의 마지막 부탁이오."

본격적으로 끊겨져 나간 자혜 대사의 허리에서 핏물이 쏟아져 내렸다. 그걸 보며 키튼이 가볍게 몸에 묻은 피를 털어내며 자혜 대사의 옆으로 다가왔다.

"쳇, 하여간 노친네들이란 영악하다니까."

"고맙소, 시주."

자혜 대사도 비로소 미소 지으며 키튼에게 합장했다. 그리고는 다시 자현 대사를 돌아보았다.

"이후의 소림은 그대가 이끌어주시오. 본래의 청정한 수양을 찾아 함부로 속세에 내려오지도 말되 속세가 혼탁할 때 한마디 일러줘야 할 말이 무엇인지 그대라면 잘 알 것이라 믿소."

"아미타불."

방장의 마지막 명을 자현 대사가 받들었다. 그 모습을 보고 자혜 대사는 만족한 듯 숨을 거두었다. 자현 대사와 자인 대사는 독경하며 자혜 대사의 마지막을 전송했다. 새로운 방장이 된 자현 대사가 키튼에게 합장해 보이며 말했다.

"낭인의 학살을 막지 못한 죄를 물어 소림은 십 년간 봉문하겠소. 그 기간 동안 시주가 행할 것이 공정할 것임을 믿겠소."

툴툴거리면서 대답 안 하는 키튼을 대신해 무디브가 재빨리 허리 숙이며 마주 인사했다. 지금 세력과 명분에서 우위에 선 것이 자신들이며 그 또한 맺힌 바가 적지는 않았으되 앞날을 생각하면 인간 내에 우호 세력을 만들 필요가 있었다. 원한 이전에 일족의 번영이 먼저였다.

"비록 지금은 이렇게 되었으나 훗날은 좋은 관계가 되기를 바라오."

합장하며 소림의 승려와 무당의 도사들은 자혜 대사의 시체를 들고서 떠났다.

남겨진 세 늑대인간은 잠시 서로를 쳐다보았다. 무디브가 먼저 입을 열었다.

"이제 어쩔 것인가, 수장?"

"서두를 필요는 없지요. 어차피 인간 측에서 먼저 반응이 나올 겁니다. 거기에 맞춰 제 반응을 결정하도록 하지요."

"그 말은 그들을 용서한다는 말인가?"

"글쎄요. 자, 일단은 돌아가는 길로 가볼까요."

키튼은 딱히 대답하지 않고 묘한 웃음을 띠었다. 키튼답지 않은 뭔가 숨기는 듯한 그 웃음에 무디브와 에세란은 서로를 쳐다보았다. 하지만 어느 쪽도 그 이유를 알 수 없었다. 그러나 오래 궁금할 필요는 없었다.

하루 뒤 협곡에 접어들자 기다렸다는 듯 인간들이 나타나며 셋을 포위했기 때문이다. 무디브는 놀라 눈을 치켜떴다. 키튼이야 지쳐 있으니 그렇다 쳐도 자신까지 저들을 눈치 채지 못하다니. 물론 진법이라도 치고 숨어 있었다면야 불가능한 일은 아니지만 말이다. 그러나 놀라긴커녕 싱긋 웃는 키튼을 보고 무디브는 한숨을 내쉬었다.

"수장이 우리 이목을 가렸구려."

에세란이 눈을 휘둥그렇게 떴다. 그게 무슨 말이란 말인가? 하지만 키튼은 천연덕스럽게 고개를 끄덕였다.

"그냥 조용히 오려다 보니 잠시 실례했습니다. 이제 저쪽의 의견을 들어볼까요?"

"마침내 걸려들었구나, 마두야! 네놈이 이리 올 줄 알고 천형은둔진을 펴고 모두 기다리고 있었노라!"

포위진의 한쪽에서 아마도 군사인 듯한 종리세가의 가주가 크게 소리쳤다.

"이게 내가 보낸 통보에 대한 답인가?"

키튼이 당당하게 맞받아쳤다.

"감히 수많은 무림 명숙들의 목숨을 요구하다니, 네놈이 그리고도 성할 줄 알았느냐! 그분들을 해치고 다시 중국 전부를 먹어치우려는 네놈의 속셈을 우리가 모를 줄 알았더냐!"

"푸하하핫!"

키튼의 웃음소리가 사방으로 퍼졌다. 그러나 공력이 별달리 실려 있지 않은 그 소리에 인간들은 더욱 용기 백배했다.

"네놈이 이미 소림의 자혜 대사와 싸우느라 공력을 다 소진한 것을 알고 있다! 여기서 네놈을 죽여 무림의 정의를 바로 세우고 땅에 떨어진 대중원의 위신을 다시 세우리라! 위대한 중화가 이종족의 무리에게 어찌 짓밟히게 놔두랴!"

그러면서 인간들은 제각기 자기의 병장기를 들고서 키튼이 공력을 회복하기 전에 공격할 준비를 했다. 포위망을 좁히며 다가오는 인간들을 향해 키튼이 외쳤다.

"마지막 기회를 주마! 잘못을 뉘우친다면 지금 모든 무공을 다 폐지

하고 한 팔씩을 잘라라. 그럼 목숨은 살려주마."

"감히! 저놈이 어디서 헛소리를!"

설령 키튼의 공력이 멀쩡하다 해도 이 인원 전부라면 당연히 이길 수 있었기에 인간들은 모조리 달려들었다. 에세란만이 당황해서 이제 어쩔 거냐고 키튼을 바라보았다. 무디브는 침착하게 하지만 역시 의문스러움을 숨기지 않으며 물었다.

"무엇을 믿고 있음인지 이제 보여주지 않겠소?"

"후, 뭐, 죽은 자혜 대사가 불쌍하다고 할 건 없겠지요. 덕분에 나도 인간에 대한 사감은 접었으니까. 하지만 저들에 대한 징벌은 집행되어야 할 것 같군요. 이렇게 몰려온 이상 이건 결투가 아닌 전쟁, 나 또한 병기의 이점을 살리지 못할 이유가 없겠지요."

키튼은 씨익 웃었다. 드뤼셀이 만든 물건 중에 정상적인 기능으로 동작하는 것은 단 하나도 없다라는 알의 말이 맞았다. 신력이 지상에 끊긴 다음에야 그 정체를 드러내도록 해놓은 것은 그자다운 얄미운 짓이었지만 말이다.

키튼이 드뤼셀이 준 '유품'에 의지를 실어 공력을 불어넣었다. 그러자 검에서 빛이 나며 그의 앞에 문장이 떠올랐다. 서른두 장의 날개에 감싸인 늑대의 모습으로 된 처음 보는 문장에 무디브는 눈을 치켜떴다.

'이건 무엇이란 말인가?'

키튼이 외치며 그 답을 알렸다.

"시원의 기사여, 내 안에 깃든 가능성을 열어 그대를 청한다. 왕의 칙령의 마지막을 내 힘을 빌어 행하라."

콰직.

검이 깨어져 흩날렸다. 키튼의 몸에 잠들어 있던 기운들이 깨어나 그 주위로 흘렀다. 그리고 허공에 '번개'가 뭉쳐 만들어진 여덟 자루 검이 나타났다. 그 모를 수 없는 유명한 모습에 무디브는 입을 쩍 벌리며 외쳤다.

"비… 비천……"

무디브가 말을 다 잇지 못하는 사이 그 못지않게 경악하고 있는 인간을 향해 여덟 자루의 뇌검이 날아갔다.

대변동 원년. 낭인들이 요구한 전범 재판의 당사자들은 처벌을 피하기 위해 낭인들의 수장인 키튼을 함정에 빠뜨렸으나 오히려 몰살당했다. 그때에 그 전투가 어떤 것이었는지에 대해 유일한 두 증인인 다른 두 낭인이 끝까지 입을 다물었기에 그 과정은 수수께끼로 남아버렸다. 많은 이들이 어렴풋하게 다른 조력이 있었지 않겠냐고 짐작할 뿐이었다.

짐작에 도움이 되는 작은 단서라면 훗날 무디브 장로와 수장 키튼이 나눈 대화의 일부뿐이었다.

"역사에 가성은 없다지만 그때에 자혜 대사가 동귀어진을 하고자 했다면 어찌 되었을 것 같소?"

"내게 숨겨진 힘의 자락이 무엇인지 인간은 조금 더 일찍 눈치 챘겠지요. 그 결과로 인간에 대한 내 보복은 한층 모질어졌겠지만. 나보다 약한 주제에 나를 이겨 버린 그 솜씨만은 지금도 인정할 만합니다."

"그가 수장보다 정말로 약했소?"

"쳇, 비숍이 멋대로 내 몸에 이것저것 넣어둔 걸 전들 어쩝니까."

낭인들에게 국토를 할양해 준 중국은 뒤이어질 피의 보복을 두려워했으나 예상외로 그들은 약속을 지켰다. 심지어 자신들의 학살에 관계된 문파에 대해서도 당초 요구했던 것보다 처벌 수위를 낮추어 대표급을 제외하면 대다수의 무공을 폐지하고 문파를 해체하는 선에서 끝냈다.

무장 해제당한 자신들을 내버려 두는 낭인들의 본심에 대해 남아 있는 소림, 무당 등의 문파의 저력을 두려워해서라는 이야기에서부터 단지 그들의 수장이 마중협이라 할 만한 자이기 때문이라는 이야기까지 다양하게 나돌았으나 확실한 것은 그들이 힘의 우위에도 불구하고 추가 요구 사항을 들이밀지 않았다는 것이었다. 뒤이어진 소수 민족들의 독립을 낭인들이 물밑에서 지원했다는 비난을 들이대는 학자들도 있으나 확실한 증거는 아무것도 없었다.

유럽에서 EU는 뱀파이어와 굴욕적인 강화 조약을 맺어야 했다. 미국도 정령들에게 '인디언'에게서 '합법적으로 양도' 받은 영토를 다시 '양도'했다. 그리고 뒤이어 바다는 인어들에게 내어주고 산림은 요정들에게 뺏기는 등 전 세계의 인류가 영역의 축소와 그에 따른 자원 부족이라는 고통을 이중으로 당하며 몰락의 비애를 실감했다.

그나마 다행인 것은 요지에 들어앉은 드래곤들이 예상외로 인간의 통행에 관대한 정책을 취해서 그들에 의한 압박은 약했다는 것이었다.

그렇다 해도 그 뒤 인류가 겪은 고난의 대부분은 이종족 때문이라는 비난을 면할 수는 없었다. 물론 그 후 인류가 겪은 내란, 기근, 전염병 등의 재앙에 의한 세력 감소가 어디까지가 인류를 압박한 이종족의 책임이고, 어디까지가 부족해진 자원을 같은 동족을 제거함으로써 확보하려고 했던 인간의 책임인지 모호한 부분이 많기는 했지만 말이다.

심지어 그 외중에 뱀파이어를 위시한 다른 이종족이 인간의 내란을 중재하고 민간인의 구호처를 제공하는 경우까지 있었기에 더욱 그랬다. 그저 그 시기에 대해 한마디 한다면 대변동. 결국 모든 게 혼란스러운 시기였다는 한마디가 가장 정확했다.

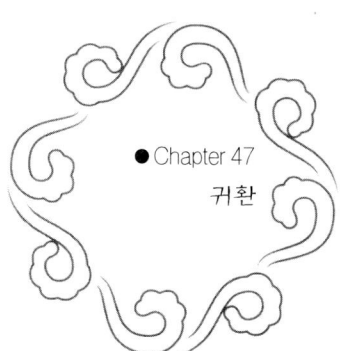

● Chapter 47

귀환

어슬렁 어슬렁 산보하는 키튼을 알아본 젊은 늑대인간들이 고개 숙이며 물러섰다. 인간들에게는 천랑대제(天狼大帝)라고까지 불리는 그였지만 행색은 옛날보다 별달리 나아진 게 없었다. 높은 지위에 있다고 이것저것 치장하는 건 늑대인간들의 취향과 거리가 멀었다.

그렇다 해도 호위병 몇 명은 좀 더 데리고 다닐 만하건만 귀찮다는 이유로 혼자였다. 그래도 수장이 혼자 나다니는 건 문제라고 오늘도 포기하지 않고 잔소리하는 장로들이 있었지만 키튼은 가볍게 무시했다.

"하암. 한가롭군. 아, 옛 생각 난다."

봄이 다가오면서 서서히 망울을 틔우기 시작한 꽃나무를 보며 키튼은 기지개를 쭈욱 폈다. 정신없이 달려온 지난 수십 년. 이제는 여유를 누려도 좋게 상황이 안정되어 가고 있었다. 나름대로 공존의 방식을 찾은 이종족과 인간들 사이에서 조심스럽게나마 교류도 늘어가고 있었다. 비록 아직은 해묵은 상처가 잠복했을 뿐 완전히 아문 건 아니었지만 말이다.

'좀 더 시간이 필요하겠지. 적어도 당사자들인 내 대에는 힘들 거고, 지금 태어나는 녀석들이라면 가능도 하겠지.'

그때 정원 다른 쪽이 갑자기 부산스러워졌다. 그 실로 오랜만의 사태에 키튼의 눈이 번쩍 뜨였다.

'오호?'

별다른 시설도 없는 허허벌판이었지만 그가 있고 그의 측근들이 있다는 것만으로도 여기는 현 지구에서 최고로 안정된 곳이었다. 그런데 무슨 일이 있어서 소란스러워진단 말인가.

'재밌겠다! 가보자.'

장로들이 들었다면 제발 이제는 좀 체통을 지키라고, 그에 대해 떠도는 전설들에 미안하지 않냐고 했을 생각을 하며 키튼은 달려갔다.

"이 녀석, 얌전히 못 있어!"

"아니, 그러니까 아저씨가 창만 치워주시면 펜릴도 얌전히 있을 텐데요."

아직 여물지 않은 소년과 경비병 몇이 실랑이를 벌이고 있었다. 그 소년의 앞에서 늑대 한 마리가 날카로운 이를 들이대며 경비병의 접근을 막았다.

"무슨 일인가?"

"엇! 족장님."

경비병들이 부동 자세를 취한 가운데 키튼은 불청객 둘을 훑어보았다. 분명 처음 보는데도 어딘지 모르게 낯익은 느낌. 키튼은 가만히 상대의 '기세'를 살폈다. 겉모습에 속지 않으면 느낄 수 있는 기세. 소년 쪽은 그렇다 치고 늑대 쪽의 기세는……

'…이건!'

늑대를 눈치 채자 소년도 눈치 챌 수 있었다. 세월이 흘렀는데 별반 바뀐게 없어서 오히려 헷갈렸을 뿐이었다.

"그러니까 이 인간 꼬마가 숨어들어 와서 체포하려고 하는데 본인은 그냥 지나가는 길에 구경 좀 하려던 것뿐이라면서 박박 우기지 뭡니까. 조사해 보고 별 혐의 없으면 풀어주겠다는 데도 난리니, 거기다가 저 데리고 있는 늑대는 뭐가 그리 사나운지."

"이 녀석, 이제 어쩔 거냐? 늑대 믿고 까부나 본데 이분이 바로 그 유명한 우리의 족장 키튼님이시란 말이다."

경비병의 그 말에 그제야 소년은 조금 겁을 먹었는지 키튼의 눈치를 살폈다. 하지만 아직 완전히 기세가 죽은 건 아닌지 지지 않고 소리쳤다.

"어쨌든 나 죄없다고요! 그냥 여기 정원이 좋디길래 구경 좀 하던 것 뿐인데 수상한 첩자 취급이라니 너무하잖아요."

"이 녀석이 그래도!"

옥신각신하는 경비병과 소년을 보며 키튼은 속으로 웃음을 참았다. 지금 소년이 늑대를 믿고 까부는 게 아니라 경비병이 자신을 믿고 까부는 격이라는 걸 과연 누가 알겠는가.

크릉.

늑대가 좀 더 이빨을 드러내며 한층 사나운 기세를 뿜었다. 그 신호에 키튼은 더 지켜보지는 못하게 되었음을 알고 아쉽게 입맛을 다셨다.

"그만 하고 그냥 보내줘. 다른 인간도 놓아 보내주면서 여행 다닌다는 꼬마 하나 붙잡아서 뭐 하게."

그 말에 경비병들이 배신당했다는 얼굴로 키튼을 돌아봤다.

"하지만 정체가 좀 수상쩍지 않습니까. 거기다가 이리도 당당하게 구는 것도 뭔가 수상쩍기도 하고."

"됐어. 내가 잘 아는 인간이야. 그냥 보내줘. 아니, 돌아다니다가 쓸데없는 시비에 안 휘말리게 적당한 패라도 하나 쥐어줘서 보내. 제일 좋은 게 뭐더라. 끄응, 장로들이 말할 때 들어둘걸. 하여간 그걸로 줘서 보내."

그리고서 키튼은 늑대 쪽을 쳐다봤다. 늑대가 만족했는지 이빨을 다시 감추었다. 경비병은 어안이 벙벙해 있다가 고개를 숙였다.

"네? 족… 족장님, 하지만 천랑패는 다 합해서 열두 개밖에 발행을 안 했……."

"하나 더 만들면 되지. 그거 비싸다고 해봤자 얼마나 한다고. 자, 내거 줄게."

키튼은 품에 있던 걸 그대로 소년에게 건네주었다. 그제야 소년도 표정을 바꾸고는 인사를 했다.

"고맙습니다."

그 옆에서 늑대는 말없이 지켜 서 있었다. 키튼은 웃으며 손을 흔들었다. '친구'에게 이 정도 해준 걸로 고맙다는 인사까지 받을 건 없었다.

"됐어, 뭘 그런 걸로. 다음에 기분 내키면 놀러 와라. 섭섭치 않게 대접해 줄 테니까. 그럼 여행 잘 다녀라."

기대 이상의 친절을 베풀어 준 키튼에게 다시 고맙다고 감사를 표하며 소년은 늑대를 데리고 사라졌다. 옆에 있던 불쌍한 경비병만이 '저 패를 아무에게나 줘버리다니 우리 수장님은 명성만 자자했지 알고 보면 사고뭉치야' 라고 속으로 중얼거렸다. 그러거나 말거나 멀어져 가는 소년과 늑대 한 마리를 키튼은 마냥 웃으며 바라보았다. 그리고 둘이 시야에서 사라지자 경비병에게 안 들리게 작게 중얼거렸다.

"이번에는 인간이냐. 너도 참 취향 독특하다."

● 외전

갈림길

갈림길

비영은 조용히 인간 사이를 걷고 있었다. 사냥을 위해서는 아니었다. 피는 이틀 전 파티에서 류가 대접한 것만으로 꽉 차도록 마셔서 아직도 일주일 정도는 안 먹고 버텨도 끄덕없었다. 그렇지만 '먹잇감' 마련을 위해서이긴 했다.

"음. 유기농인 건 알지만 오늘은 가격이 더 오른 거 같은데."

시금치와 당근을 앞에 놓고 고민하는 단골 손님에게 매점 식품과 판매원 경력 4년차인 아주머니는 활짝 웃어 보이며 사정을 설명했다.

"호호. 요즘 일기가 좀 불안정했잖수. 그 바람에 출고량이 좀 줄었어요. 아니면 저쪽에 냉동으로 드릴까? 그건 가격이 좀 싼데."

"되었어요. 좀 비싸도 좋은 걸로 먹여야죠. 한가족인데. 늘 사는 양만큼 주세요."

그것도 그가 생활비 부족이란 걸 겪어본 적이 없는 존재이기에 가능한 말이겠지만 말이다.

"고마워요, 총각. 자, 이거는 너무 작아서 폐기하려고 빼놓은 건데 그냥 총각에게 덤으로 줄게."

아주머니는 따로 빼둔 작은 당근 하나를 봉지에 넣고는 계산되었음이라는 스티커를 붙였다. 비영은 감사의 표시로 살짝 미소 지어 보였다.

'다음은 고기를 살 차례로군.'

주말의 할인 매장은 정신없이 붐볐다. 일가족째로 쇼핑 와서 이것저것 골라보는 손님들로 꽉 차 있었다. 그들이 끌고 다니는 카트 사이를 요리조리 빠져나가며 비영은 정육점 코너로 발걸음을 옮겼다.

"갈비살 3kg이랑……."

펑!

갑자기 건물이 흔들리더니 매장 위쪽에서 폭발음이 들렸다. 그와 함께 긴급하게 사이렌이 울렸다.

"알려 드립니다. 매장 7층에서 현재 원인 불명의 폭발 사고로 인하여 화재가 발생하였는 바, 손님 여러분께서는 침착하게 대피하여 주시길 바랍니다. 다시 알려 드립니다. 매장……."

"꺄아아악!"

침착하게 대피하라고 했건만 사람들은 전혀 침착하지 않게 대피했다. 카트가 넘어지고 사람들이 뛰어다니고 난리였다. 그 와중에 고른 물건들을 계산하지 않고 든 채로 뛰쳐나가는 알뜰 정신을 발휘하는 자들도 있었지만 말이다.

비영도 재빨리 뛰었다. 하지만 그는 밖으로 나가는 대신에 위로 올라갔다.

'7층이라고 했지.'

매캐하게 무언가가 타는 냄새가 그의 후각을 자극했다. 빨리 올라가면 몇 명 정도는 구할 수 있을지 몰랐다. 연기를 뚫고 7층에 도달한 그는 사방으로 번지는 불을 보고 바로 정신을 집중해서 그의 힘을 개방했다.

'그날 먹은 걸 오늘 다 쓰는군.'

마이더스의 재림. 타오르던 물질들이 모조리 다 금으로 변했다. 가연성 물질들이 모조리 다 금으로 변해 버리자 불길은 빠르게 잡혔다. 그래도 남아 있는 가스들이 문제였기에 비영은 정신을 잃고 쓰러진 자는 없는지 둘러보았다.

"으아아앙."

어린애 울음소리가 들리는 쪽으로 그는 고개를 돌렸다. 유치원생 정도로 보이는 어린아이가 어머니로 보이는 여자 밑에 깔려 울고 있었다. 그 둘의 위에 무너진 천장을 이루던 것들이 덮여 있었다. 아마 붕괴의 순간 여자가 본능적으로 아이를 밑에 감싸고 몸으로 받친 듯했다.

"울지 마라, 얘야. 지금 구해주마."

비영은 이제는 금덩어리가 되어버린 것들을 치우고 깔린 모녀를 구했다.

"우아아앙."

아이는 더 요란하게 울었다.

"착하지. 자, 울지 마라. 그래야 네 어머니 쪽도 내가……."

달래는 말을 하던 비영은 멈칫했다. 여자 쪽은 숨이 끊어졌음을 느낄 수 있었다. 깔릴 때 충격으로 어디 급소라도 맞고 바로 쇼크사한 모양이었다.

"후우. 자자, 어쨌든 울지 마라."

아이를 달래며 비영은 나머지 사람들을 구조했다. 잠시 뒤 소방차와 구급차, 경찰차 등이 몰려들고 구조대원들이 올라왔다. 이미 비영이 7층의 상황을 대충 정리할 대로 한 다음이었지만 말이다.

"저희가 할 일을 대신 해주셨군요. 감사합니다."

누가 자신에게 오는가를 놓고 한바탕 실랑이를 벌이지만 않았다면 지금의 감사 인사가 좀 더 진솔하게 와 닿았을 텐데 말이다. 하지만 비영은 탓하지 않았다.

"아뇨. 뭐, 지나가던 길에 우연히 말려들었던 것뿐입니다. 그보다 이 아이 신원 조회 좀 해주시겠습니까? 어머니인 듯한 여자 쪽은 이 아이를 구하고 죽었는데, 아버지 쪽이라도."

"알겠습니다."

누구 부탁이라고 감히 거절하겠는가. 경찰은 상대가 자신의 상사는 아니라는 사실도 잊어버리고 경례하고 돌아섰다.

부산스럽게 뒷정리를 하기 위해 요원들이 움직이는 가운데 경찰들이 죽은 시체와 부상자의 신원을 파악했다. 그사이 울음은 그쳤지만 여전히 겁먹은 듯 자신의 다리를 꼭 잡고 놓지 않는 아이의 머리를 쓰다듬으며 비영은 달랬다.

"자자, 저분들이 네 아빠를 찾아주실 거다."

한참 뒤 또 한 차례 실랑이가 벌어지더니 운 나쁜 경찰 하나가 다가왔다.

"신원이 나왔습니다. 같이 쓰러져 있었다는 여인이 이 아이의 어머니가 맞습니다. 이름은 박아름이군요. 그리고 남편 쪽도 방금 확인되었습니다. 이름은 이철수이고, 방금 구급차에 운송되던 중에 사망했습니다."

"그런… 다른 가족은 없습니까?"

비영은 당황했다.

"네. 아내 쪽은 무남독녀이고 남편은 고아원 출신이군요. 그리고 박아름 씨의 부모는 이미 3년과 5년 전에 죽었습니다."

상세하게도 보고하는 경찰관 앞에서 비영은 한숨 쉬었다. 결국 자기가 구한 이 어린아이는 천애고아가 되어버렸단 소리였다. 그렇다고 해도 저들에게 넘겨서 고아원에 들어가 알아서 살게 하고 자신은 관심 끊으면 될 일이었지만 말이다.

바들바들.

경찰관이 하는 말을 다 알아들은 건지 아이는 떨면서 비영의 다리를 더 꽉 잡고 있었다. 그 모습이 비 맞고 떨고 있는 강아지를 떠올리게 해서 비영은 안쓰러웠다. 데려간다면 여러모로 귀찮은 일이 벌어질 것이었다. 인간은 고양이나 개보다 훨씬 돌보기 힘드니까.

'그렇지만.'

차마 저 작은 손을 힘으로 떨쳐 낼 수가 없었다. 언제 그가 길가에 버려진 작은 동물을 외면할 수 있었던 적이 있었던가. 비영은 더 이상의 고민을 끝내고 백기를 들었다.

"그래. 이것도 인연이겠지. 너는 내가 돌봐주마. 떨지 마라, 아이야. 같이 집에 가자꾸나. 너와 비슷한 처지의 애들이 반겨줄 거다."

비영은 경찰관을 바라보며 말했다.

"이 아이는 제가 데려가겠습니다. 관련 처리를 해주시겠습니까?"

"넷, 알겠습니다."

경찰관은 바로 경례를 했다. 상대는 한층을 통째로 금으로 바꿔서 불을 꺼버린 고위 뱀파이어였다. 무슨 부탁을 하든 일개 경찰관인 그가 거절할 수 있을 리 없었다.

"야, 류."

한참 작업 중인데 걸려오는 전화를 류는 투덜대며 받았다.

"무슨 일이냐?"

[어린애가 잠을 안 자고 계속 울기만 해. 어쩌면 좋냐?]

"너 언제 애 만들었냐?"

약간 신경질이 나 있던 류는 못 알아들은 척 되물었다. 하지만 비영은 그 말을 진짜로 알아들었는지 자세히 설명했다.

[내 애가 아니고, 고아가 된 인간 여자 아이인데 내가 데려온 거야. 어쨌든 애가 마구 울기만 하는데 어쩌지?]

"으이그. 알았다, 알았어. 내가 갈게."

전화를 끊고 류는 고개를 절레절레 저었다. 버려진 동물만 보았다 하면 그냥 지나치지 못하고 닥치는 대로 주워오는 통에 집을 동물원에 가깝게 만들어 버린 비영이란 걸 익히 알았지만 이제 인간까지 줍는단 말인가.

'그냥 콱 다 먹어버리고 껍데기는 내다 버려라라고 말해 버리고 싶지만 그랬다가는 난리만 날거고. 에구. 내가 왜 이런 뒤치다꺼리를 해 줘야 하는 건지.'

어째서 그의 친구라고 있는 것들 중에서 멀쩡한 것은 단 하나도 없단 말인가. 류는 한탄했다.

개, 고양이, 토끼, 심지어 여우까지. 각양각색의 동물들이 류를 맞이했다.

'그나마 저 중에 코끼리나 악어, 사자는 없는 게 다행이지. 하긴 그런 녀석들이 상처 입은 채 길가에 버려져 있을 가능성도 없지만 말야.'

"그래. 야, 대체 뭐 하는 애야?"

퉁명스럽게 말하지만 결국은 달려와 준 류에게 고맙다고 웃어 보이며 비영은 아직도 훌쩍이는 아이를 보였다.

"이름은 이정은이고, 나이는 다섯 살이래. 그런데 집에 오는 동안은 안 울더니 이 방에서 자라고 하니까 갑자기 막 우는 거 있지? 어쩌면 좋겠냐?"

류는 한숨을 푹 내쉬고는 비영의 뒤통수를 한 대 쳤다. 있는 힘껏 내려친 덕에 무방비이던 비영은 그대로 앞으로 넘어졌다.

"커억. 뭔 짓이냐."

"에라이, 이 뱀파이어야. 어린 인간 여자애가 갑자기 부모를 잃고 낯선 집에 와서 어두컴컴한 방에 혼자 자라고 내버려 두면 잠도 잠들겠다. 귀찮은 일 생기는 거 싫으면 네디 비리든지 아니면 달래서 재우든지 너 마음대로 하고 다시는 이런 일로 날 부르지 마. 작업 다 해놓고 옷 벗기는 중이었는데 이 무슨 민폐냐."

"아하하. 그, 그런가?"

겸연쩍은 듯 웃는 비영에게 잘 있으라고 한마디를 던지고 류는 다시 순식간에 사라졌다. 아직도 우는 정은을 비영은 살며시 안아주며 달랬다.

"자자, 오늘 밤은 그럼 내가 곁에 있을 테니까 편히 잠들렴. 비록 네 부모만큼은 안 되겠지만, 물질적인 건 부족하지 않게 돌봐주마."

토닥이는 비영의 손길이 따뜻하고 부드러워였을까, 정은은 점차 울음을 멈추더니 곧 잠에 빠져들었다. 숨을 고르게 내쉬는 정은을 가볍게 눕히고 비영도 그 옆에 누웠다.

"괜찮겠지. 일반적인 인간의 성장 과정에 대해서는 나도 기본적으로 아니까 그에 맞춰 키우면 되겠지."

유치원, 초등학교, 중학교, 고등학교, 그리고 적성에 따라서 대학교, 혹 원한다면 대학원 정도까지 다니게 해주고 성장 단계에 맞춰 고른 영양을 섭취하게 하고 적절한 운동과 공부를 시킨다. 사회적으로 문제가 될 만한 불량한 행동은 하지 말라고 타이르고 질병에 안 걸리도록 신경 써주고 등등, 비영은 앞으로 정은을 키울 동안 해줘야 할 것의 리스트를 작성했다.

그사이 정은이 몸을 움찔거리더니 비영의 품으로 더 파고들었다. 밀어낼까 하던 비영은 그냥 손을 들어 그런 정은은 부드럽게 안아주었다.

'하룻밤 정도는 안 자고 안아줘도 괜찮겠지.'

"그래서 요즘도 같이 자냐?"

간만에 만난 류가 물어오자 비영은 겸연쩍게 웃었다.

"응? 뭐, 그렇게 되었어. 아직도 밤은 무서운가 봐."

"쯧, 네 집에 온 지가 삼 년인데 아직도 그때의 충격에서 못 헤어났다는 거냐?"

짧게 혀를 차는 류에게 비영은 열심히 정은에 대해 변명했다. 이유는 잘 말할 수 없지만 정은이 남들에게 나쁜 인상으로 보이는 게 싫었다.

"아냐. 요즘은 또래 인간처럼 활발한 모습을 보여준다고. 학교 갔다

오면 다시 같은 애들이랑 뛰어놀면서 사회성 발달에서도 부족하지 않은 모습을 보이고, 신체적 발달에 있어서도 고른 영양 섭취와 충분한 수면과 적절한 운동 덕에 안정적으로 발달했어. 거기다가 학업 성취도도 평균 이상을 보여주니까 심리적 외상에 의한 것은 거의 극복했다고 볼 수 있어."

"너, 그거 교육 교범에 나온 그대로 따라 한 거지?"

류가 가늘게 눈을 떴다.

"응? 뭐, 하하. 뱀파이어인 내가 참고할 게 달리 있어야지. 제대로 하고 있는 거 아닌가?"

류는 한숨을 푹 쉬었다. 달리 모범 뱀파이어 비영이겠는가.

"제대로 하고 있어."

"그렇지? 너 정은이가 얼마나 귀여운 줄 아냐? 얼마 전에 같은 반 남자 친구를 데려왔거든. 내가 사이좋게 지내라고 하면서 맛있는 요리를 만들어주고서 해지고 돌려보냈거든. 그리고 정은이에게 그 녀석 좋아하냐고 물으니까 뭐라고 했는지 알아?"

'내가 왜 이런 걸 듣고 있어야 하지.'

하지만 너무나 기쁜 듯 눈을 반짝이며 떠드는 비영에게 차마 뭐라고 할 수 없어서 류는 장단을 맞추었다.

"뭐라고 했는데?"

"응, 좋아해라고 한 후 갑자기 내 뺨에 뽀뽀하더니 하지만 비영이 제일 좋아라고 하면서 난 크면 비영에게 시집갈 거야라고 하는 거 있지? 와하핫. 그 꼬맹이가 그렇게 말하는데 왜 그리 귀여운지. 그래, 그래 하면서 웃어줬는데 진짜라니까 하면서 뾰로통한 모습까지 귀엽더라."

자식 자랑은 팔불출이라는데, 기르는 인간 자랑은 뭐라고 해야 할지. 류는 그냥 한숨만 한 번 더 쉬었다.

"후우. 너무 정 주지나 마라. 나중에 괴로울 거다."

"너도 참, 내가 지금껏 데려와서 돌보다가 떠나보내는 일을 한두 번 한 줄 아냐."

"인간은 다른 동물과는 우리와의 관계가 좀 다르니까 그러지. 그러다 나중에 죽어 버리고서 이럴 생각 아니었는데라고 후회해도 난 모른다."

"난 또. 걱정 마. 생식기도 아닌데 그런 사고를 칠 것 같냐. 만약 생식기가 찾아온다면 그때는 시설 좋은 고아원에라도 맡기지."

'그 생식기가 온 원인이 그 아이 때문이라도 그렇게 하겠냐?'

류는 그 질문은 하지 않았다. 노파심에서 해준 걱정도 지나치면 실례인 법이었다. 대신에 그는 적당히 가벼운 조언을 했다.

"애초에 기르는 자체를 말리고 싶었지만, 이왕 이리 된 거 마음대로 해라. 어쨌든 교범대로라면 이제 독립심도 슬슬 길러줘야 할 때라는 거 알겠지?"

류와 헤어지고 나서 비영은 곰곰이 생각했다. 확실히 초등학교도 입학했고 이제 독립적 자아를 좀 더 확립시켜 줄 때였다. 그날 정은을 불러놓고 비영은 말했다.

"정은아, 오늘부터는 너 혼자 자야겠다."

"왜? 비영… 은 이제 나 싫은 거야?"

정은이 울먹이는 목소리로 물어오자 비영은 순간 앞의 말을 취소할 뻔했다.

'안 돼. 이러면 안 되지. 좋은 보호자란 먹고 싶은 음식만 먹이는 게

아니라 필요한 음식을 다 먹여야 하는 거야.'

"아니, 아니, 그럴 리가. 난 여전히 널 좋아해."

"그럼 왜?"

"여기 교육 교범에 따르면 이제 네 나이쯤 되면 독립적 자아의 확립을 위한 기초를 닦아야 할 시기거든. 그래서 잠도 혼자 자는 법도 익혀야 해."

"그 교범 안 따르면 안 돼? 혼자 자면 무섭단 말야. 비영 옆이 좋은데."

"하하. 나도 너랑 같이 자는 게 좋다만 그래도 안 돼. 훌륭한 인간이되려면 여기에 나온 걸 잘 따라야 하는 거야. 그러니까 알았지? 약속이다."

비영의 말에 정은은 힘없이 고개를 끄덕였다. 교범 얘기만 나오면비영은 절대로 그대로 한다는 걸 그녀도 알고 있었다.

그날 밤 비영은 뜬눈으로 침대에 누워 있었다. 어차피 뱀파이어인그가 꼭 규칙적으로 잘 필요는 없었지만, 평소 늘 잤다는 걸 감안하면특이한 일이었다.

'이래서야 원, 혼자 자는 법을 가르친다고 해놓고 나부터 다시 배워야 할 판이군.'

정은이 편히 잘 수 있도록 같이 자준다고만 생각했는데 이제 보니그 자신도 함께 자는 것에 익숙해져 있었다. 옆에 있던 온기가 없으니무척이나 허전했다.

'에구, 안 되겠다.'

그는 자리에서 일어나 침대 밑에서 뒹굴고 있던 개, 폴라리오를 들어 올려 자신의 옆 자리에 놓았다.

'이제 좀 낫군.'

그제야 비영은 잠들 수 있었다.

"비영, 이거 생일 선물! 가정 시간에 짠 목도리야."

정은이 건네준 털목도리를 비영은 받아 들었다.

"고맙다."

비영은 밝게 웃었다.

"사실은 목도리가 아니라 장갑을 짜려고 했는데 모양내기가 너무 힘들어서 목도리로 해버렸어. 괜찮지?"

애교스럽게 웃는 정은에게 비영은 바로 고개 끄덕였다.

"그럼 나 학원 갔다 올게."

정은이 떠나자 비영은 몇 번이나 그 목도리를 감았다 풀었다 했다. 뱀파이어인 그는 사실 한여름에 롱코트를 입고 한겨울에 반바지를 입어도 추위와 더위의 문제란 건 없었기에 목도리는 실용성이 전혀 없는 선물이었다. 그의 친구가 선물했다면 절대로 다른 걸 주었을 것이었다.

"하지만 이것도 나쁘진 않은걸."

따뜻했다. 따뜻함이란 걸 제대로 느껴보고자 일부러 저항력을 인간과 같은 수준으로 떨어뜨린 후 모닥불을 쬐어보거나 했지만, 지금 이 느낌은 그때와 또 달랐다. 밖에서라기보다 안에서부터 따뜻해 오는 묘한 느낌이었다.

"류, 네가 뭘 걱정했는지 알겠다. 확실히 인간은 어떤 동물보다도 더 따뜻하구나. 나중에 저 애가 곁을 떠날 때가 되면 허전하기는 허전하겠는걸."

‘떠나고 나면 나도 결혼이나 해서 진짜 자식이나 만들어볼까.’

비영은 픽하고 웃었다. 너무 일렀다. 거기다가 그 자신은 지금 생식
기간도 아니었고 말이다.

‘함께 있으려면 아닌 게 다행이지만 말야.’

아침에 일어나 계란을 굽고 야채를 볶으며 식사를 준비하던 비영의
귀에 정은이 통증을 호소하는 소리가 들렸다.

“아…….”

그 소리에 약간의 피냄새까지 섞여 있었다. 비영은 다급히 정은의
방으로 달려갔다. 그의 성지인 이 집에서 무엇이 감히 그녀를 상처 입
혔단 말인가?

“무슨 일이야? 괜찮아?”

방문을 벌컥 열고 들어가니 정은이 침대 위에 막 일어나 앉아 있었
고 그 아랫도리로 피가 흐르고 있었다.

“나… 나왔나 봐.”

“맙소사. 피가 나다니. 어디 다친 거야?”

비영은 허둥댔다. 지혈부터 해야 하나? 아니면 소독부터 해야 하나?
내버려 두고 말고 할 것도 없이 나아버리는 자신과 달리 인간의 몸은
무척이나 연약했다. 평소 다른 동물이 다치면 어떻게 했는지 비영은
순간 아무것도 기억나지 않았다.

“다… 친 게 아니고 그러니까 있잖아. 그거 말이야, 그거.”

통증을 호소하는 대신에 부끄럽게 말을 돌리는 정은을 보고 비영은
비로소 깨달았다.

“아! 그럼 생리가 시작된 거구나.”

"몰라! 부끄럽게 그걸 말하면 어떡해."

날아온 베개를 살짝 피하며 비영은 무덤덤하게 말했다.

"응? 아니, 축하할 일이지. 시작할 나이도 되었잖아. 신체적으로 무사히 발달하면서 성인이 잘되어가고 있다는 증거인데 말이야. 이런, 미리 준비해 놨어야 하는데 아무런 물건도 준비 안 되어 있으니 어쩌지. 지금 슈퍼에 갔다 오마. 특별히 쓰고 싶은 상표라도 있어? 사이즈는 뭘로 해야 하지?"

"그냥 아무거나 사 와! 다음부터는 내가 직접 사 쓸 테니까."

"그래, 알았다."

비영은 급히 슈퍼로 뛰어갔다. 자신이 기른 인간이 어느덧 성인의 징표까지 보이다니 뿌듯했다.

'참 인간이란 생장이 빠른 생물이구나. 그렇게 어린아이가 벌써 성인의 징표까지 보이다니. 완전 추월당했네.'

겉보기로야 아직 그가 더 성인이었지만 그것조차도 오래지 않아 추월당할 거라는 생각이 든 비영은 왠지 조금 서글프기도 했다.

'축하해 줘야 할 일이지, 서글프기는. 이제 어엿한 한 명의 성인 여자가 되어간다는 건데 말이야. 그렇다 해도 아침부터 피라니.'

비영은 자기도 모르게 침을 꿀꺽 삼키다가 뒤늦게 그 사실을 깨닫고 혼자 멋쩍게 웃었다.

정은은 후 하면서 한숨을 내쉬고는 일단 침대 시트를 벗기고 흐른 피를 닦았다.

"바보 비영. 나도 여자란 말이야."

잠시 뒤 돌아온 비영이 미처 안 꺼놓은 가스렌지 불 때문에 아침 요리를 다 다시 해야 한다고 잠깐 절규하는 해프닝이 있었지만 그날은 그렇게 넘어갔다.

"비영, 나 어때?"

화사하게 웃으며 자신의 앞에서 한바퀴 돌아 보이는 정은을 보며 비영은 고개를 갸웃했다. 뭐가 어떻다는 말인가? 별달리 이상한 점을 발견할 수 없는데 말이다.

'예쁘기는 하군.'

아니, 많이 예뻤다.

"예쁘다."

"얼마나?"

"어느 정도냐고 물어본다면."

비영은 차분히 정은을 관찰했다. 늘 함께 살긴 했어도 최근 들어 이렇게 가까이서 자세히 본 적은 없었다. 그래서일까, 자세히 본 정은에게서 비영은 낯설 정도의 아름다움을 느꼈다.

'단순히 아름답다라고 한다면 류의 집에 기면 훨씬 뛰어난 여자가 많지만, 그러니까 정은의 경우는 뭐라고 해야 하나.'

풋풋한 소녀의 생명력. 맑은 피가 흐르는 자극적인, 그래서 한입 물어 삼키면 온몸이 개운해질 것 같은.

'이런, 무슨 생각하는 거냐!'

"음. 그냥 예쁘군."

"겨우 그게 다야?"

정은이 바싹 얼굴을 들이밀자 비영은 반사적으로 뒤로 몸을 젖혔다.

"아니, 저. 하하. 솔직히 잘 모르겠어. 뭐, 어디에 특별한 걸 했나?"

겸연쩍게 웃는 비영에게 정은은 팩하고 토라졌다.

"흥. 몰라! 마음대로 해! 난 친구들하고 쇼핑 갈 거니까."

탁하고 뛰쳐나가는 정은을 잡으려다 말고 비영은 도로 자리에 앉았다.

"끄응. 이게 이른바 사춘기 증세라는 건가. 어느 정도의 행동 불안정성은 당연한 현상이라고는 하지만 적절하게 대처할 수 있을지 모르겠군."

'그래도 토라진 모습도 사랑스러웠는데. 영원히 간직해 두고 싶을 만큼 말이야. 이런, 내가 자꾸 무슨 생각하는 거야.'

이래서는 정은을 돌봐줄 대상이 아니라 먹어치울 사냥감으로 보는 것 같다. 비영은 거기에 대해서 그만 생각하기로 했다.

문밖으로 나온 정은은 투덜거렸다. 일부러 새옷에다가 처음 꺼낸 머리핀까지 했는데 겨우 예쁘다라는 말이 다란 말인가. 그나마도 참으로 무덤덤하게 하는 의례적인 칭찬이라니 신경질이 안 날 수 없었다.

"후우. 비영 눈에는 난 그냥 귀여운 인간 아이 그게 다겠지."

어쩔 수 없는 거다. 정은은 그냥 친구들이랑 어울려 놀면서 잊어버리기로 했다.

"음. 정은이 돌아올 때가 되었는데."

비영은 저녁 요리를 준비하면서 창밖을 내다보았다. 이 시간 늘 정은의 귀가에 맞춰 창밖을 바라보는 게 그의 습관이었다. 항상 곁에 있는 다른 동물과는 달리 떠났다가 다시 돌아오는 정은은 매일의 활력소였다.

'아직 멀었나.'

국자를 젓자 향긋한 냄새가 온 집으로 퍼졌다. 다른 동물들도 그 냄새에 자극받았는지 비영의 주위로 모여들어 우리도 뭔가 줘라고 눈빛으로 시위했다.

"가만 있어, 녀석들아. 너희들 것도 줄 테니까. 그나저나 정은도 진짜 올 때가 되었는데. 아. 오고 있군. 응? 그런데 옆에 누구지? 친구인가?"

평소에 혼자 오던 정은이 그날은 동행이 있었다. 비영은 감각을 돋우어 둘에게 집중했다. 자세히 보니 또래 남자였다.

"저… 저기 정은아, 이것 받아줄래?"

남자 쪽이 정은에게 무언가를 포장한 선물 상자를 내밀었다.

"이것 뭔데?"

정은이 묻자 남자 쪽이 잠시 주저하더니 곧 이어 용기를 내어 말했다.

"내 마음이야. 전부터 너를 좋아했어. 우리 사귀자."

'저 녀석이!'

콰직.

순간 비영의 손에 힘이 들어가면서 들고 있던 국자의 손잡이가 부러졌다.

끼깅?

방금 전까지 기대감에 부풀어 있던 동물들이 갑작스러운 주인의 변모를 민감하게 느끼고 뒤로 물러섰다. 주인은 어디 가고 굉장히 위험한 자가 와 있었다.

정은이 고개를 저었다.

"미안해, 민수야. 네 마음은 고맙지만 나 따로 좋아하는 사람이 있어. 마음만 받을게."

남자 쪽이 고개를 푹 숙였다. 그걸 보며 비영도 안도의 한숨을 내쉬었다.

'잠깐, 내가 왜 안심하지?

거기다가 멀쩡한 국자는 왜 부쉈단 말인가.

'으음. 하긴 정은이 떠나면 쓸쓸해질 것 같다고 전부터 가끔 생각했었으니까. 순간적으로 그렇게 반응이 나올 만하군. 그래도 그러면 안 되지.'

류의 말대로 때되면 잘 떠나보내줘야 했다. 아직은 완전 떠나보낼 때는 아니겠지만 조금씩은 준비를 해야 했다.

끼잉.

"니들 왜 그렇게 구석에 가 있냐?"

구석에서 바들바들 떨고 있는 그의 동물 친구들을 보고 비영은 다가갔다.

"이런, 나 때문에 겁먹었나 보구나. 이제 괜찮아. 하아, 나도 참. 정말로 조심해야겠는걸. 안 그랬다가는 또 이렇게 될지도. 뭐, 이제 마음의 준비를 좀 했으니까 두 번 이러지는 않겠지."

비영은 방금 그가 순간적인 실수로 만들어낸 흔적을 깨끗이 치웠다. 그러자 바로 정은이 들어왔다.

"비영, 나 왔어. 오늘 메뉴는 뭐야?"

"아. 그냥 간단하게 카레로 했어. 그나저나 같이 왔던 남자는 네 친구냐?"

그 말에 정은의 얼굴이 약간 붉어졌다.

"봤어? 그냥 같은 동아리 친구야. 아무 사이 아냐."

"하하, 들었어. 좋아하는 사람은 따로 있다며. 다행이다."

그 말에 정은의 눈이 약간 빛났다.

"뭐가?"

"네 나이 정도면 슬슬 이성에 호기심도 느끼고, 반드시는 아니지만 건전한 교제를 하는 것도 자연스럽고 추천할 만한 일이니까 이미 좋아하는 사람이 있다면 훌륭히 발달 단계를 가고 있다는……."

쾅.

정은이 갑자기 가방을 구석에 던졌다.

"나 내 방에 올라가서 쉴래! 다 되면 불러."

"그… 그래, 알았다."

갑자기 태도가 돌변해서 떠나는 정은을 보며 비영은 머리를 긁적였다.

"사춘기의 방황도 슬슬 끝나가는 거 아니었나? 이 시기의 행동은 예측불허 설명 불가라더니 정말이군."

'아까 그 녀석이 되었든 아니면 아직 내가 보지 못한 다른 너석이 되었든 이런 식으로 아이는 자라서 보호자의 품을 떠나는 거겠지.'

이제는 정말 부드러운 마음으로 그는 웃었고 동물들도 안심하고서 곁에 다가와 자기들 밥도 빨리 달라고 보챘다.

"하암. 잘 잤다. 샤워부터 할까."

비영은 딸깍 하면서 욕실문을 열었다.

"꺄악!"

욕조 속에서 막 일어나던 정은이 짧은 비명을 질렀다.

"어? 먼저 와 있었냐? 물 소리가 안 들려서 몰랐네."

"빨리 나가요!"

"알았어."

비영은 바로 밖으로 나갔다. 비영이 나가자 정은은 다시 욕조 속으로 주저앉았다.

"알고 있었잖아, 난 여자로 안 보인다는 거."

그에게 자신은 애완 동물과 딸의 중간 정도일 뿐이다. 애초에 뱀파이어와 인간은 대등한 위치에서 볼 수가 없는 존재였다.

"바보, 그래도 내가 학교에서 얼마나 인기 좋은데. 흑, 할 수 없지."

문을 닫고 나가서 부엌까지 간 비영은 후아 하고 숨을 토해내며 의자에 앉았다.

"뭐… 뭐지."

쿵쾅쿵쾅.

가슴이 멋대로 뛰었다. 어릴 때는 자신이 직접 목욕도 시켜주었던 정은이었다. 어느 정도 나이가 든 후에는 사생활을 존중해야 한다는 조언에 따라서 일정 거리를 유지한다고 벗은 몸을 본 적이 없긴 했지만 그래도 왜 이렇게 가슴이 뛴단 말인가.

'언제 가슴이 그렇게 큰 거지? 이건 완전 성체네. 그렇다고 해도 어째서 이렇게까지 가슴이 뛰는 거지. 봐서는 안 될 걸 본 것처럼. 아, 그래. 봐서는 안 될 게 맞구나.'

저 정도 나이가 든 인간의 신체는 다른 성을 지닌 존재에게는 함부로 보일 수 없는 것이었다. 자기가 아무리 후견인이라 해도 그건 마찬가지였다.

'잘못한 것 맞네.'

그렇게 다 자란 몸, 그러니까.

'성숙한 육체의 아래로 흐르는 피가 감미로운 한참 때의… 아니, 이게 아니잖아.'

잠시 뒤 정은이 옷을 갈아입고 부엌으로 왔다. 비영은 웃으면서 사과했다.

"미안하다. 미처 부주의하게 프라이버시를 침해해 버렸구나. 다음부터는 더욱 조심할게."

"됐어요. 어차피 비영한테는 보여도 별 상관 없는걸요."

저 뱀파이어는 절대로 자신의 말에 담긴 진짜 의미를 알아듣지 못할 거다. 정은은 그렇게 생각했다.

"그… 그런가? 하하."

지금도 저렇게 마냥 평안하게 웃고 있으니까 말이다.

정은이를 학교 보내고 아직도 뛰는 가슴을 진정시키며 비영은 웃었다.

"나도 참. 정은도 아무렇지도 않은데 내가 더 주책이군."

'하지만 인제 저렇게 다 자란 거지. 이제 진짜 성인이네. 너 이상 애가 아니구나. 정말로 여자가 된 건가.'

"와아. 합격이다, 합격!"

"축하한다."

집에 날아온 통지서를 들고 정은은 팔딱팔딱 뛰었다. 경쟁률이 상당히 치열해서 걱정했었는데 합격했으니 무척 기쁠 만했다. 정은은 그대로 비영에게 달려들어 목덜미에 팔을 둘렀다.

"이게 전부 비영 덕이에요."

그리고는 그녀는 비영의 뺨에 가볍게 입을 맞추었다.

"이건 감사의 키스예요."

'사실은 아니에요. 이런 기회에라도 하고 싶은 거예요.'

그러면서 그녀는 비영을 살폈다. 이 얄미운 뱀파이어는 조금 움찔이라도 해주면 좋겠건만 미동도 안 하고 그녀의 키스를 받아넘겼다.

"하하. 그래, 축하한다. 파티를 열어줄 테니 같이 합격한 애들 다 부르렴. 이번에 내가 근사한 곳을 빌려줄게."

'실망하지 말자.'

자신의 마음을 들키면 안 되었다. 그렇게 되면 지금의 관계조차도 어색해질 것이었다. 그래서 정은도 최대한 아무렇지 않은 척 웃었다.

"고마워요, 비영. 그럼 나 좀 나갔다 올게요. 합격한 애들끼리 만나서 축하하고 떨어진 애들 위로해 줘야죠."

정은이 사라지자 그제야 비영의 얼굴이 벌겋게 변했다. 심장이 또 빠르게 뛰었다. 방금 그녀의 입술이 닿는 순간 반사적으로 밀쳐 버리려고 했지만, 정작 몸은 굳어버려서 꼼짝도 할 수 없었다.

"대체 왜 이러지. 그냥 별 뜻 없이 가볍게 한 감사의 키스인데. 얼마든지 자연스럽게 행하는 행동인데 왜 이렇게 내 반응은 격렬한 거냐."

하지만 싫지는 않았다. 아니, 솔직히 말해서 어느 쪽이냐고 하냐면, 좀 더 깊고 진한 키스였다면 더 좋았을 것이었다.

'맞아. 그래서 그녀의 입술이 서서히 벌어지게 한 다음에 다시 아래쪽을 부드럽게 쓰다듬고, 그리고 이제 그 목덜미로 입을 옮겨서 얇은 피부 아래에 흐르는……'

거기까지 상상이 나아가던 비영은 완전 경직되었다. 자기가 무슨 생각을 했는지 뒤늦게 깨달았다. 순간이지만 정말로 먹어치우는 쪽을 생각했다.

"아무래도 류한테 상담해 봐야 하려나."

교범에는 이런 경우에 대해서는 나와 있지 않았다.

비영의 고민을 들은 류가 잠시 어이없다는 듯 바라보더니 간단히 잘라 말했다.

"사랑이네."

"사랑?"

"그래, 네가 그녀를 사랑한다고."

"그야 물론 사랑하지. 하지만 그게 무슨 상관인데?"

류가 한숨을 푹 내쉬더니 잠시 이마를 짚었다.

"그 사랑이 아니고 연애 감정! 이제 알겠냐?"

"연애… 감정? 내가 그 애한테?"

"애가 아니고 이제 다 큰 여자더구만 뭐. 한 달만 있으면 고등학교 졸업이지? 풋풋한 생명력과 밝은 심성을 가지고 예쁘게 자란 아가씨. 그 아가씨는 아침저녁으로 너와 마주치며 너를 누구보다 소중히 여긴다. 충분히 사랑에 빠질 만한 대상이지."

"……정말로 그런 건가?"

멍히 되묻는 비영에게 류는 딱 부러지게 말했다.

"그래서 내가 경고했잖아. 인간은 다른 동물과는 우리에게 의미가 다르다고."

"그럼 이제 어쩌지?"

"그걸 왜 나한테 묻냐. 네 마음대로 하면 될 일이지. 솔직히 지금 와서 네가 그 아가씨 잡아먹고 내다 버리든 해체해서 햇볕에 말리든 누가 뭐라고 하겠냐."

"그, 그런 무서운 말을."

농담도 좀 단어를 가려가면서 해라는 눈길로 쳐다보는 비영에게 류는 코웃음 쳤다.

"말이 그렇다는 거고. 사랑하게 되었으면 애인으로 삼아. 그러다 싫증나면 그때 버리면 되잖아. 하고 싶은 대로 하면 되지 뭐가 문제냐."

"아무리 그래도 그럴 수는……."

누가 모범 뱀파이어 아니랄까 봐 별것도 아닌 일에 우물쭈물거리는 비영에게 류는 되는대로 말했다. 이 한심한 친구의 상담을 들어주느니 새로운 데이트 상대나 물색해 보는 편이 훨씬 건전한 여가 활동이었다.

"그럼 그냥 놔두던가. 좀 있으면 알아서 인간 중에 제 짝 찾아 떠나겠지. 어떻게 하든 너 하고 싶은 대로 하고 난 간다."

"야, 야!"

비영이 애타게 불렀지만 류는 매정하게 떠나버렸다. 빈자리에 홀로 남아 비영은 한숨 쉬었다.

"정말로 사랑인가?"

그는 지난 시간을 차례대로 돌이켜 보았다. 그리고 그 시간 속에서 보여주었던 정은의 모습도, 그런 정은을 보면서 자신이 느꼈던 감정도.

'100% 아니라고는 말 못하겠군.'

사랑이든 아니면 다른 무엇이든 간에 이제는 그녀를 떠나보낸다는 게 정말 싫다라는 자신의 속마음을 속일 수는 없었다.

'그래도 내 마음만 가지고서 못 보내준다고 하면 안 되겠지. 그녀는 나의 소유물이 아니니까. 나는 보호자로서 그녀를 맡기로 한 거지 주인으로서 사들인 게 아니잖아.'

비영은 고개를 끄덕였다. 류는 그가 하고 싶은 대로 하라고 했고 그녀를 영원히 곁에 두고 싶은 마음이 없는 건 아니었지만, 그 이상으로 그녀의 행복을 바라는 마음이 강했다. 그러니 이건 속이는 게 아니었다. 적어도 아직은.

입학한 대학교의 교정을 정은은 가만히 거닐었다. 그 무심한 뱀파이어는 지금도 자기가 들어가면 그냥 사람 좋게 웃기만 했다. 그때 대학교 때 새로 사권 여자 친구가 와서 말했다.

"야, 정은아. 미팅 건이다, 미팅 건. 상대는 서인대 킹카들! 어때? 흥미 당겨?"

"미팅?"

"그래, 미팅. 호호, 킹카라고 하면 안 믿을지 모르지만 최소한의 품질을 보증하마. 어떻게 아냐, 네 님이 거기 있을지. 일단 할 거지?"

잠시 망설이던 정은은 고개를 끄덕였다.

'그래, 내가 뭐라고 해봐야 어차피 그 뱀파이어는 들은 척도 안 할걸. 두고 봐. 나는 뭐 매력도 없는 여지인 줄 알아?'

"나 오늘 미팅 갈 거예요."

정은은 집을 나오면서 비영에게 확실하게 말했다.

"어, 그래. 잘해라."

"자알할 거예요!"

'오늘이 그날인가.'

소리치며 나가는 정은을 보고 비영은 고개를 끄덕였다. 예민해진 걸로 봐서 맞는 듯했다. 정은이 나가고 나서 비영은 쓸쓸하게 거실에 앉왔다. 기르는 개가 곁에 와서 비영을 위로했다.

"후우. 그래, 알고 있어. 슬슬 떠나보낼 때가 왔다는 거. 이러다 곧 제 짝을 찾을 테고 아마도 대학 졸업할 때쯤 되면 내 곁을 떠나겠지."

비영은 한숨을 내쉬었다. 류는 그냥 애인으로 삼았다가 싫증나면 버리라고 했지만 그럴 수는 없었다.

"그렇지? 내 마음만 앞세울 수는 없는 거잖냐. 지금껏 잘 키워왔고 나에게 따뜻함을 선물했던 인간이니까 마지막까지 가장 행복한 길로 가게 해주고 싶어."

그건 아무리 생각해도 뱀파이어의 애인이 되었다가 어느 날 버림받는 길은 아니었다. 그 이전에 원하지도 않는 자에게 강제로 애인이 되어야 한다는 것 자체가 당사자에게는 비참한 일일 테고 말이다.

"그래, 끝까지 행복하게 살 수 있도록 돌봐주는 것. 그걸로 나에게도 충분해. 그렇지?"

대답할 리 없는 개에게 비영은 물었다.

'그때 그렇게 결심해 놓고 왜 이렇게 또 말하게 되는 건가.'

이유는 알고 있었다. 결심이 자꾸 흔들리려고 하고 있었다. 그래서 자기 최면 삼아서라도 말을 꺼내야 했다.

"어엇… 민수, 너였니?"

미팅 자리에 나온 남자 중에 익숙한 한 명의 모습을 보고 정은은 잠깐 당황했다.

"아, 그래. 너가 합격한 과였지. 그래도 네가 나올 줄은 몰랐는데."

민수도 당황한 듯 대답했다. 아니, 사실 거짓말이었다. 정은이 다니는 학교의 과라는 말을 듣고 친구에게 사정해서 미팅 자리를 바꿔가지고 나왔었다.

"뭐야, 둘이 이미 아는 사이였어? 에이, 한 쌍은 이미 완성이잖아. 좋아, 그럼 남은 사람끼리 짝 만든다."

"아니, 저."

정은이 당황해서 대답 못하는 사이 민수가 고개를 끄덕였다.

"내가 아주 싫은 게 아니라면 그렇게 하자."

잠시 뒤 쌍쌍이 흩어지고 정은과 민수도 나란히 거리를 걸었다. 민수가 조심스럽게 물었다.

"그때 그 사람하고는 잘돼가?"

정은은 고개를 저었다. 잘되어가는 건 고사하고 시작도 못했다.

"전혀. 애초에 이룰 수 없는 사랑에 대한 동경에 가까웠는걸. 아마 앞으로도 절대 안 될 거야."

"그… 그럼 나랑 사귀자."

민수가 과감하게 정은의 손을 잡으며 말했다.

"나… 전에 너 한 번 찼잖아."

"일아. 그 뒤에 다른 여자애하고도 사귀어 보곤 했지만 너를 못 잊었어. 이제는 정말 너를 잊어야지, 잊어야지 하면서 이 미팅에 나왔지만 이렇게 다시 만났잖아? 나랑 사귀자. 난 그 사람과 달리 너한테 잘해줄게."

그 말에 정은은 흔들렸다. 몇 년이나 자신을 잊지 못했다고 하는 민수의 고백이 아무렇지도 않다면 거짓말이었다.

"…생각할 시간을 줘. 지금 당장은 네 애인이 될 거라고 말 못해. 나도 아직 그 사람을 못 잊겠는걸."

"알았어. 그럼 그동안은 친구하자. 그건 괜찮지? 같이 지내다가 내가 점점 더 마음에 들고, 그래서 그 사람을 잊을 수 있게 되면 그때 말해 줘. 재촉하지 않고 기다릴 테니까."

"영영 못 잊을지도 몰라."

"그럼 할 수 없지. 하지만 잊을 수 있게 잘해줄게. 일단 친구하자."

"으응."

정은은 고개를 끄덕였다. 민수는 비영이 아니었다. 하지만 민수도 싫지 않은 건 사실이었다. 친구까지라면 괜찮을 거 같았다.

'하아. 비영이 저렇게 말해 주면 얼마나 좋을까.'

"늦었네. 바래다 줄게."

"그럴 것까지 없는데."

"내가 하고 싶어서 부탁하는 거니까 하게 해주라. 응?"

정은은 고개를 끄덕였다. 저렇게 부탁하는데 뭐라고 하겠는가. 확실히 처음 그의 말대로 민수는 그녀에게 잘해주었다. 이미 캠퍼스 내에서는 둘을 커플로 볼 정도로.

'후우, 하지만 이러면 민수한테 미안한데. 마음을 받아주지도 못하면서 어정쩡하게 대해서 희망만 가지게 하는 건 더 나쁜 일이야. 민수는 기다려 주겠다고 했지만 사실은 속이 바짝 탈 텐데.'

정말로 미안했다. 하지만 거짓말로 나도 이제 네가 좋다라고 해줄 수는 없었다. 그렇게 간단히 지울 수 있는 비영이라면 애초에 고민도 안 했을 것이었다.

"늦네. 하긴 이제 대학생이니까 슬슬 자유롭게 돌아다닐 때는 되었지. 그래도 너무 자주 늦는 건 안 좋은데. 뭐, 자주 있는 일도 아니니까."

비영은 창밖을 내다보며 정은을 기다렸다. 한참 뒤 정은의 모습이 보였다. 그런데 옆에 한 명의 남자가 더 있었다.

'저 녀석은?

비영이 시각을 강화했다. 착실하고 선량해 보이는 남자 대학생이 정은과 함께 걸으며 둘이서 즐겁게 대화를 나누고 있었다. 그 모습에서 한 번 본 적이 있는 얼굴이 떠올랐다.

'그때 그 민수란 녀석인가? 대학 들어와서 다시 만난 건가?

자기도 모르게 힘이 들어가려는 손을 비영은 억눌렀다. 각오했던 일이었다. 아니, 축하해 주기로 한 일이었다. 처음 그녀를 데려올 때 그 울먹이던 아이에게 돌봐주겠다고 하지 않았던가. 그리고 그 돌봐줌의 마지막 마무리를 할 시간이었다. 이제 와서 눈떠 버린 자신의 개인적 욕망으로 망칠 수는 없었다.

"그럼 내일……."

막 헤어지려던 두 남녀는 순간 스치고 지나가는 차가운 바람에 잠깐 말을 멈췄다. 한겨울도 아닌데 이상한 정도로 으스스했나.

"밤 기운이 차네."

"하하. 그러게. 어서 들어가. 내일 보자."

민수와 헤어지자 정은은 그제야 한기가 좀 가시는 걸 느꼈다. 걷는 동안은 몰랐는데 작별 인사한다고 서 있는 사이에 갑자기 한기가 침투한 모양이었다.

"다녀왔어요."

"좀 늦었구나. 밥은 먹었냐?"

그녀의 뱀파이어, 비영은 앞발을 다친 개의 붕대를 감아주고 있었다. 변함없이 따뜻하고 부드러운 그 광경에 정은은 심드렁하게 대답했다. 언제나 좋은 뱀파이어일 뿐인 비영이 그녀는 못마땅했다. 민수만큼은 아니더라도 좀 다른 모습으로는 봐줄 수 없단 말인가.

"먹었어요."

비영에게 정신이 팔린 그녀는 다른 동물들이 전부 구석에 숨어 있는 것도, 개가 너무 꽉 졸라맨 붕대에 오히려 통증을 유발하는데도 겁먹은 눈초리로 비영을 올려다보며 한마디 신음 소리조차 내지 못하는 것도 눈치 채지 못했다.

"밤길 위험한데 조심해서 다녀."

"남자 친구가 데려다 주었으니 걱정 안 해도 되요."

그 순간 비영은 가슴이 욱씬거리는 걸 느꼈다.

"하하. 그랬구나. 그 남자 친구란 녀석 괜찮냐?"

'더… 물으면 안 돼. 방금 나 때문에 이 녀석이 다쳤어.'

하필 그의 곁에 있었다는 이유만으로 불쌍한 개는 앞발이 뜯겨 나가야 했다. 지금은 대화의 시간이 아니라 모든 걸 잊고 자러 가야 할 시간이었다. 머리 속에서 경고가 울렸다. 하지만 입이 멈추지 않았다.

"괜찮아요. 좋은 친구예요."

'그렇게 아무렇지도 않게 묻지 말아줘요. 정말로 난 당신에게 아무것도 아닌가요? 그 개처럼 귀엽게 돌봐주다가 때되면 떠나보내는 그뿐인가요?'

"그래? 그럼 다행이고. 그래도 조심해라. 네 나이쯤에 애인이 생기는 것도 자연스럽지만 그때 남자 잘못 만나면 나중에 엄청 고생해."

비영은 스스로에게 중얼거렸다. 괜찮다. 이 정도는 괜찮다. 그냥 이 정도까지만 말하고 정은은 방에 들어가 쉬고 자신은 자러 간다. 하룻밤만 지나면 이 혼란한 정신도 맑아질 테고 그럼 모든 게 잘 될 수 있었다.

'그래. 조금만 더 참으면 돼.'

딸을 걱정하는 아버지처럼 말하는 비영 때문에 정은은 화가 났다. 항상 저랬다. 차라리 싸늘하게 군다든지, 이제 관심없다든지 이러면 과감하게 부딪쳐 보겠는데, 너무 부드럽게 받아주어서 어떻게 나아갈 수가 없었다.

"상관 말아요. 나도 이제 자랄 만큼 자랐다고요. 더 이상 애가 아니라고요."

'그래요. 애가 아니라고요. 당신에게 사랑을 느끼는 한 명의 여자라고요.'

"하하. 그래, 알았다. 난 다만 네가 걱정되어서. 혹시라도 겉만 그럴 듯한 놈팽이에게 잘못 걸릴까 봐."

'이건… 질투다.'

비영도 스스로의 감정을 알 수 있었다. 진짜로 그 남자 친구란 자가 나쁜 놈일까 걱정하는 게 아니었다. 단지 정은이 다른 남자와 가까워진다는 자체가 싫은 것뿐이었다. 이 말을 하지 말고 대화를 그냥 끝냈어야 했다. 분명 머리 한쪽에서 제어 명령이 계속 방출되는 데도 연결 부위 어딘가가 끊어져서 멈춰지지가 않았다. 이제 바라는 건 정은이 먼저 멈춰주는 것뿐이었다.

정은은 화가 나서 비영을 바라보았다. 날마다 마주치면서, 뱀파이어라면서 어떻게 자신의 마음을 저토록 모른 채 웃는단 말인가. 저 웃는 얼굴을 깨뜨리고 싶었다. 그러면 뭔가 변화가 있을지도 몰랐다.

"내가 누구랑 사귀든 무슨 상관이에요!"

어차피 나와 사귀어줄 것도 아니면서.

정은은 멈춰주지 않았다. 가슴이 더욱 아파왔다.

'무슨 상관이냐고? 그래, 상관없어. 왜냐면 누구하고 사귀는 것도 다 싫은… 아냐. 그래, 상관없지. 축하해 줘야지. 내 역할은 어디까지나 한 발 떨어져 있는 보호자. 그것도 이제 끝낼 때가 다가오는 보호자.'

"하하, 화내지 마라. 그냥 널 걱정해서 한 말이야."

비영은 화내주지 않았다. 도저히 넘어설 수 없는 부드러움으로 웃어만 주었다. 그래서 정은은 한 발 더 나가 버렸다.

"내 아버지라도 되는 양 굴지 말라고요! 날 길러주긴 했지만 어차피 아무 관계도 아니잖아요!"

그러니까 날 사랑해 줘도 괜찮으면서.

순간 비영의 얼굴이 딱딱하게 굳었다.

깨갱.

개가 마침내 참지 못하고 비명을 질렀다. 완전히 부서져 버린 앞발이 엄청난 통증을 준 모양이었다.

"…아, 그렇지. 그래… 그랬지."

그제야 정은은 자신의 실수를 깨달았다. 그건 절대 해서는 안 될 말이었다.

"아니, 내 말은 그게 아니라. 비영, 그게 아니라."

"아냐. 내가 잘못했다. 네 말이 맞아. 더 이상 넌 내가 관여할 수 없는 독립 개체인데 내가 잘못했구나."

사과하는 비영의 목소리는 정은이 단 한 번도 들어보지 못한 차디찬 목소리였다.

"비… 비영. 나 그러니까 절대 비영의 은혜를 모른다든지 그런 게 아니라."

"알아. 더 변명 안 해도 괜찮다. 다만 지금 이 녀석을 제대로 된 곳에서 치료시켜 줘야 할 거 같거든. 좀 나가봐야 할 거 같으니 내일 보자."

거짓말이었다. 그의 집에서도 얼마든지 치료할 수 있었다. 하지만 지금 집에 계속 있다가는 자신이 무슨 짓을 저지를지 비영 스스로도 알 수 없었다. 정은이 다급히 부르는 소리를 멀리하고 비영은 뛰쳐나갔다.

정은은 자리에 주저앉아 울었다.

"이게… 아닌데. 이게 아니었는데……."

자신의 마음을 그가 알아주지 못한다 해도 결코 이런 식으로 말해서는 안 되는 거였다. 정은은 너무나 후회스러워 마냥 울었다.

쾅.

멋대로 예고도 없이 자기 집에 쳐들어온 비영 때문에 류는 툴툴거렸다. 하지만 그 모범 비영이 니무나노 날이 서 있어서 차마 타박하지는 못했다. 피투성이가 된 개한테 미안하다 미안하다를 반복하면서 정성스럽게 치료하는 비영의 모습에 개 이상으로 상처 입었음이 그의 눈에 보였다.

치료를 끝내고 자리에 앉은 비영의 앞에 마주 앉으며 류는 물었다.

"무슨 일이냐?"

"하아. 네가 그랬지? 내가 하고 싶은 대로 하면 된다고?"

"그랬지."

"죽여 버리고 싶어. 그래서 마지막 남은 피 한 방울까지 내 몸속에 들어와서 영원히 내 곁에 있게 하고 싶어."

걀르릉.

그렇게 말하는 비영의 목소리는 기묘한 울림을 담고 있었다. 류는 눈을 치켜뜨고 비영을 보았다.

'이 녀석, 설마 생식기로 접어들려는 건 아니겠지? 그 정도는 아니겠지.'

"해. 누가 막냐."

류의 말에 비영은 큭큭거리며 웃었다.

"망할 녀석. 절대 못하도록 만드는 대답을 잘 아는군."

"나야 아무래도 좋지만 네가 후회할 걸 뻔히 아는지라 말렸다. 그런데 무슨 일이냐?"

"별일은 아냐. 그저 정말로 이제 헤어질 때가 왔구나라는 걸 실감했을 뿐이야. 그런데 그게 너무나 싫은 것 있지. 붙잡고 싶어."

"붙잡아."

비영은 고개를 저었다.

"큭! 안 돼. 보내줘야 해. 뱀파이어와 인간의 사랑. 잠깐은 몰라도 끝까지 해피엔딩일 수가 없잖아. 그래 보내줘야 해."

여느때 같았더라면 그런 한심한 고민은 혼자해라고 외치고 뻥 차서 내쫓아 버렸겠지만, 류는 그답지 않게 다정하게 말했다.

"어이그, 궁상. 한잠 푹 잔 다음에 정신 맑아지면 돌아가. 그 다음에 정말로 뭘 하고 싶은지 고민해 보고 그대로 해."

"고맙다."

손님방에 가서 그대로 뻗는 비영을 보고 류는 한숨 쉬었다.

"이해한다. 상대가 원하는 대로 다 해주고 싶지만, 동시에 내 마음대로 하고 싶은 존재라는 게 나도 있으니까. 그래도 넌 운 좋은 거야, 임마. 그 고뇌 길어야 백 년을 안 끌 거 아니냐. 난 영원히 이어지고 있다고."

류는 쓰디쓰게 웃었다. 다른 동료는 변화없는 그를 보고 진심이란 게 없으니 생식기에 안 접어드는 거라고 놀리지만 그들은 하나 간과한 사실이 있었다.

'변화가 없다는 건 항상 생식기가 아니라서일 수도 있지만 말이야, 그 반대도 가능한데 말이야.'

"그나저나 비영 저 녀석 어쩐다. 나처럼 만성도 아니니 제어도 잘 안 될 텐데. 일단 오늘 밤 두고 봐야겠군."

"비… 비영?"

정은이 무섭다는 표정으로 물어왔다.

"아무것도 아니라고? 그래, 아무것도 아니지. 그렇다면 이건 어때? 이래도 아무것도 아닌가?"

"비영!"

정은이 비명을 지르든 말든 그는 그대로 덮쳤다. 그래, 아무것도 아니라면 자기 마음대로 유린하지 못할 이유가 없지 않은가. 고위 뱀파이어인 그가 마음에 든 인간 여자 하나 가지겠다는데 누가 감히 막는단 말인가.

범하고 또 범하면서 다시 그 피를 마신다. 상대의 마지막 한 방울 피까지 그의 것이 된다. 이제 그녀는 결코 그를 떠날 수 없다. 이렇게 껍데기만 남은 시체가 되어버렸으니까. 시체?

"헉!"

비영은 악몽에서 깨어났다.

"꿈이구나. 다행이다."

"뭐가 꿈이야! 이 망할 녀석아!"

류의 잔소리에 비영은 주위를 둘러보았다. 그가 잠자던 일대가 완전히 폐허가 되어 있었다.

"…어떻게 된 거냐?"

"어떻게 되긴 뭘 어떻게 돼! 네가 남의 집에서 생식기에 접어드는 통에 아끼던 가구고 뭐고 다 날아갔다! 좀 조용히 변하던가. 이게 뭐냐."

그 말에 비영은 자신의 몸의 변화를 느꼈다. 겉보기로는 거의 차이가 없었다. 하지만 내면의 변화를 확실히 느낄 수 있었다. 평상시와 비교가 안 되게 강렬한 욕망. 흡혈욕과 성욕, 양쪽 모두가 극도로 팽배해 있었다. 지금 이게 정말 나인가라고 낯설게 느낄 정도로 강렬한 욕망. 간신히 한꺼풀 남은 이성 아래에 숨죽이고 있는 야수가 있었다.

"그래서 그 꿈을 꾼 건가."

류가 잔소리를 그만두고 폐허를 걸어와 비영의 어깨를 쳤다.

"너 진짜로 그 여자 좋아하는구나. 생식기에 접어들 정도라니."

"……."

"후우. 보내줘라. 지금 당장 독립하기에 부족함이 없을 정도의 재산과 함께 떠나보내. 아니면 네가 떠나든지."

류의 말에 비영은 반발했다. 왜 떠나야 하는가? 이토록이나 가지고 싶은 대상을 놓고서? 지금 당장 달려가서 가지고 싶은데? 그에게서 서서히 살기가 일어났다.

"언제는 마음대로 하라고 하지 않았나?"

인간이라면 바로 두려움에 떨게 만들 날카로움이 묻어 나왔다. 류가 그런 비영의 어깨를 두들겼다.

"그건 네가 적당히 갖고 놀 애인 정도인 줄 알았던 거였지. 이 정도로 사랑한다면 떠나보내. 너도 알지? 지금 이 시기의 우리가 얼마나 위험해지는지. 같은 뱀파이어라면 상관없지만 인간이라면 무슨 일이 벌어질지 알잖아? 생식기에 접어들 정도로 마음을 준 대상이라면 떠나보내. 네 성격은 내가 잘 알아. 친구 녀석이 평생 아물지 않을 상처를 가슴속에 안고 사는 거 보기 싫어서 하는 충고니까 들어."

"……."

류의 말에 비영은 고개 숙였다. 그랬다. 그 말이 맞았다. 어젯밤의 그 꿈이 현실이 된다면 그거야말로 진짜 악몽이었다.

"어쩔래? 내가 같이 가줄까?"

"아니, 괜찮아. 충고 고맙다. 덕분에 정신이 번쩍 들었어. 내 손으로 깨끗이 처리할게."

"그래. 잘해라."

철걱.

문이 열리고 그녀의 영원한 키다리 아저씨 뱀파이어가 들어왔다.

"비영! 나……."

그런 그녀에게 비영이 다시 평소처럼 깨끗하고 부드러운 웃음을 지어 보였다.

"더 말 안 해도 괜찮아. 네 마음 다 알아."

그러면서 그는 그 옛날처럼 따뜻한 손길로 그녀를 토닥여 주었다. 정은은 왈칵 울음이 터져 나왔다.

"미안해, 정말 미안해."

"괜찮아. 이해한다."

빨리 끝내야 했다. 지금 이 순간에도 그의 날카로운 후각은 정은의 몸속에 흐르는 피의 감미로운 향기를 맡아내고 있었다.

"용서해 주는 거야?"

"하하. 용서할 게 뭐 있어. 자, 이거 받아."

'버틸 수 있어.'

생식기에 접어들 정도로 그녀에 대한 마음을 가지고 있었다면, 역으로 그 마음을 가지고서 지금의 충동을 누를 수 있다. 아니, 있어야 했다.

"이건?"

그녀 앞에 내밀어진 열쇠를 정은은 떨리는 손길로 바라보았다.

"새 집을 구해놨어. 다니는 대학교 근처의 아파트니까 지내기 좋을 거야. 가구와 생활용품들도 이미 주문해서 다 넣어놨고 용역업체 시켜서 청소와 정리도 해놨으니까 몸만 가면 돼."

"비영!"

다급히 외치는 정은에게 비영은 변함없이 웃어 보였다. 변함없이 마음씨 좋은 뱀파이어로서.

"생활비, 학비 겸 앞으로 시집갈 밑천이 될 돈은 통장에 넉넉히 넣어놨어. 아파트도 네 명의로 되어 있으니까 앞으로 살아갈 걱정은 없을 거야. 이제 떠나보낼 때가 온 거였는데 내 욕심에 너무 붙잡은 거 같아."

"아냐, 비영! 난 이 집이 좋아! 비영 곁이 좋아! 떠나지 않아도 돼!"

다급히 외치며 달라붙는 정은에게 비영은 곤란하다는 듯 웃어 보였다. 아니, 정말로 곤란했다. 간신히 억누르고 있는 야수가 튀어나오기 직전이었다. 더 이상 가까이 두고 자극받으면 절대로 안 되었다.

"그래, 나도 네가 좋다, 정은아. 하지만 모든 일에는 때라는 게 있는 거야. 가슴이 조금 아프더라도 독립된 개체로서 떨어져 나가 걸어야 할 때가 있는 거야. 알잖아? 나도 평생 네 후견인만 해줄 수 없다는 거. 걱정 마. 아주 남남이 되자는 건 아냐. 네가 행복하게 살고 있으면 내가 가끔 놀러 가고 할게."

시간이 흘러 야수만 사라진다면 그럴 수 있을 것이다.

"말했지? 훌륭한 사람이 되려면 지켜야 할 것들이 있다고. 이게 그 마지막이야. 안락한 보호자의 품이 아무리 그립더라도 세상에 스스로의 두 발로 일어나 걸어갈 것. 내 마지막 역할이 여기다. 말 들어."

"비영⋯⋯."

정은은 다리에서 힘이 빠졌다. 지켜야 할 바른 생활. 저건 마법의 단어였다. 비영이 저 말을 내뱉으면 결코 자신은 그 뜻을 거스를 수 없었다. 저 말을 한 비영은 절대로 뜻을 바꾸지 않았으니까.

"자자, 아침은 먹었냐? 마지막 아침을 해줄게."

정은은 힘없이 식탁에 가 앉았다. 비영이 따뜻한 요리를 해서 올렸다. 어쩌면 마지막이 될 이 집에서의 식사를 하며 정은은 눈물 흘렸다. 비영이 손을 내밀어 그 눈물을 닦았다.

"울지 마라. 난 네가 행복해지는 모습을 보고 싶은 거지, 슬퍼하는 모습을 보고 싶은 게 아니야. 날 위해서라도 울음을 멈춰주겠니?"

정은은 고개를 끄덕였다.

"고맙다. 착하구나."

정은이 마침내 떠나자 비영은 힘없이 거실에 앉았다. 다른 동물들이 곳곳에 오락가락했지만 집은 텅 빈 듯했다.

"잘한 거야. 그래, 잘한 거야. 후회하지 말자. 앞으로 그녀의 행복한 모습을 보면서 얻게 될 많은 기쁨을 생각하자. 그래, 그걸 생각하……."

반복해서 말하던 비영은 전부 숨죽인 채 구석으로 숨어드는 그의 친구들을 보고 한숨 쉬었다.

"괜찮아. 이리 와줘. 너희들까지 그러면 난. 아니, 오지 마. 그래, 오지 마. 지금은 안 돼."

비영은 멀리 있는 전화기를 충혈된 눈으로 노려보았다. 지금이라도 저기에 대고 걸면 정은은 돌아올 것이었다. 그래서 돌아오면 당장이라도 그 목을 물고…….

'안 돼!'

그는 자리에서 일어났다. 의식이 행동을 지배하지만 반대로 행동도 의식을 바꾸었다. 그는 곳곳에 남아 있는 정은의 흔적을 지우기로 했다. 거실 장식장 위에 올려져 있는 정은의 사진을 그는 집었다.

'이것부터 없애야겠지.'

사진첩의 뒤를 열고 사진을 꺼냈다. 이제 태워 버리든 찢어서 버리든 없앨 방안은 많았다. 하지만 비영은 그 자리에 못 박힌 채 그 사진을 계속 쥐고 있었다.

아그적. 이빨 사이에 뭉쳐진 종이가 씹히면서 나는 소리에 비영은 다시 정신을 차렸다.

"류를… 데리고 왔어야 했나."

비영이 구해준 새 아파트는 모든 게 완벽했다. 비영이 없다는 것만 제외하면 말이다.

정은은 멍히 앉아서 천장을 바라보았다. 이대로라면 정말로 모든 게 끝이었다.

'이걸로 좋은 걸까?'

이제 자신이 민수에게 허락만 하면 그게 완벽한 해피엔딩일지 몰랐다.

〈착한 뱀파이어는 불쌍한 인간 소녀를 구해서 길렀고, 그 소녀는 자라서 좋은 청년을 만나서 결혼한 후 행복하게 잘 살았습니다. 착한 뱀파이어도 그 둘을 축복하며 만족했습니다.〉

얼마나 아름다운 동화인가. 유치할 정도로 완벽하게 행복한 동화. 하지만 정말 그걸로 좋은가? 정은은 벌떡 일어났다. 지금껏 단 한 번도 비영이 말한 모범 규범에서 엇나간 적이 없었다. 하지만 이번만큼은 그녀도 포기할 수 없었다. 그녀는 먼저 민수에게 전화를 걸었다.

"야아. 무슨 일이야? 네가 먼저 날 만나자고 하다니. 드디어 나도 희망이 보이는 건가?"

싱글 싱글 웃는 민수에게 정은은 고개 숙여 보였다.

"미안해."

"…그런 거냐?"

"응. 정말 미안해. 넌 정말 나에게 잘해줬는데. 네게는 정말 미안하기만 해. 하지만 도저히 더는 안 돼."

"난 기다릴 수 있는데. 아니면 그쪽이 널 받아들인 거야?"

"그건 아냐. 하지만 지금 이런 마음으로 너와 어정쩡하게 지내는 건 더 잘못이야. 용서해 줘. 우리 그만 만나. 네게는 정말 고맙고 미안하기만 해."

"후……."

언제나 그녀의 앞에서 좋게 웃어만 보이던 민수에게 그녀는 고개 숙여 보였다. 민수의 마음에 보답할 수 있다면 좋았을 것이었다. 그럼 모두에게 해피엔딩일 수 있었을 텐데 말이다.

"나 먼저 갈게."

정은은 자리에서 일어나 떠났다. 민수가 쓸쓸한 표정으로 그곳에 오래도록 남아 있을 걸 알았지만 어쩔 수 없었다.

비영은 갑자기 넓어진 집에서 멍히 있었다. 아무것도 하기 싫은 권태감과 뛰쳐나가 무언가를 죽도록 삼켜 버리고 싶은 모순된 욕구가 동시에 들끓었다. 정은이 떠난 후 꽤나 시간이 흐른 것 같기도 한데 잘 알 수가 없었다.

끼이잉.

다들 숨죽이고 있는 가운데 배고픈 걸 도저히 못 참겠는지 강아지한 마리가 그의 곁에 다가와 바지를 잡아당겼다.

"닥쳐!"

순간적인 짜증으로 강아지의 목을 비틀어 버리려던 비영은 간신히 참았다. 강아지가 애처롭게 그를 올려다보았다.

"미안하다. 너희들까지 잊고 있었구나. 지금 차려줄게."

비영은 비틀거리며 자리에서 일어섰다.

"후우."

크게 심호흡하고서 그는 집 안을 둘러보았다. 이제야 변화되어 있는 시계의 날짜와 시간이 제대로 된 의미로서 그의 눈에 들어왔다.

"이틀이었구나. 후우. 그렇게나 내가 무서웠던 거겠지. 미안하다.

이제 정신 차릴게."

달그락거리면서 그는 냉장고를 뒤졌다. 여전히 목이 타는 듯이 말라왔지만 돌봐주어야 할 친구들이 있었기에 참을 수 있었다.

"자아. 완성되었다. 배고팠다고 해서 급히 먹다가 체하지 말고 천천히 먹어라."

그제야 한 마리, 두 마리씩 비영의 곁으로 모여들었다. 그걸 보며 비영은 다시 웃었다. 설령 억지웃음이라 할지라도 웃을 수 있다는 게 중요했다.

'그래, 이제 이대로 시간만 흐르면 괜찮아질 거야.'

그때 예민해진 그의 귀로 익숙한 발걸음 소리가 들렸다.

'설마?'

아니다. 그녀는 이곳을 떠났다. 벌써 다시 올 리가 없었다. 그러니까 이 발소리가 정은의 그것이라고 느끼는 건 바람이 이루어낸 착각이 틀림없었다. 그렇지만 왜 개들이 저렇게 문 앞으로 달려간단 말인가.

탈칵.

문이 열리고 정말로 정은이 들어서자 비영은 굳었다. 당황과 기쁨. 두려움과 환희가 동시에 밀려왔다. 머리 속 한구석에서 안 돼라고 경보가 또다시 울리지만, 가슴은 기뻐하고 있었다.

돌아오면 안 돼. 아니, 잘 왔어. 난 너를 볼 준비가 아직 안 되었어. 아니, 계속 보고 싶었어. 지금이라도 떠나. 이젠 늦었어. 혼란스럽다. 조금 전까지 자신의 진심이 무엇인지 확신했었는데 이제 기억이 안 났다.

"어… 쩐 일이냐? 미리 연락이라도 하지 않고. 새 집에서는 지낼 만하지?"

정은이 고개를 끄덕이고는 안으로 들어왔다. 그리고 비영의 곁에 다가와 그의 눈을 똑바로 들여다보더니 말했다.

"비영, 나 당신을 사랑해요."

덜컥.

심장이 내려앉았다. 제어 장치의 마지막이 벗겨 나가기 직전이었다. 지금이라도 눈감고 뛰쳐나가야 했다. 더 이상 저 모습을 감당할 힘이 없었다.

"그래. 나도 널 사랑한다."

'내가 왜 이런 말이나 하고 있지?'

뭔가 어이없었다. 지금 그가 하고 싶은 건 이런 말장난이 아니었다. 저 탐스럽디 탐스러운 생명의 비고를 열어서 그 안에 흐르는 축복의 피를 마시는 것. 그게 자신이 하고 싶은 것이지 않는가? 쓸데없는 말은 필요없었다. 상대는 저항할 힘이 조금도 없는 연약한 인간 여자에 불과했다. 드디어 손 닿는 범위에 들어왔으니 이제 남은 것은 가지는 것뿐, 마지막 한 호흡의 생명까지 자신의 것으로. 것으로?

'이게 아니잖아. 비영, 정신 차려.'

부드럽게 웃어주는 비영의 얼굴. 평소라면 여기서 끝이었을 것이다. 하지만 이번에 물러나면 정말로 끝이었다. 정은은 용기를 냈다.

"그런 게 아니라 나 당신의 여자가 되고 싶다고요. 애인이 되고 싶어요. 비영은 내가 싫나요?"

비영의 웃는 얼굴이 마침내 깨져 나갔다. 그는 당황한 목소리로 말했다.

"정… 정은아, 난."

싫나고? 그럴 리가. 이토록이나 간절히 소망하는 네가 싫을 리가 있

나. 단지 때가 어리석은 이유로 지금껏 건드리지 않고 참아왔던 거지. 사랑스러우니까 내버려 두고 싶다라니 그 무슨 말도 안 되는 생각을 나는 했던 건가.

'아냐. 그게 맞는 생각이야.'

"그런 쓸데없는 말 하려고 온 거라면 돌아가. 당장."

한계다. 자기 스스로는 여기서 벗어날 힘도 이제 없었다. 그녀가 떠나는 것뿐이었다.

"알아요. 난 인간이고 비영은 뱀파이어고, 날 저 동물들처럼 돌봐왔다는 거. 하지만 인간도 얼마든지 뱀파이어의 애인 역할을 할 수 있잖아요. 지금 날 바로 사랑해 달라고는 하지 않겠어요. 급작스럽게 고백한 거니까. 하지만 난 예전부터 쭉 비영을 그런 눈으로 봤었다고요."

두근두근. 심장이 뛴다. 아니, 심장만이 아니다. 내면의 야수도 날뛴다. 빗장은 전부 풀려 버렸다. 뛰쳐나오려는 야수를 붙잡고 있는 것은 쇠사슬이 아니라 가느다란 실에 불과했다.

"안 돼, 그건 안 돼. 빨리 돌아가! 어서!"

"왜… 안 되죠? 지금 당장 대답해 달라는 거 아니에요. 천천히 시간을 두고 좀 다른 눈으로 날 봐줘요. 기회를 줘요."

"난… 뱀파이어야."

비영의 목소리가 조금씩 변했다. 야수가 그를 장악하기 시작했다.

"알아요. 내가 당신의 곁을 지킬 수 있는 시간은 겨우 백 년도 안 된다는 거. 그러니까 그 백 년 정도는 내가 곁에 있게 해줄 수도 있잖아요?"

비영의 호흡이 거칠어졌다.

"난 네 곁에 있으면 무슨 짓을 할지 몰라. 하아. 돌아가, 정우아. 인간의 짝은 인간이 가장 무난해. 돌아가… 제… 발. 아니, 가지 마."

큭. 그래, 가장 무난하지. 내 생각도 그래. 그래서 보내줘야 한다고 말도 안 되는 생각도 했었지만, 이제야 제정신이 드는군.

비영은 씨익 웃었다. 방금 전까지 있던 어지러운 감각은 사라졌다. 두 가지 모순된 생각 사이의 갈등도 끝났다. 머리가 다시 명료해졌다.

'그런 건 아무래도 상관없는 거였잖아? 중요한 건 내가 그녀를 가지고 싶다는 거지.'

"무슨 짓을 해도 괜찮아요. 난 당신을 사랑하는 걸요."

대체 뭘 고민했던 걸까. 비영은 스스로에게 어이가 없었다. 그녀도 괜찮다고 하는 일을 자기가 왜 고민했을까. 이토록이나 원하는 것을 왜 참으려고 했던 걸까.

비영의 손이 정은을 잡아당겼다. 드러난 이빨을 새하얀 목덜미로 가져가면서 뒤로 돌아간 팔이 그녀의 옷을 벗길 준비를 했다.

'탐스럽군.'

아직 어떤 남자도 접해보지 않은 저 순결한 나신을 드러내고 하나도 남김없이 자신의 것으로 만든다. 그래, 이것이야말로 그가 진짜로 원하는 것이었다. 정말로 솔직한 그의 욕망은 바로 이것. 대체 왜 망설였단 말인가. 날카로운 송곳니가 얇은 피부 아래 흐르는 피를 향해 나아갔다. 곧 마시게 될 깨끗한 피에 대한 기대감으로 심장이 터질 듯이 뛰었다.

'떠나보내라고 했나, 류? 네가 틀렸어. 난 지금 이 순간을 간절히 원해. 후회?'

우습다. 그런 것을 할 리가 없잖은가. 이토록이나 충만한 만족감을 가져다 줄 존재를 취하고서 후회할 리가 없다. 영원히 잊지 못할 행복의 순간으로 추억한다면 모를까.

"넌 나의 것이다."

처음 보는 비영의 모습에 정은은 순간 낯섬을 느꼈다.

'이게 비영?'

겉으로 본다면 분명 비영이었다. 하지만 어째서일까, 조금 전 눈에 핏발이 서고 그르렁거리는 야수의 목소리를 낼 때의 비영이 오히려 더 친숙했었다. 지금 이 순간의 비영은 전혀 다른 존재 같았다. 그래도 분명 비영이었다. 그것도 그녀를 원해주는 비영이었다.

비영의 두 손이 부드럽게 그녀를 어루만져 왔다. 그러더니 한 손을 들어 그녀의 목덜미를 살짝 그었다.

"아."

그의 품에 안긴 작고 가녀린 생명이 가벼운 통증을 호소하는 소리에 비영은 즐거움을 느꼈다. 그와 동시에 흘러나온 피의 향기가 주위에 가득 차며 아찔한 붉은빛으로 그를 감쌌다. 바로 물어버리고 싶은 것을 참으며 그는 흘러나온 피를 살짝 핥았다. 혀끝으로 전해지는 싱싱한 생명의 자극에 그는 몸을 부르르 떨었다. 이것이 온전히 자기 것이 될 거라는 기대감이 가일층 커지며 세포 하나하나가 깨어나 피를 요구했다.

조금 이른 감이 있었지만 더 이상 참을 수 없어서 비영은 정은의 옷 단추를 끌렀다. 이제 축제를 벌일 시간이었다. 오랜 세월에 걸쳐 손수 빚어낸 이 여인은 지금이 가장 음미하기 좋게 익어 있었다.

정은은 눈을 꼭 감았다. 그래, 그가 뱀파이어란 걸 알면서도 사랑했었다. 그러니 이 또한 받아들여야 할 일. 이 모습까지 사랑할 수 있어야 했다. 그가 자신에게 무슨 일을 한다고 해도 비영이 하는 일이니까 기꺼이 받아들일 수 있어야 했다.

'그래. 두려워하면 안 돼.'

비록 목소리가 떨리긴 했지만 그녀는 용기를 내어 말했다.

"저는… 좋아요."

정은은 작게 속삭였다.

탁.

순간 비영이 거칠게 그녀를 뒤로 밀었다. 그리고 자신도 숨을 헐떡이며 뒤로 물러섰다.

"하아. 하아. 위험했어."

다시 눈에 핏발이 서고 거친 호흡을 내뱉으면서 비영은 한 손을 들어 자신의 어깨를 푹하고 찔렀다. 생식기라 해도 생존에 대한 본능만은 최우선이었다. '진짜 위협'을 느끼지 않는 상황에서 얼마나 먹힐지 알 수 없지만 기댈 곳은 그뿐이었다.

"비영! 전 상관없어요!"

스스로를 상처 입히며 물러서는 비영에게 정은은 다급히 외쳤다.

"내가 상관있어. 뱀파이어에게 사랑한다는 말을 쉽게 하지 마. 그게 진심일수록 더 위험해."

비영은 고개 저었다. 이건 터져 나가는 흐름을 억지로 막아서 잠깐 조용해진 데 불과했다. 우리를 뛰쳐나온 맹수를 달려들어서 목을 붙잡고 늘어지고 있는 것에 지나지 않았다.

"비영……."

"날 사랑한다고 했지?"

정은은 고개를 끄덕였다. 마지막으로 남은 이성으로서 비영도 진심을 고백했다. 그게 그녀를 설득할 수 있는 유일한 길이란 걸 그는 알았다.

"그래. 사실은 나도 널 사랑한다."

비영의 말에 정은은 순간 눈물이 울컥났다. 그녀만의 마음이 아니었다는 걸 확인하자 너무나 행복했다. 그런 정은의 눈물을 닦아주며 비영이 미소 지었다. 비록 눈은 여전히 핏발 서 있었지만 미소는 따뜻했다.

"지금껏 스스로를 속이고 또 속이며 억눌러 왔지만 거의 한계야. 하지만 정은아, 그렇기에 난 진심으로 네 행복한 모습을 보고 싶다. 넌 괜찮다고 했지만 이대로 가면 내가 미래에 끝없이 후회할 거야. 날 사랑한다면 내 소원을 들어주지 않겠니?"

원했다. 지금도 터질 듯한 가슴으로 그녀를 가지기를 원했다. 그러나, 그 이상으로 그녀가 진정으로 행복해지기를 원했다. 그러니까, 순간적인 충동은 누를 수 있었다.

"비영……."

"인간들에게 돌아가. 민수라고 했냐? 그 인간 청년이 네게 좋을 거야. 아니면 다른 누구라도 괜찮은 인간 많을 거야. 하지만 난 안 돼. 너를 위해서도, 나를 위해서도. 왜 그런지는 방금 봤지?"

씁쓸하게 웃는 비영의 뒤에 느리운 고통을 정은은 보았다. 그가 지금 얼마 만한 의지로써 저 말을 하는지 알 수 있었다. 저것이야말로 그의 착한 뱀파이어 비영이 마지막으로 그녀에게 하는 부탁이었다.

"흑."

그래서 거절할 수 없었다.

"자, 이제 떠나. 무엇이 서로에게 가장 좋은지 너도 알겠지? 당분간은 날 찾지 마라. 시간이 흘러 조금 떨어진 자리에서 서로 웃으며 바라볼 수 있게 되면 다시 만나자. 지금 나가. 더는 못 버틸 거 같아."

정은은 벽을 짚고 자리에서 일어났다. 그녀의 마음만이라면 뭘 당해도 괜찮았다. 기쁘게 받아들일 수 있었다. 하지만 그게 비영을 더 괴롭힌다면 할 수 없었다. 그건 그녀에게도 괴로운 일일 테니 말이다.

'미안해요. 난 당신을 힘들게만 했군요. 돌아갈게요. 그것이 당신이 바라는 바라면.'

정은은 밖으로 나갔다. 비영은 힘겹게 자리에 주저앉았다가 정은이 멀어지자 바로 류의 집으로 뛰어갔다. 이제 정말 한계였다.

"류, 도와줘."

그 말을 하면서 멋대로 뛰쳐든 비영을 보고 류는 눈살을 찌푸렸다. 저 망할 친구는 왜 이렇게 타이밍 맞춰서 민폐 끼치러 온단 말인가. 하긴 그의 집에 랜덤하게 오면 민폐 끼치게 될 가능성이 매우 높긴 했지만 말이다.

"망할. 도발당했냐? 보아하니 폭발 직전이구나."

비영은 힘겹게 고개를 끄덕였다.

"알았다. 저 방에 들어가 있어. 해줄게."

비영은 류가 가리킨 방에 들어섰다. 잠시 뒤 류가 인간 몇을 데리고 들어오고 더 이상 자제할 필요가 없음을 느끼자마자 그는 이성을 놓았다.

다음날, 정신을 차린 비영은 마구 툴툴대는 류에게 겸연쩍게 인사해 보았다.

"고맙다, 류."

야수는 이제 겨우 한꺼풀 아래에 잠든 것뿐이었지만 이 정도라면 별 자극원이 없는 이상 얼마든지 버틸 수 있었다. 만약 잘 안 된다고 해도 류에게 몇 번 더 폐 끼치면 그만이겠지만 말이다.

"죽게 놔두었다가 네가 뭐라고 잔소리할지 몰라 바로 바로 갈아치우느라고 내가 밤새 얼마나 고생했는 줄 아냐, 이 망할 녀석아!"

"하하. 좀 많았나."

자신이 밤새 무슨 짓을 했는지 고스란히 기억했기에 비영은 쑥스럽다는 듯 고개를 돌렸다. 어떻게 그토록 질리지도 않고 하고 또 했는지 스스로 생각해도 민망할 지경이었다.

"이래서 얌전한 녀석이 한 번 돌면 더 무섭다니까. 망할. 난 뒷정리할 테니까 넌 나한테 빚진 거나 똑똑히 기록해 놔."

"그래. 알았다."

'일이십 명도 아니고, 이쯤되면 다음에 류가 뭐라고 해도 할 말 없겠군.'

비영은 자리에서 일어나 집으로 가기 위해 옷을 다시 걸쳤다. 다시 목이 마르기 시작했고, 그건 정말로 원하는 것을 얻기 전에는 충족되긴 힘들겠지만 이제는 버티면서 지낼 만했다. 길어봐야 몇 년, 그 정도면 지금처럼 원하지 않게 될 테니 모두 게 조용히 끝날 일이있나.

정은은 집에 돌아와 멍히 있었다. 자신이 곁에 있음으로 해서 비영이 더 괴롭다면 정말로 떠나줄 수밖에 없었다. 그게 아무리 가슴 아프다고 해도 말이다. 그때 밖에서 벨이 울렸다.

'설마… 아냐, 그럴 리가 없지.'

문을 열자 그 자리에는 민수가 서 있었다.

"민수야, 너 어떻게?"

민수가 씨익 웃었다.

"어때? 그 행운의 남자 쪽은?"

정은은 푹 고개 숙였다.

"그쪽은 도저히 날… 받아들일 수 없대. 하지만 난 이미 너를……."

민수가 정은의 입가에 손가락을 가져다 대었다.

"스톱. 나 군대 간다."

"뭐?"

"입대 신청했어. 날짜도 받았고. 돌아올 때까지 너를 찾지 않을게. 그때까지 너의 그 야속한 자에게 너 하고 싶은 대로 해봐. 하지만 그래도 안 된다면 그때는 내게 와 줄래?"

"민수야."

울먹이는 정은을 민수는 다독거렸다.

"약속한 거다?"

정은은 고개를 끄덕였다. 이 와중에도 비영을 위해서도 이게 좋을 거다라는 생각을 하는 자신이 민수에게 미안했지만, 고개 끄덕인 것만으로도 민수는 환하게 웃었다.

"그럼 나 간다. 그 남자와는 행운을 빌어. 하지만 퇴소하는 날 네가 날 마중 나오길 바라고 있어."

민수가 멀어지고 정은은 그 광경을 끝까지 바라보았다.

"흐음. 다 되었다. 자 먹어라, 이 건방진 고양이 녀석아. 버려진 걸 주워서 길러줬으면 되었지 장염이라니 웬 건방진 병이냐."

갸릉거리는 고양이의 머리를 가볍게 쥐어박으며 비영은 묽게 만든 죽을 내려놓았다.

"정은은 잘 있으려나."

냐옹?

"녀석. 그러고 보니 넌 오기도 전이구나. 이제는 한번 만나러 갈까."

비영은 미소 지었다. 그때 그렇게 하기를 잘했다. 이제는 그렇게 생각할 수 있었다.

"하지만 자만은 금물이겠지. 조금은 더 기다리자. 완벽하게 변모한 그녀의 모습을 보게 될 때까지는 말야."

비록 집을 옮길 수는 없었지만, 이제는 안 옮겨도 될 듯했다.

"자, 그날까지 우리 파이팅이다!"

아무 관심 없는 고양이의 앞발을 잡고 비영은 흔들었다. 그때 딩동 하며 밖에 벨이 울렸다.

'누구지?'

문을 열고 나간 그 자리에 서 있는 상대를 보고 비영은 잠시 굳었다.

"아… 정은아. 하하. 오랜만이네. 잘 왔다."

변함없이 웃으며 자신을 반겨주는 뱀파이어를 보고 그녀도 마주 웃었다.

"이제 괜찮은 거예요?"

"응. 괜찮아. 네가 한밤중에 옷 벗고 육탄 공세만 펼치지 않으면 괜찮아."

농담까지 건네는 비영을 보고 정은은 샐쭉하게 웃었다. 그 모습을 보며 비영은 다시 가슴을 뛰는 걸 느꼈다. 이 년이 좀 더 흐르는 사이 더욱 성숙해진 정은은 변함없이 매력적이었다. 아니, 사실은 야수는 서서히 잠들어도 그녀를 잊은 적은 없었다.

'아아, 정신 차리자. 또 못난 꼴 보일라.'

뭐, 괜찮았다. 그녀가 그동안 있었던 행복한 일들을 말하면 그도 완전히 마음을 정리할 수 있을 것이었다.

"있잖아요, 민수가 이제 내일이면 군대에서 돌아와요."

"그래? 축하한다. 그 녀석 일편단심이더니 결국 성공했네."

곁에 있던 고양이가 움찔했지만 떨어지진 않았다. 그냥 잠깐 갸릉거리더니 뭔가 착각했다는 듯 다시 비영에게 들러붙었다.

"기차역 광장 시계탑 아래에서 기다리기로 했어요. 도착 시간은 낮 12시래요."

"마중 가야겠구나. 뭐, 도시락이라도 싸줄까?"

"아뇨. 도시락은 필요없어요. 그리고 나 그날 아침 7시부터 나와서 기다릴 거예요."

"그… 그래? 하하. 아무리 그래도 너무 이르지 않니?"

잘되었구나라고 하면서 비영은 웃어주었다.

'류에게 한턱내야겠군.'

"이르지 않아요. 왜냐면 민수가 아닌 비영을 기다릴 거니까요."

"……!"

비영의 웃음이 다시 깨져 나갔다. 심장이 더욱 격렬하게 뛰었다. 어제 충분히 마셨을 텐데 목이 조금씩 따끔거렸다.

"나 곰곰이 생각해 봤어요. 그리고 알아봤어요. 분명 위험하긴 하지만 그거 절대적인 것은 아니죠? 행복한 결혼 생활이라는 게 절대 불가능은 아니죠?"

"너무… 힘들어. 위험하고."

비영은 정은의 시선을 외면했다.

"하지만 잘 컨트롤하면 유지 가능하잖아요."

"그 컨트롤이라는 게 뭘 의미하는지 알아?"

처음에는 괜찮다. 언제나 그렇듯 처음에는. 하지만 그 결심이 흐르는 시간 속에 반복되는 강렬한 자극 속에서 어떻게 바스라지는지 비영은 너무 많이 보았다.

"전부 다 알아봤어요. 그래도 내가 좋아서 온 거예요."

"컨트롤… 을 한다 해도 위험 부담이 너무 커. 한순간에 실패하는 일이 너무 많아."

얼마나 많은 자들이 우린 괜찮으라고 시작했다가 슬픈 결말을 보아야 했던가. 비영은 스스로에 대해 자신할 수 없었다.

"그렇다 해도 난 그동안 정말로 행복할 거고 만족하며 끝날 테니까 그 때문에 비영이 가슴 아파할 필요는 없어요. 내게 줄 수 있는 최고의 행복을 주었다고 행복하게 추억해 주길 바래요."

대답하지 못하는 비영에게 정은은 활짝 웃어 보였다.

"기다릴게요. 내 마음을 받아줄 수 있다면 데리러 와줘요. 그럼 난 세상에서 가장 행복한 신부가 될 거예요."

비영은 끝내 시선을 돌리지 않았다. 지금 정은의 얼굴을 보면 어떻게 될지 다시 자신할 수가 없었다. 기막히게도 생식기가 다시 시각되려 하고 있었다.

"하지만 그게 비영에게 너무 힘들다면, 그럼 그냥 말없이 거기에 날 놔둬요. 비록 당신과 똑같은 마음으로 민수를 사랑하지는 못하겠지만, 민수는 그 모든 걸 알고 날 받아줄 거고, 나도 정숙한 아내로서 민수와 평생을 함께 하면서 그와도 충분히 행복을 만들어갈 수 있을 거예요. 같이 지내면서 정 붙이면 금방 좋아지지 않겠어요? 그리고 지금도 난 민수가 두 번째로 가장 좋으니까 충분히 잘할 거예요."

"나는……."

"내 생각은 말고 비영이 하고 싶은 대로 해요. 어느 쪽이든 그로써

나의 뱀파이어 아저씨가 행복한 걸 아니까 난 행복할 거예요. 그럼 내일… 볼 수 있다면 봐요."

그 말만 하고 정은은 사라졌다. 비영은 멍히 서 있었다. 정은이 떠나자마자 그의 힘이 다시 거칠게 날뛰고 있었다. 또 한 번의 생식기가 시작되었다.

시계탑이 멀리 보이는 카페 창가. 비영은 중간중간 차만 바꿔 시키며 멀리를 바라보았다. 정말로 정은은 7시에 와서 지금까지 기다리고 있었다. 시간은 이제 15분 전 12시였다.

"류, 난 이럴 때 어쩌면 좋냐. 하지만 이번만은 네 조언 안 듣고 결정해야겠지."

비영은 자리에서 일어섰다. 더는 카페에 있을 수 없었다. 이제 남은 길은 둘 중 하나였다. 나가서 왼쪽으로 돌아서 시계탑으로 가든지 아니면 오른쪽으로 돌아서 집으로 돌아가며 맺어질 연인을 축복하든지.

류라면 틀림없이 오른쪽을 권고할 것이었다. 그도 머리 속으로는 무엇이 정답인지 이해하고 있었다.

'하지만 이토록 지금의 감정이 들끓을 때는 어떻게 해야 할까. 나중에 어떻게 된다는 걸 보았으면서도 나는 다를 수 있다라는 희망이 자꾸만 들게 만드는 이 격렬한 감정을 무엇으로 눌러야 할까.'

어느 쪽을 택해야 하는가. 혹은 어느 쪽을 택하고 싶은가.

수많은 이야기가 비극으로 끝났다. 하지만 모든 이야기가 비극이었던 것은 아니었다.

지금 물러난다면 그건 시도해 보지도 않고 도망치는 비겁함일까, 아니면 보다 더 큰 차원으로 승화한 사랑일까.

지금 그녀에게 간다면 그건 순간적인 욕구에 휩싸인 무모함일까, 아니면 어떤 위기에도 굴하지 않겠다는 불타오르는 사랑일까.

답이 나오지 않아 느리게, 느리게 걸음을 옮겼건만 끝내 갈림길까지 오고 말았다. 비영은 심호흡을 한 번 크게 했다. 하늘이 무척 푸르렀다. 한 조각 있는 흰구름이 태양과 어울려 멋진 풍경을 만들었다.

'내 선택은……'

비영은 더 이상 망설이지 않고 발걸음을 옮겼다.

〈제7권 완결〉

특별부록 : 제작 비화.

이 내용은 순수 픽션으로 원래 픽션인 본문과의 연계 여부는 일체 보증 못하며 진실 여부 또한 전혀 책임지지 않습니다.

T : 수고들 하셨습니다. 자, 기념 인터뷰! 어쨌든 주인공 A군.

A : 안녕하세요.

T : 주인공인 A군의 인기를 가장 위협했던 캐릭터라면 S군인데, 그에 대한 소감은?

A : 음. 괜찮아요. 난 S가 좋으니까.

T : 네, 그렇군요. 좋아하는 이유를 물어도 될까요?

A : 그야 같이 있으면 여러모로 편리하거든요. 베개 대신에 베고 자도 되고, 추울 때 안으면 따뜻하고 배고프면 사냥도 해오고, 귀찮은 것들 있으면 쫓아도 내주고. 비올 때는 덩치 키우게 한 후 밑에 들어가 있으면 따뜻하기도 하고. 또 보자, 이런저런 재주도 잘 부리고.

T : 아, 네. 무척이나 많은 이유군요. 그럼 S군을 단 두 자로 표현하라면 뭐라고 하겠습니까?

K : 기사겠지?

A : 명견!

K : (귓속말로) 아무리 그래도 저렇게 말해도 돼?

D : 직접 보시죠.

K : 기쁜 듯이 웃고 있어······.

D : 주인에게 칭찬 들었으니까요.

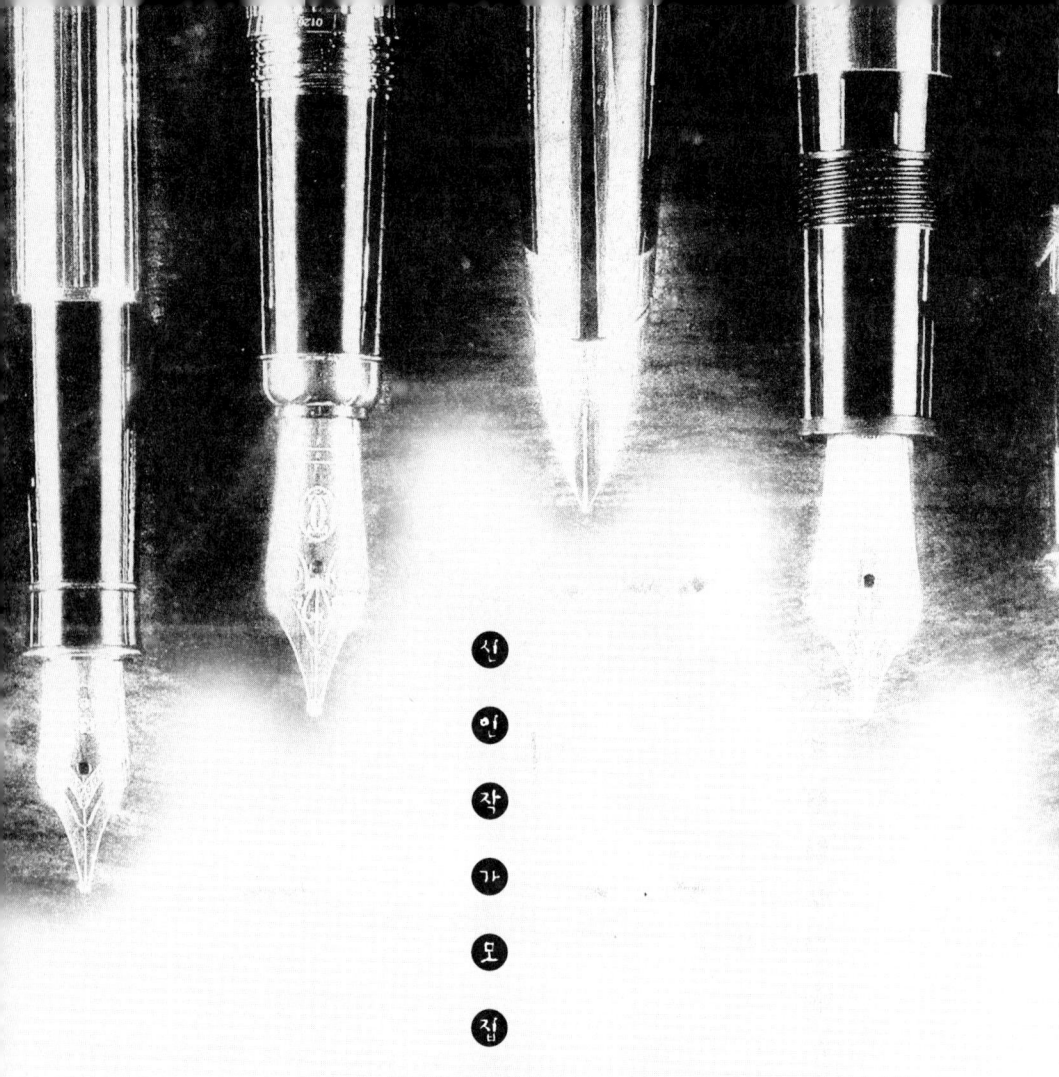

신

인

작

가

모

집

시작이 반이라고 했습니다.
작가의 길에 대한 보이지 않는 벽을 과감히 깨뜨리십시오!
청어람은 작가 지망생 여러분들의
멋진 방향타가 되어드리겠습니다.

저희 도서출판 청어람에서는
소설 신인 작가분들을 모집합니다.
판타지와 무협을 사랑하시는 분들의 많은 참여를 바랍니다.
소정의 원고(A4용지 150매)를 메일이나 우편으로 보내주시면
검토 후 출판 여부를 알려드리겠습니다.

주소:경기도 부천시 원미구 심곡1동 350-1 남성B/D 3F 우편번호420-011
TEL:032-656-4452 · **FAX**:032-656-4453
http://**www.chungeoram.com**
e-mail:chungeoram@chungeoram.com